读客®图书

归期

Date of Return

折火一夏/作品

ZHEHUOYIXIA WORKS

爱情是一场漫长的马拉松，
陪你启程的人是否还能在终点相遇？

河北出版传媒集团

花山文艺出版社

图书在版编目（CIP）数据

归期 / 折火一夏著. — 石家庄：花山文艺出版社，2015.8

ISBN 978-7-5511-2468-3

Ⅰ.归… Ⅱ.折… Ⅲ.长篇小说—中国—当代 Ⅳ.I247.5

中国版本图书馆CIP数据核字(2015)第193433号

书　　名：**归　期**

著　　者：折火一夏

责任编辑：李　爽

责任校对：李　伟

装帧设计：青　临

出版发行：花山文艺出版社（邮政编码：050061）

（河北省石家庄市友谊北大街330号）

销售热线：0311-88643221/29/35/26

传　　真：0311-88643225

印　　刷：北京海石通印刷有限公司

经　　销：新华书店

开　　本：880×1230　1/32

印　　张：10

字　　数：278千字

版　　次：2015年9月第1版

2015年9月第1次印刷

书　　号：ISBN 978-7-5511-2468-3

定　　价：28.00元

如有印刷、装订质量问题，请致电010-85866447（免费更换，邮寄到付）

目录
CONTENTS

目录
CONTENTS

第一章 重遇

这个世界上知道杜若蘅得过抑郁症的人只有两个，分别是诊治医生跟杜若蘅自己。

连她多年的密友苏裳都不知情。

小指指甲盖一般粗细的鞋跟，十厘米以上的高度，这样的高跟鞋踩在厚厚的地毯上，发不出一丝一毫的声音。

整个S市去年营业额最高的五星级酒店，来往客人眼界深阔，里面的任何设施都必须上乘，自然也包括眼下这些拥有细腻暗红纹理的地毯。一日至少四次的基本吸尘，每月一次的定期清洗，严格的保养程序最大限度地保证了这些地毯在使用3年后仍然柔软如新。

杜若蘅站在1605号房间门前，按了按还有些发沉的眉心，在象征性地敲了两下房门之后，利落地刷卡进入。

——凌晨两点半被人从黑甜梦中叫醒，尤其这场黑甜梦还是发生在不眠不休的两天夜班之后，耐心再好如杜若蘅，也难以感受到任何愉悦。

然而酒店行业就是这么个现状。一年365天，但凡酒店还在营业状态，但凡还有客人入住，就总是能在任何时间任何地点发生任何可能与不可能的意外事故。

没有章程规定酒店必须安静祥和。事实上，也很难做到真正的安静祥和。从酒醉到自杀，从噪音喧哗到强暴未遂，这座酒店可以表面上宁静、温馨、秩序井然，但内中五百多个房间几十道走廊里发生的故事，在杜若蘅入职这家酒店以前，就一直花样繁多到令人应接不暇。

早有人在她入职第一天就好心提醒过，有人的地方自有江湖。一座酒店一天时间里发生故事的精彩程度，不亚于整个S市。

房间里面一片狼藉，大小玻璃片碎了一地。一个小姑娘正趴在床边捂着右脸呜呜地哭泣，酒红色的员工制服早就被扯得凌乱不堪。听见声响回过头来，像是见到救星一样地叫了一声"若蘅姐"。

杜若蘅走过去，蹲到她身边，把自己的风衣解下来给她披上，然后揽住她的肩膀，声音压得尽量轻柔："别怕，已经没事了。我们去楼下房间洗个热水澡，好好睡一觉，把这件事忘记，好不好？"

二十岁出头的小姑娘眼圈发红，她刚才只是尽责地捡起走廊掉落的纸屑，无意间碰开了一扇未关好的房门，然后便收到了二十年来的第一个耳光，疼痛程度让她至今发蒙发抖，死死抓着杜若蘅的衣袖不肯松手。

杜若蘅只有继续耐心安抚："没事，我在这里，你现在很安全。我们下楼去好不好？"

小姑娘望着她怯怯地问："若蘅姐，你今天晚上能陪我一起睡吗？"

杜若蘅在心里叹了一口气，微笑着给予承诺："行啊。"

从升职为客房部经理到现在，她处理这样的事已经驾轻就熟。这不是第一桩客人酒后打骂员工事件，也势必不会是最后一桩。在一家顾客至上的酒店里，员工在一定程度上属于弱势群体，遇到这样的事很多都不了了之。即使叫来杜若蘅，她的处理流程也同样有些无奈——只能口头上安抚，安抚，再安抚，最后如果实在无法，酒店才会提供一小笔资金作为精神补偿。

40分钟之后，杜若蘅终于慢慢把小姑娘安抚到睡着。

从心底讲，她其实不耐烦做这样的事，但酒店上下没有人评价过她不擅长安慰人，更没有人说过她把客房部经理这个职位做得不好。相反，从总经理到基层员工，全部都觉得"为人耐心亲和，处事干净利落"这十二个字很适合她。

自成年以来，杜若蘅在外人眼中向来都品行高尚。攒下的一众好口碑，足以挂满酒店外墙。作为下属她值得栽培，作为上司她值得敬重，作为朋友她值得交往。

这些年她只获得过一次糟糕透顶的评价，来自于她的前夫——脾气差、小心眼、冷血无情、患得患失——在他们离婚的前一天晚上，两人狠狠地吵了一架，她的前夫怒极攻心，当着她的面咬牙切齿说出来这十四个字。

尽管杜若蘅当时恨不能一手抓破他的脸，事实上她也确实毫无形象不假思索地这么做了，但事后她不得不承认，自己在周晏持脸上狠狠抓出的那片五指山脉，有九成九都是被戳穿了事实恼羞成怒的结果。

杜若蘅在酒店房间的大床上僵硬地躺了一个晚上，一点睡意都没有。

她不算认床，但无法忍受床上还有跟她并排躺着的另外一个人。这个毛病以前没有，在离婚后才逐渐显山露水，并且莫名地越来越严重。杜若蘅觉得这是心理强迫症，但找不到解决办法，只有忍受。她听着背后小姑娘逐渐平稳下来的绵长呼吸，心里又羡慕又焦躁。两天的夜班已经让她不适，今晚困极却睡不着的感觉让她简直想要撞墙。

这样的坏情绪到了第二天清晨仍然未见缓解，反而是一宿未睡导致的难忍头疼让杜若蘅愈发不悦。她耐着性子又安慰了醒来的小姑娘几句，后者没有发觉出她的情绪变化，感激地提议一同去用早餐，杜若蘅找了个借口婉拒了，然后在对方下床去洗漱的时候如蒙大赦一般离开了房间。

她并不是讨厌当事人，她只是不能忍受工作时戴着面具的状态太长时间，就像是潜水太久，她需要浮上去透一透气。

下到一楼大堂的时候正好碰见前厅部的康宸。

康宸是本酒店最为招眼的所在。采购部的经理曾经打趣形容，说康宸往大堂中央一站，堪称本酒店最大的一块可移动招牌。更有小姑娘在私底下窃窃私语，说工作状态的康经理简直就像个天使，方圆百米之内都在熠熠发光。

发光不发光的看法因人而异，但康宸的长相的确远远超出一般男性的平均水准，更为加分的是他在工作时举手投足间的气度，不像是他在简历中填写的那样能在小城市的一个普通家庭里养成，那样的气度让杜若蘅隐隐觉得熟悉，后来才想起曾经在她的前夫周晏持那里感受到过。

除此之外，康宸空降到前厅部担任经理半年，把酒店中级管理层、基层员工乃至来往客人都笼络得人心所向的优秀能力，更是给他已经男神化的形象外面披了一层牢不可破的金罩衫。

工作状态的康宸一向敬业，一身深色酒店经理制服穿戴得整整齐齐，连那双桃花眼也能被衬出几分严肃正式的意味。但面对同事的时候就随意许多，尤其是现在大堂客人稀少，他的目光落到杜若蘅身上不足半秒钟便微笑开，桃花的眼神有意无意间流泻出十成十。

"杜经理辛苦了，难得轮个休，还让员工半夜给叫过来，在酒店工作的人都不容易啊。"

杜若蘅把手机打开，又关上，抬起头来问："现在几点钟了？"

"八点整。还够晨会之前吃个早餐的，你还没吃吧？一起去。"说完不由分说推着她往餐饮部的方向走，一边问，"手机没电了？"

杜若蘅嗯了一声："一会儿把充电器借我下，我忘了带过来。"

康宸又是笑："所以说你就是脾气太好，又太敬业了。正常情况下哪能人家一叫经理就过来，轮休的时候就该关机的嘛，好不容易能睡个囫囵觉，这个时候就该有理直气壮的意识啊，该是别人的事就让别人去做，天塌下来都跟你没关系。"

"也就是说，等到你轮休的时候，比如说昨天晚上，就算天塌下来都肯定是找不着你的了？"

康宸捏了捏袖口，仍是笑微微的模样："不能这么说。别人我虽然不保证，但要是你打电话，我肯定来啊。"

两人从餐饮区出来是在20分钟后，离晨会还有一段时间。路过大堂的时候听见前台区的一点异常，有争吵的声音传来。很快杜若蘅就被前台值班的小汪眼尖发现，在那边以"救世主啊你快来"的表情跟她拼命招手："杜经理！杜经理！"

杜若蘅只好走过去，听小汪愁眉苦脸地跟她诉苦："有位客人投诉我们酒店客房部员工窥探客人隐私，要求赔偿跟道歉，否则就不肯结账。"说完又挨近一些补充，"就是昨天晚上打了小叶的那个客人。"

杜若蘅回过头跟那位客人打照面，两人都是微微一怔。

杜若蘅的反应快半步："这位小姐，我是客房部的经理杜若蘅。昨天晚上发生的事可能有什么误会，能否烦请您再跟我说一遍过程跟您的要求？"

对方隔着太阳镜凝视她半晌，缓缓开口："我要求你的员工向我道歉，还有赔偿我的精神损失。"

杜若蘅说："小姐，我们的酒店员工一向都训练有素，不可能做出窥探客人隐私的事情。"

"你的意思是说我在污蔑了？"

杜若蘅不置可否："另外可能需要您知情的是，昨天晚上您打了我们员工的耳光，导致我们的员工鼓膜穿孔，现在正在医院等待修复手术。就算真的是道歉，现在也没有办法完成。"

对方冷冷地说："我也不想在你们酒店这里浪费时间。你不是客房部经理吗？你代她道歉，我也能勉强接受。"

"在没有核查出事实真相之前，道歉方跟赔偿方都不能最终确定。我们不能仅听凭您的一面之词来做事。如果是酒店的责任，我们会百分之百承担。但如果不是，我们也不会无限度姑息客人的过失违心道歉。"

两人又争执了几句，对面客人的太阳眼镜终于摘了下来："杜若蘅，你在拿什么态度跟我讲话？！"

这句话声音又尖又高，扎得一旁围观的小汪一个激灵。杜若蘅恍若未闻下指令："菲菲，叫保安，给这位小姐两分钟时间在账单上签字，记得小叶的医药费要从里面扣除。不肯签字的话把她请到休息室直接报警。等到事情了结，记得把这位小姐的名字加进我们酒店客人的黑名单里，以后谢绝惠顾。没其他事的话我先去开会了。"

杜若蘅对待顾客向来温柔细心，即便对方蛮不讲理。今天的强硬态度实在反常，让小汪瞪大了眼。对面的客人拿一根食指指着杜若蘅厉声警告："杜若蘅！你敢这么对我试试！"

杜若蘅只作没听到，转身便走。

早上插播的意外让杜若蘅在晨会上频频走神。

她盯着手边的笔记本一动不动，康宸坐在她旁边，勉力帮她遮挡视线，但最终没能阻隔总经理的法眼。临近结尾时杜若蘅被要求回答上一季度酒店顾客投诉率上升的原因，结果杜若蘅站起来后，会议室静谧了整整一分钟。最后还是康宸在一边不紧不慢地开口解围。

"哪一年的顾客投诉率没有波峰跟波谷？总不能一直理想化地往下走。上一季度会上升也不排除有客观原因，比如两个月前发生的空调故障，肯定要包含在内。反正这一季度能再降下去不就可以了？"

康宸话语里的口气跟尊敬客气不沾边，总经理听完居然没有说什么，只是揉了揉眉心挥手说散会。杜若蘅走出会议室的时候向康宸表示感谢，后者仍是一贯的笑容，对早上她的反常只字未提，只说："记得回头请我吃饭。"

杜若蘅重新回到一楼大堂，小汪告知早上闹事的客人已经被人从休息室接走，账单也代为付清，另外还垫付了不小一笔小叶的所谓医药费。来人不是警察，而是一位三十岁左右的年轻男子。

杜若蘅本来很平静，听到后面下意识地攥紧手机，低下头沉思半晌，问："那人长什么样？"

小汪顿时有了精神："你问对问题了，我正要跟你说，那人长得特别好看！表情虽然有点儿冷淡，但是声音格外好听，而且眼神深邃得要命！进来的时候就穿着一件白衬衫一件黑风衣，但是偏偏就让人觉得特别性感！对了，那人手里拿的车钥匙上还有一对翅膀……杜经理你要去哪儿？"

杜若蘅平淡回道："有些累，上去休息一下。"

杜若蘅回了自己办公室，第一件事是翻手袋找指甲钳。刚才说话时握手机太紧，导致她的小指指甲不慎拦腰折断，疼得她当场皱眉，差点就让汪菲菲发现。

摸了半天没有找到，倒是隔着暗袋摸到其他一点硬硬的东西。打开一看，是一板帕罗西汀。

这只手提袋她已经有一年没背过，好在款式经典不过时，最近才又从柜子里翻出来。这板已经空了四粒的帕罗西汀也是去年从医院开的东西，一直放在手袋里备着忘记拿出来了。

到现在为止，她已经成功告别这小白药片将近一年。

这个世界上知道杜若蘅得过抑郁症的人只有两个，分别是诊治医生跟杜若蘅自己，连她多年的密友苏裳都不知情。

抑郁症并不罕见，也非难言之隐，但患病总是有病因。让杜若蘅不愿去想的是，她总不能授人口柄，说周晏持的妻子得了抑郁症，其实是周晏持在外面花天酒地而她无力管制的结果。

这种真相传出去，简直让她以后再也无法做人。

杜若蘅看了看保质期，把帕罗西汀丢进底格抽屉。医生没有保证过她的病症以后不会复发，尽管她非常希望是这样，因而还不能把它扔进垃圾桶。然后她在办公室门外挂了外出的牌子，再拉上窗帘，休息室里眨眼变得漆黑。一切准备停当，总算能放下心来睡觉了。

可惜她忘记了手机。只浅眠了10分钟，来电振动吵得人不得不醒。杜若蘅头痛欲裂，捂着额角把手机拿过来，对着来电显示只看了一眼，便挂断电话重新回到了床深处。

隔了不过十几秒，电话又响起来。

杜若蘅终于没了耐性。事实上如今只要看到或听到周晏持三个字，她的耐性总能迅速消退得干干净净。于是在接通的同一时间语气相当冷："你烦不烦人到底还让不让人睡觉了？"

这次她在挂断之后，电话终于恢复了平静。

电话另一头，握着手机正发呆的周晏持的秘书张雅然醒过神来，觉得欲哭无泪。

手里的这部移动电话是周晏持昨天傍晚之前交到她手上的。偶尔她的老板这么做，就等同于是暗示他有事外出不希望任何闲杂人等打扰的意思。昨天晚上便是如此。她一向英明神武的老板穿戴完美犹如赴宴，外形指数高到足以爆掉方圆两公里内的所有生物，然后站在她桌子面前轻描淡写地通知她，他需要耳根清净地去一趟S市，要她订一张当天去次日返的双程机票。

张雅然当即奉命行事。一边把返程机票订到晚上一边默默叹息，能狠心撇下心爱的小女儿跟保姆单独在家待一个晚上，这一定是到了思念成疾的地步了。这种程度下一个晚上加一个白天的偷窥可怎么够？

当然这些话她一个字都不敢说出口，只是恭恭敬敬地目送老板离开公司，然后兢兢业业地捧着电话守了一个晚上。周晏持发的薪酬跟他的严苛程度很成正比，这样的老板即使远在天边她也丝毫不敢怠慢。直到今天清晨她接到一个陌生号码，自称温怀，用娇嗔而又有些气急败坏的语气让她转告周晏持，说她在S市的一家酒店遇到了一点麻烦。

张雅然在脑中犹如计算机一样地快速搜索，终于记起来这位温小姐的最重要特点——她恰恰是一年半前导致她的老板周先生跟前妻杜小姐离婚的直接导火索。

尽管被卷入离婚漩涡，且跟周晏持相识的时间很短，在与周晏持有过来往的女性中也并不出挑，但这位温小姐仍然在最后保持了全身而退。事实上，但凡跟周晏持打过某类交道的女性，少有不识趣死缠烂打者。张雅然对老板的私生活持保留态度，但也不能不佩服他的手段。不过一旦分手，周晏持对这些女人的记忆就自动清空为零，如果再有打来电话问候者，都会由张雅然代为接听，然后把那些或撒娇或幽怨的口吻像道堤坝一样在她这里拦截住，再想往里渗透的时候严丝合缝滴水不漏。

张雅然本来也想按这一章程对付温怀，直到听温怀报了酒店的名称，景曼花园酒店。

张雅然抬头望了望T市明净的落地窗外有些阴霾的太阳，心里说，看，这造孽的世界。

她很有礼貌地挂掉电话，然后在第一时间拨另外一个私人号码给周晏持，快速地转述了事情的原委跟温怀的哭诉。屏住呼吸听到那边沉默了片刻，然后说，我知道了。

以张雅然的修为，目前还无法从这四个字揣测出自己老板真实的情感内容。但她认为自己也无须揣测更多，她已然把自己需要做的分内事完成了。可是很快周晏持又将电话打了回来，很平静地吩咐她，要她在两个小时后打电话给杜若薇，告诉她缇缇很想念妈妈，前一晚还在夜里大哭着要找妈妈，并询问她准备什么时候回T市来看一看女儿。

然后顿了顿又指示，要是她不接，那就一直打，打到接听了为止。

张雅然把老板的话一个字一个字地记下，连停顿跟语气都牢牢注意。即使她可能不了解自己老板这么做的用意何在，但是她很清楚一年多前坐在这间办公室里的她的前任，就是因为处理不当与杜小姐有关的某项事宜而被远调，她可不想重蹈覆辙。

两个小时之后她在通讯录里翻到一个名为"家"的手机号码，拨出去，再拨出去，然后就从电话的另一头遭受到了一场无妄之灾。

自周晏持跟杜若薇离婚，前任秘书又被远调之后，张雅然就开始担任这对前夫妻的传话筒。张雅然对杜若薇的印象一直很好，因为她在离婚后给人的感觉非常淡然宁和，仿佛真的拿前夫当朋友，半点怨怼或留恋都感受不到。每次张雅然拿办公室电话打过去奉命询问她何时回T市看望女儿，何时共度女儿生日，年底股票分红结算要打到哪个账户等事项时，杜若薇始终不紧不慢温柔有礼，不管这边说什么那边都能给出一个周到的回答，末了挂断电话时还会柔柔说声谢谢辛苦有劳了，言辞跟态度都漂亮到让人深深替周晏持失去这么一个妻子而感到痛惜。

所以刚才电话里杜若薇语气中的极端不耐烦，简直让张雅然怀疑，是不是只是她昨晚没睡好而产生的一场幻觉。

张雅然有点不知道怎么办。既不好再打过去，又担心不打的话会招致老板责骂。说句大不敬的话，她觉得她的顶头上司在离婚后的反应远远不及其前妻成熟，离婚后矛盾无常的行为总是出现并且没有规律，有时候甚至颠覆一贯开明的形象像个残暴昏君，这让她处理起事情来常常感到棘手难办。比如去年年初两人离婚，离婚后一整周周晏持都没在公司出现，手机打不通人也找不到，急得当时的秘书就像个无头苍蝇。到了第二周他总算来了公司，结果面无表情地勒令员工查账的查账、补缺的补缺、检讨的检讨，整个公司从总部到分部都在人仰马翻疯狂加班，这还不算，在那之后长达一个多月的时间里，凡是近身周晏持十米之内的员工，全都因为各种莫名其妙的纰漏被扣掉了当月乃至当季的全部奖金。

那段时间公司上下哀鸿遍野，也就财务总监看到公司上下日夜加班得出的财务报表的时候能笑得合不拢嘴。

张雅然揣着惴惴不安的心情在公司等到了晚上。她有预感老板一定会先来趟公司再回家，果然八点多的时候周晏持踏进了办公室。接过张雅然双手递来的手机，先是问了一番今天的公司事务，然后又随口问杜若蘅上午的回复是什么。

张雅然咽了咽喉咙，说："杜小姐心情好像有些不好。接通之后没等我问就把电话掐断了。"

周晏持哦了一声，然后问："她没说什么？"

张雅然看着他的脸色，斟酌着词句："她说，她在睡觉，暂时不想被人打扰。"

周晏持的嘴角很快往下沉了沉。过了片刻，一言不发地离开了公司。

杜若蘅一觉睡到中午，头脑总算清明。

她在进客梯的时候遇见了两位酒店的常客，笑着问候说赵先生午安彭先生午安。景曼有一些忠诚度很高的客人，但凡来S市出差或其他，总是雷打不动地来本酒店入住。记住这些人的名字样貌，乃至生日和背景公司，是一个优秀的中级管理层必备的素质。杜若蘅自认在这一点上，她做得还算合格。

到七层检查客房卫生的时候听见拐角处有小姑娘在窃窃私语，说财务部的吴经理最近正焦头烂额，因为自己在外面出轨的事情被老婆发现，这几天都是晚出早归，全心全意做二十四孝好丈夫，争取爱人的宽大处理。

杜若蘅已经检查到客房内的吧台，两瓶依云被摆放在最里面，瓶内装水高度至瓶盖下约半厘米处。她伸手拿过来一瓶，拧了拧瓶盖，果然已经被开封了。

小姑娘还在不远处讨论，一个小姑娘说吴经理会不会离婚，另一个小姑娘说你开玩笑吗，现在有几个成功男人没玩过暧昧、没出过轨，他老婆现在都三十多岁了，再说两人还有个不到十岁的孩子呢，跟谁离怎么离凭什么离，离了婚除了吴经理跟第三者开心还会有谁开心，孩子怎么办，他老婆怎么办？再说家里父母肯定也不同意。

杜若蘅走到客房门口，微微提高音量："黄小晚。"

热烈的讨论戛然而止。

杜若蘅平静地说："你过来，把这房间的两瓶依云换一下。"

到了晚上九点多，一天的工作总算告一段落。杜若蘅去地下停车场取车，周晏持的电话又打了过来。

电话铃声不依不饶，大有这回不接还有下次的架势，杜若蘅盯着屏幕有一会儿了，终究按了接听。

那边却一时没有开口。偌大的停车场内安安静静，只听得见对方隐约的呼吸声。

跟周晏持通电话，杜若蘅是断然不会先开口的，于是她数了5秒钟，然后把电话利落地挂断。

杜若蘅很熟练地倒车转弯，开出停车场的时候再次收到周晏持的来电。但她无论如何都不肯再接，把手机架在一边，一次次都是挂断。手势之熟练，甚至不需要在开车的空隙转移一下视线看一眼。这样过了不知有多久，她收到了一条短信息。杜若蘅在等待红灯的时候一边打开一边想，真稀奇，是谁发的，周晏持最厌烦的就是用手机敲字，这应该是凑巧的一条垃圾短信才对。

绿灯变亮的同一时间杜若蘅把短信读完，差点重重地踩上油门。

她的女儿周缇缇在短信里面愤怒地质问："妈妈，你为什么不接我电话！"

竟然胆敢利用女儿，杜若蘅咬牙切齿。周晏持的无耻程度再一次刷新了她的下限。

杜若蘅很快给女儿回电话，耐心等待对方接听。那边响了好几下才接起来，周缇缇在电话里不高兴地喊妈妈。

杜若蘅向女儿道歉，用很郑重其事又温柔的语气说，对不起宝贝是妈妈不对，妈妈刚才在开车不方便接电话。一边在心里把周晏持从头到尾骂了一万遍。

还有两个月就四周岁的小女孩静了一会儿，突然有模有样地叹了口气，声音软趴趴下来，说妈妈我好久都没有见你了，我好想你哦。

说到后面已经有了哭腔，杜若蘅跟着心酸，片刻之后才说妈妈也好想你，这个周末就回去看你好不好，不要哭。

周缇缇抽了抽鼻子说，爸爸说了，S市离T市好远的，你又很忙，回来好麻烦，我和爸爸去S市看你好吗。

杜若蘅说好，察觉到女儿仍然情绪低落，便转移女儿的注意力问打电话之前你在做什么呢。

周缇缇说我在数爸爸脑袋上有多少根白头发。那边周晏持似乎插了句什么，然后就听周缇缇哦了一声，又补充，我正趴在爸爸的背上数爸爸有多少根白头发。

杜若蘅说那有多少根了呢。

周缇缇高兴了，大声回答一根都没有！

杜若蘅跟着用高兴的语气哄道，那数完白头发就睡觉好吗。已经这么晚了，明天晚上妈妈再给你打电话。

周缇缇双手抱着电话提要求，今天晚上妈妈讲睡前故事给我听好吗。

杜若蘅理所当然地答应了。

去年年初两人离婚，已经满两周岁的周缇缇没有多费很大周折便被判给了周晏持，并且是所谓双方协商同意后的结果。

事实上杜若蘅也无法不同意。周晏持做事冷血、做人浑蛋，却对唯一的小女儿事事上心，百依百顺有求必应，宠溺到没有限度的地步。这种情况下杜若蘅如果要抱走周缇缇，周晏持肯定跟她连婚都别想离。

更何况那时候她还患有中度的抑郁症，相比整个周家而言又势单力孤，从哪方面看都不是周晏持的对手，连律师都委婉地劝她放弃。她不是电影里的主人公，能够单枪匹马挑战法庭与律师团，最后用人性与正义谱写一曲人间奇迹，她预见得到未来不算美妙的结果，睁着眼睛想了三个晚上，最后索性咬牙放弃。

离婚后的杜若蘅对女儿同样几乎有求必应。在未离婚前，她其实在教育女儿的时候还算理智与严厉，离婚后却总是心软。这样的心理转变让她感触深刻，想起幼年经历父母离异的自己。她被判给了母亲，却能清楚地感受到原本有些严厉的父亲在每次看望她时尽量补偿的心理。

杜若蘅没有挂断电话，等周缇缇上床后，给她讲人鱼公主的故事。她的声音低柔舒缓，讲了一刻钟左右便听到小孩子淡淡的呼吸声，她暂时停下来，放轻声音唤："缇缇？睡着了没有？"

那边有窸窸窣窣的响动，不久听到周晏持的低声回答："她已经睡着了。"

两个人一时无话。隔了片刻，周晏持又说："我和缇缇这个周六过去，你腾不腾得出时间？"

杜若蘅态度冷淡："可以。"

"那好。"

杜若蘅连再见都懒得讲，直接挂断电话。

她回到家有点睡不着，在床上翻来覆去。正值9月底，秋分时节，衣衫不薄不厚，呼吸也清爽，同时也是S市最美的季节。夜晚的月光水一般从窗外倾泻进来，像冰柔的白缎，夜深人静，能唤醒很多记忆。

她十五岁那年在父亲家中遇见周晏持，给他的定义仅仅是一位长相好看的陌生兄长。十六岁那年被父亲丢去国外读书，人生地不熟，与她处在相邻城市的周晏持是她唯一勉强算得上的故人，更何况那时候她还不会做饭，每周都要眼巴巴地指着周晏持过来给她做一顿中餐打打牙祭。再后来两人不言而喻在一起，一前一后回国，结婚，生子，在其他人眼中，这么个发展顺序是顺理成章皆大欢喜。

金童玉女，一对璧人。没有比这两个词汇更好的评价了。

再然后，到现在。时间过了这么长，又过得这么快，都来不及细看，眨眼间就变得不像样。

杜若蘅不清楚周晏持从何时开始对爱情不忠。或者说，他是从什么时候就已经有了这种念头。抑或是，他是否一直将此视作理所当然。她一直信任他，当缓慢而迟钝地意识到这个事实的时候，才不可思议地发现，对于忠诚二字，她跟周晏持早已处在两条平行永不能相交的沟通轨道上。

第二天杜若蘅去上班，又碰见在大堂晃悠的康宸。他正笑微微地耐心陪着女客人聊天。前段时间他见首不见尾，总经理找人都找不见，这两天的出镜率倒是高得很。

之前同事聚餐，趁着康宸出去接电话，前台的工作人员汪菲菲满眼红心地跟杜若蘅咬耳朵，说酒店请这么一个前厅部的经理真是请对人了，这么高这么英俊还这么有气质就算当个摆设摆着都赏心悦目啊，更别说康经理还为人持重能力卓越了。我们酒店积了什么德啊居然有这么一股仙流流进酒店，总经理是不是居心叵测想借此提高我们女员工对酒店的忠诚度啊。

杜若蘅笑着说你也太喜新厌旧了吧，难道跟你搭档的小叶还不够高不够英俊不够有气质么，怎么偏偏康经理就英俊气质得别具特色了？

汪菲菲信誓旦旦地说当然有特色了，英俊那都是沉淀出来的，小叶充其量只能算帅罢了。况且小叶年纪小，单纯无知得就跟块儿白豆腐一样，禁不起拎就碎了，哪能有什么气质呢。

杜若蘅说你这要求也太高了。

结果两人的对话给采购部年过不惑却风韵犹存的张经理听到，捂着眼摇头一脸沧桑地道，哎真是老了老了，现在的小姑娘们只闻新人笑不闻旧人哭啊，连看都懒得看我们一眼了，我们这些人都成老家伙啦。

惹得当场众人笑得直不起腰。

康宸目送客人进电梯，等到电梯门关上，叫住正要离开的杜若蘅，问她索要前一天的那顿饭。

杜若蘅说："你什么时候有空？"

"这个周六怎么样？"

杜若蘅很抱歉："不好意思啊这周六不成，我有事情。"

康宸说："没事，怪我了。下次我早点预约。"

杜若蘅因为他的话而更加歉意："要么改到周日？"

康宸啊了一声："星期天也不行，家里老太太生病了我得回去一趟，还不知道什么时候赶得回来呢。"

"那……"

康宸笑："那就再说吧，总归记得就好，不急。"

周六上午杜若蘅正在写月度工作总结，汪菲菲从前台打来电话，说有人找她。

杜若蘅去酒店大堂，一大一小父女俩正蹲在水箱前面看乌龟。周晏持穿着一件浅色休闲衫，袖子卷到小臂上。周缇缇乌黑柔软的头发披在肩膀上，像黑明珠一样闪闪发亮。杜若蘅走过去，发现她手里还握着一大块巧克力，回过头来叫妈妈的时候，嘴巴上也全都是毫无章法的巧克力泥。

杜若蘅四处找东西要给她擦嘴巴，周晏持在一旁默不作声递过来一方手帕。她一言不发接过来，问周缇缇巧克力从哪里来的，周缇缇环顾大堂，最后手指头的方向落到前台那边，说："那个叔叔给的。"

杜若蘅顺着看到了康宸，后者今天没有穿制服，一身休闲装衬得人修长挺拔，正在给汪菲菲嘱咐酒店事务，工作时的态度很严肃，没有注意到这边小女孩的手指头。

杜若蘅把已经不轻的女儿抱起来："我们回家。"

杜若蘅一边开车一边想刚才汪菲菲可能的反应。不知道她在得知来接温怀的人正好是她前夫的那一瞬，心中做何感想。这么想着便对周晏持的恼怒又加深了一层。偏偏被恼怒的人似乎完全不知情的态度，在后座上低沉出声："给缇缇巧克力的那人叫什么？"

杜若蘅看了一眼周缇缇，小姑娘正把巧克力啃得不亦乐乎。总不能在女儿面前吵架，她想。隔了一会儿，轻描淡写地说："康宸。"

周晏持的手在膝盖上点了两下，说："他是哪里的人？我想应该不是本市的。"

杜若蘅柔柔地开口："你想查户口还是要怎样？早餐吃得还没消化吧？"

周晏持在后面没出声。隔了一会儿，声音里有淡淡的无奈："我只是随便问一问。"

两个大人无声无息之间暗流涌动，冷不防旁边的周缇缇吸溜了一口巧克力，打破宁静说："康叔叔好看。"

周晏持伸手轻轻扯女儿的脸蛋："你都知道什么叫好看不好看了？那缇缇告诉爸爸，是叔叔好看还是爸爸好看？"

周缇缇不假思索斩钉截铁地说："叔叔好看！"

周晏持看她一眼："回去给你买巧克力。"

周缇缇梗了梗脖子："……都好看！"

"两块。"

周缇缇立刻改口："爸爸更帅更好看！"

简直毫无气节。当妈的给女儿这么评价。心说这可真是一对亲父女。

第二章　忠贞

他对忠贞二字理解偏颇。但杜若蘅认为这不是根本缘由，她曾经对于周晏持太过依赖和信任，才导致周晏持对于婚姻的郑重和严肃如此怠慢。

杜若蘅今天为女儿的光临请了一天的假，有充裕的时间做一顿丰盛午餐。她在前一天去超市买了菜蔬，完全按照女儿的喜好搭配食谱，只除了一道主食南瓜饼。

南瓜是周缇缇避之不及的东西，但是周晏持很喜欢。不过杜若蘅已经很久没有为周晏持亲手做过任何东西了，所以当后者看到她真的把南瓜切成薄片的时候，心里着实惊讶了一回。

杜若蘅和周缇缇一样，对瓜式菜类没有兴趣。这么细致地做一道南瓜饼，除了只是做给他吃，周晏持找不到其他想法。

当初在异乡，周晏持受杜父之托照拂杜若蘅，刚开始不了解内情的时候，曾经带两只小南瓜过去给她做粥，那次杜若蘅只夹他做的菜不喝粥，并且振振有词："有肉的时候为什么要喝粥啊，我都好久没吃过正宗中国味的排骨了呢。"

结果第二次他再去，找南瓜的时候遍寻不着，回头问她，她才不好意思地吞吞吐吐说："其实我不爱吃南瓜的啊，就……就给扔了嘛。"

那时候的杜若蘅才十几岁，在父亲的娇惯下还很任性，少有顾虑他人感受的时候。其实在几年前刚结婚的时候杜若蘅也仍然比较任性，只是在离婚后，才突然变得匪夷所思的坚韧和忍耐。

离婚后，他每回见她，都能察觉到她的变化。越来越知性大方，也对他越来越冷漠。之前两人吵架，毕竟她还肯跟他说话，现在则是连话都懒得说了，如果不是顾及着周缇缇，她连正眼都懒得给他一个。

从心底讲，周晏持格外不喜欢她这种变化。但话说回来，这些年杜若蘅的变化都不在他的控制之中。她想做任何事，他都难以阻止。

包括离婚。

杜若蘅今天中午的兴致不坏。心情差的时候她连厨房都不想踏进一步，但心情好的时候她能把一盘菜做成一朵花一样精致。因此一道道冷拼热盘端上来，把坐在餐桌旁的周缇缇看直了眼睛。

杜若蘅的厨艺师从周晏持，不能说青出于蓝，却做得绝对不差。但婚内3年，她很少会一本正经地踏入厨房做一道菜。周家有聘请的厨师，除此之外还有周晏持自己，轮不到她来洗手做羹汤。她厨艺真正意义上的突飞猛进，是从离婚后开始。离开T市离开周家，她一人来到S市自己照顾自己，才开始正正经经地踏入超市的蔬菜区。

回想她二十多年生命，真正意义上的变化，几乎都是从与周晏持离婚开始。从此她完全独立，享受生活，比之前更加懂得珍惜和优待自己。

周缇缇是个孝顺的小孩，开饭的时候她首先抓起一个南瓜饼往爸爸嘴里塞："爸爸的最爱，妈妈做的，爸爸吃！"

周晏持在女儿殷切的目光下含笑咬一口，眼尾都往上弯。

下一秒他的笑容就僵住，脸色迅速变得苍白，差点没有当场失态。

杜若蘅把那盘南瓜饼端到他面前，温柔地说："好吃吗？专门为你做的，多吃一点。"

中午周晏持把一盘南瓜饼吃掉大半，不是他想这么做，而是他如果不这么做杜若蘅根本不会给他好脸色看。当然就算吃掉了，杜若蘅也没什么好脸色。杜若蘅有些为难地跟女儿说，你爸爸这盘南瓜饼没吃完呢，回头只能丢进垃圾桶里去了。

天真的女儿正在玩父亲的手机，头也不抬地说："让他打包带回T市嘛。"

杜若蘅柔声说那你回家以后可要看着爸爸把南瓜饼全吃光啊，一个都不许落下，周缇缇说那当然了没问题，吃完了我给你打电话妈妈！

下午两个大人带着小孩去附近商场里的游乐场，周晏持中午吃的南瓜饼还没有消化。杜若蘅不知道在豆沙蜜馅里面掺了什么乱七八糟的东西，肯定有大把的芥末跟辣椒，除此之外还有酸苦味，让他现在整个人都不好受，不得不转头问："你在里面加了什么药？"

杜若蘅看着女儿玩滑梯没扭头，轻松地说："阿司匹林跟安眠片啊。"拿女儿做前锋，让他下次再敢这么算计她。

周晏持皱眉，瞬间目光锁定她："你在家放着安眠片做什么，你失眠？"

他的反应让杜若蘅很不满意，当然目光里的东西也让她感到不适，于是起身招呼周缇缇过来，母女俩一起打发堂堂远珩集团老总去楼下买松露口味的冰淇淋。

周缇缇在游乐场待到晚上，一天的玩闹让她终于犯困，晚饭只吃了几口便在妈妈怀里睡着了。两个大人一直在等这个时候，这个时候才可以分别，否则周缇缇醒着的时候一定不想离开母亲，跟她说走她是一定会坐在地上大哭不止的。

周缇缇还不能理解离婚的涵义，可是她潜意识里已经知道什么叫分离。

杜若蘅心里很不舍，周缇缇已经几十斤重，她抱着她一直走到商场门口。早就有司机等在那里了，见到他们恭敬地叫周先生杜小姐。周晏持把小女儿接过去，小孩闻到熟悉的气息，眼睛都没有睁开，两条小腿已经熟练地挂在爸爸的腰上。

比跟她在一起时更亲密。

杜若蘅心里对周晏持的恼恨又添一层。她痛恨离婚导致的母女分离，更嫉妒周晏持与女儿相处的长久时间。如果仇恨有形，现在她都可以给周晏持织一条厚重到压死人的毯子了。

周晏持抱着女儿看她，杜若蘅低头摸出手机玩，不想理会。隔了一会儿，周晏持说："酒店行政工作太累，你不需要让自己这么累。"

杜若蘅不明所以地抬头，周缇缇趴在父亲的肩膀上，让她只能看到他的眼睛，那里面黑沉无波，是沉淀了多年才有的深邃，确实如汪菲菲所说，性感而又迷人。

他接着补充了一句："况且，你也不适合在酒店工作。"

一句话让杜若蘅差点又去抓他的脖子。隔了好半晌，她才缓缓笑着说："真是谢谢你的好意啊。再见吧。"

当天晚上十点半，张雅然美美地敷完面膜正准备睡觉，突然接到上司的来电。

她的老板在电话里虚弱而又威仪地告诉她，他现在因为急性肠胃炎正在某某医院某某号房间挂水住院，让她在第二天早上8点之前务必过来接他去公司上班。

张雅然听是这么一听，事情必定不能这样办。她从周晏持那里领着比普通秘书高三倍的薪水和奖金，行动力自然也要比普通秘书翻几番。她在挂断电话的第一时间便换上了工作装，然后踩着高跟鞋马不停蹄地打车去医院，在路上又打电话给某家酒店，说要预订第二天一早的某份粥点，并指明不要葱不要姜不要油腻，嘱咐得妥妥帖帖之后才挂断。

她那位脾气不算很好的老板对葱姜厌恶至极，指不定都能为了这两样东西炒她鱿鱼。

不过话说回来，张雅然似乎也没见过周晏持对什么东西不挑剔。这位三十多岁的年轻上司在处理公司事务时英明神武，却同时又偏好乾坤独断，万事万物都难入他的法眼，在他眼里也许人跟物都没有区别，整个世间只需要清清楚楚地分为两类——有利可图的，跟不值一提的。

典型的任务型老板，极度的物质主义。跟他那风雅的名字——言笑晏晏，冷静自持——简直半点不沾边。

张雅然到了病房门口的时候她的老板正在跟消化内科的主任医师

聊天，她不适合进去，便看到那位兼职副院长的大夫倚着柜门笑眯眯地说："你这是活该，平时造孽太多，上天派人来收拾你。"

周晏持眯着眼，有气无力地叫他滚。

"南瓜饼挺好吃吧？肠胃炎好受吧？一个人躺医院里连家都不敢回，女儿都不敢告诉的滋味儿好受吧？就说当初你负什么气离什么婚啦，多大点儿事最后闹成那样，本来就是你不对，不道歉想找死吗？问题是现在你倒是拿出那份魄力嘛，有本事别再跑去S市见人家啊，反正人家也不想见你。"

周晏持摸到床头柜上一个苹果，兜头砸过去。主任医师轻松躲过，拍拍手打开门走了。

张雅然这才敢进去。周晏持向来精力很好，一周能连续工作一百三十个小时以上都神采奕奕，她还没见过老板这么萎靡的一面，因此连说话都小心翼翼，声音压得跟叫魂儿一样："周总？周总？您还好吧？"

周晏持被吵得掀开眼皮，看她一眼又很快闭上，面色冷淡一言不发。

张雅然恭敬地说："我来看看您还有什么需要的。"

过了半晌，周晏持才吐出两个字："不用。"

大半夜的医院里面很安静，病房里面更安静。张雅然站在那里很尴尬，又走不得，想了半天只好说："您家人知情吗？需要我代为通知吗？"

周晏持突然睁开眼，说："你打算通知谁？"

"……"

还能有谁？不就是您家中的管家吗？您父母在国外女儿才四岁，本来就孤家寡人一个，还剩下谁好给她通知啊？

张雅然这么一边想，突然灵光乍现想到周晏持传说中的那些莺莺燕燕，于是话到嘴边又迅速改口："要不我把蓝小姐给您叫过来吧？"

一边这么说一边不确定地想，最近正当宠的应该是这个没错吧？毕竟是见了报纸有过模糊照片在公司传过八卦的，虽然她是没见过他们两个出双入对过，但报纸见过的嘛。

结果周晏持立刻不耐烦起来："走走走，你赶紧回家，别在这待着碍我的眼。"

张雅然："……"

于是早800年前就被骂皮实的张秘书在原地又杵了半分钟之后，挽着包包委委屈屈地回家了。

周日晚上杜若蘅值晚班，到了酒店路过康宸的办公室，他倚在桌沿挺闲散的模样，周围围了一圈小姑娘，吵吵嚷嚷地也不知在说些什么。

杜若蘅在门口扫了一眼便要走，被康宸远远叫住，他的手里魔术一样多了一盒糕点，笑着跟她招手："杜经理来值晚班？过来吃块蛋糕再走。"

杜若蘅这才看见那圈小姑娘手里个个托着一只小托盘，上面一块小巧的黑森林，正纷纷拿叉具挖着上面的松露跟水果。

有的时候杜若蘅很是佩服康宸的手段。你能看出他事有隐瞒，绝不是表面看起来普通家庭出身那么简单，可他就是有本事在你来八卦的时候既哄得你满意，又把真相瞒得滴水不漏。以至于他已经在这家酒店工作了半年多，仍是没有人挖出他究竟什么来头。

有人根据他那十根养尊处优的手指头猜测他是大家族中跑出来的贵公子，可是他又工作认真为人亲和没有架子，酒店上下人人或称赞有加或崇拜喜爱，就连两天没来上班都有不少人惦念，捂着心口担心说哎呀康经理去哪里啦不会生病了吧我们要不要打个电话问候一下呀。

其他的中级管理层可绝对没有从基层员工那里享受过这种待遇。

杜若蘅走过去，康宸把最后一块蛋糕端给她，显然比其他小姑娘手里的黑森林都要大一圈。杜若蘅最爱这种口味，吃光没有问题，只是觉得有点尴尬，幸好无人注意到这个问题，一个小姑娘用甜甜的嗓音问："康经理，究竟有没有这回事啊，总经理真的要辞职呀？"

杜若蘅微微一怔："哪里吹来这么个说法？"

小姑娘们七嘴八舌地说有人打扫走廊的时候听见了，说总经理正在跟总部那边讲电话，提辞职许可的事。

康宸说："吃东西都堵不住你们的好奇心。不过你们总经理年纪大了，到了含饴弄孙颐养天年的时候了嘛，就算想提前退休也可以理解。"

"那就是真的啦？"

康宸笑微微的模样："目前为止，传言而已。总经理从没在开会的时候提过这回事。"

小姑娘们没得到确切答案，一个个挂着失望的小脸陆续离开。杜若蘅在一旁心里发笑，康宸从来都是打太极的好手，休想从他口中套到任何消息。

蛋糕吃完后杜若蘅跟着告辞，康宸叫她等一等，然后在她站定的当口，抽了一张纸巾擦上她的嘴角。

他隔着纸巾的指腹轻轻按在她的嘴角，杜若蘅在接触的一瞬间浑身一僵。很快康宸又将手拿开，坦然自若地笑着："好了，没有了。"

杜若蘅故作淡定，嗯了一声。

次日晨会上，总经理半点没提要辞职的事，只说下星期有个考察团要过来，并且会在这边举办论坛，与会的三十几个人物都很重要，要求各部门务必打起精神认真招待。

一个营业额位居前列的五星级酒店，务必也在经营着庞大的人脉，并且这种人脉与酒店的服务同样重要。它保证了一家酒店在长达四个月的淡季时间内仍能具备入住率百分之五十以上的可能，也意味着可以在举办的论坛会议、明星签售、夫妇新婚等诸多活动中攫取源源不断的承办费，这是酒店利润里面不小的一块。

杜若蘅在入职之后第一次瞟到酒店财务报表，深深为上面那些安静又傲慢的长串数字所惊讶，顺便感慨幸好在酒店结婚的亲友们还不知道被忽悠过，不知者也是幸福的。

康宸问："考察团是哪里的？"

"T市。"

杜若蘅下意识地抬起头，康宸问："名单在不在？"

"散会之后发给你们。"

　　杜若蘅在拿到名单的第一时间跳到后面看结尾，这种与会名单不是按笔画就是按首字母排列，不管哪一种周晏持都要排在后面。她从后往前开始找，很快就在倒数第四个的位置上找到了周晏持三个字。

　　杜若蘅开始计算自己的年假还剩下几天，够不够出去玩一圈等到论坛开完再回来。康宸不知什么时候站在她的身后，目光在名单上溜了一圈，忽然轻笑一声。

　　他笑得不明所以，杜若蘅抓不住笑点，听他自己好兴致地跟她解释："你看看，总经理果然年迈糊涂了，这种名单也敢拿出手。"

　　可是他解释得不明所以，还不如根本不解释。

　　杜若蘅一直隐隐觉得康宸跟总经理之间有过节，当然这只是她的直觉，无人证实过。总经理平常喜欢端着架子远离世间疾苦，底层员工本来就鲜少有见到他的时候，更不要提看到两人之间的冲突。但从另一方面，又实在有太多例子来辅证这个论点。

　　比如有一次晨会上，康宸甚至拿杜若蘅跟总经理开玩笑，说像她这样的情商值，就算从客房部经理直接跳到总经理的位子上坐一坐，估计也能做得很不错。这种削脑袋的言论一发出来，全场鸦雀无声。杜若蘅根本不知道该怎么接，更无从知晓康宸是横生出什么胆气才说出来这种话。简直让她连想死的心都有了，心跳140等着总经理的反应，却没想到后者只是眼皮狠狠跳了两下，然后若无其事地转过话茬说张经理你的月度总结究竟打算什么时候交给我，这可都月初十了再拖下去这个月度总结可又该写了。

　　非常明显的迁怒过程。也就是那一次散会后杜若蘅听到财务部的吴文平嘀咕，说康宸究竟是从哪里来的人物居然到了连顶头上司都迁就的地步。

　　整个白天杜若蘅得空就在琢磨那份名单，到了晚上忽然又释然。她的确不想见到周晏持，可是说到底他也不是一只猛兽，他要来便来，她尽职工作，其余与她无关。这才是她应该有的状态。

这么想下去终于轻松了，忽然听见办公室的门给人轻轻敲了两下。

康宸的声音在夜间听着无端温柔："看见你这边灯好像亮着，还在办公？"

杜若蘅去应门，康宸穿一身浅衣浅裤站在门口，灯光映得眉眼间平添几分缱绻温柔。

他的唇角微微上勾，有点笑容："看你也还没休息，来找你聊天。"

"你怎么没有回家？"

康宸提议两人去一楼酒吧，一边回答："我有事要加班。"

"前厅部最近很忙吗？"

康宸一本正经地说："不忙。可是有其他事比较忙。我告诉了你你不要告诉别人——我找了份业余工作，最近正兼职赚钱。"

"……"

杜若蘅要了杯不含酒精的饮料，看康宸斜倚在吧台边的舒展姿态。好看又有气质的男人总是有特权，一举一动都是赏心悦目。杜若蘅能理解酒店那些小姑娘整天飘荡的红心，她如果不是对着周晏持那张脸太多年，突然遇到这样一个人，她也不会镇定到哪里去。

两人平时相处融洽，可是私底下其实还没有这样单独相处过，因而一时有点静默。这种情况下杜若蘅一般都是等着对方先展开话题的，可是今晚她觉得莫名放松，感觉和康宸也不需顾忌太多，便首先开口："康经理去过T市没有？"

"很熟悉。"

"熟悉到什么地步？"

康宸笑说："熟悉到我可以背完一张城市地图上的所有街道。我的本家在T市。"

"……"

杜若蘅想起康宸在简历上写的某个不知名的小城市，跟现在他的话一对比，直觉有点微妙。她想了想，转移了话题："还有那天你给我女儿的巧克力，我代她向你表示道谢。"

"小女孩叫什么？"

"周缇缇。"

"看起来只有三四岁。"

"的确是，再过两个月就是四周岁生日。"

　　杜若蘅有点担心他接下来要问到她有关离婚的问题，但康宸只字未提。两人在一小时左右的谈天里话题零零散散，但杜若蘅知道了康宸不少亲口证实的内幕消息，比如他现在家住城东区，家中有一部分古籍珍藏，这倒是出乎杜若蘅意料；再比如他每天开来上班的黑色B系车确实是他所有；再比如他其实还有个同父异母的兄长，两人关系一般，或许还有些恶劣。

　　这些话题有一大半都是杜若蘅主动问及。她承认自己是八卦魂在作祟，但同时很奇怪于康宸的大方配合。明明按照他的手腕，他可以把每一个问题都完美地蒙混过去。

　　但不管怎么说，杜若蘅把这个神秘的美男子八卦到这种地步很是心满意足。以至于在重新回办公室的路上她脚步轻快，之前由温怀和周晏持带来的怒意全部消散。只除了有点觉得刚才的谈话内容如果换个时间与人物，仿佛特别像是一场男女相亲的介绍会。

　　到了第二天早上杜若蘅重新开机，不多久便提示周晏持来电。

　　那边电话响到第三遍，杜若蘅终于按了接听。

　　周晏持开门见山："我下周会去一趟S市，住在景曼花园。"

　　杜若蘅终于冷淡开口，说早就知道了。

　　周晏持顿了一会儿，说："你如果觉得不方便，我可以住到附近其他地方。"

　　"你想太多了，我没那么闲。"说完收了电话。

　　两人实际相处的角色与外人看起来其实正好相反。外人一直传言周氏夫妻一方强势一方软弱，并且强势的一方不可能是杜若蘅，而实际上，杜若蘅在外面的时候温言软语容忍和气，离婚前的那段时间却可以对周晏持直接展开肢体暴力。工作状态的周晏持是个冷血无情苛刻严肃的暴君老板，回家后不管杜若蘅怎么发飙他都能始终隐忍不发风轻云淡。

苏裘在两人的婚礼上曾说两人是绝佳配偶，周晏持油盐不进的脾气注定孤独终生，所幸还有个杜若蘅让他愿意收敛。对于杜若蘅而言，她有思虑过多瞻前顾后的毛病，而周晏持正好给她正确直接的决断。

杜若蘅的心理医生，她曾经的同学聂立薇在了解到周晏持的成长环境后，同杜若蘅说，他听不进别人言论的性格与他从小家庭不和的成长环境，导致他对忠贞二字理解偏颇。但杜若蘅认为这不是根本缘由。她只是觉得，她曾经对于周晏持太过依赖和信任，才导致周晏持对于婚姻的郑重和严肃如此怠慢。

曾经她有多么仰望这个男人，并且十足放心。婚前她对他一度处于迷恋状态，以至于周晏持的行为她百分之百信任，很少过问。她从未给予其他任何人像给予周晏持那么重的信任。这使得她对于他的负面评价向来付之一笑，而如今回忆，才生出一种不堪回首的想法来——曾经的她居然将信任如此盲目地建立在除去她自己之外的其他人身上，无怪乎坍塌只是在一瞬间。

开论坛会议的当天，周晏持与一群与会代表一同进入酒店。杜若蘅代替前台工作人员派发房卡和会议通行证，轮到他的时候，她给的态度好过离婚后她对待他的所有。周晏持看了她一眼，一言不发地接过去上楼，隔了一会儿给前台打电话："房间里吹风机有点问题。"

杜若蘅说："我找服务生马上给您另外拿一个。"

"你们服务生走半天了还没有回来。我希望你上来一趟。"

杜若蘅摔了电话面无表情去楼上，后面跟着汪菲菲都快要在她身上盯出洞来的眼神。

到了房间周晏持给她示意吹风机确实是坏的不能用，两人相隔不到一米远面对面站着，杜若蘅检查片刻，抬起头来说："你自己弄坏的？"

周晏持说："你非要把每个异常事件都得安在我身上才甘心吗？"

"这不是异常，是反常。在你们来之前，这些房间的每个角落我都检查过，没有问题。你如果强行弄坏设备又来污蔑，简直是对我工作的侮辱。"

说完杜若蘅转身就走。忽然肩膀被人握住，用了力道一扳，她整个人被周晏持钉在墙边。

他的声音很平静："我们需要谈一谈。"

"谈什么？"

"你当初离婚，对我有偏见。"

"偏见？我对你连半点想法都没有了，怎么可能还剩下偏见。"

"你凭什么对我这么不耐烦？"

杜若蘅懒得回答，使劲要推开他，可不管怎么挣扎周晏持都用了不大不小的力道压制住她。她的两条腿甚至都被卡住，整个人被紧紧地压在墙壁边上。这种感觉非常不好，让她的火气迅速蹿上来，"放开！"

以前在婚内，婚姻的最后半年两人吵架是家常便饭，可是每次都是杜若蘅冷言相向甚至施加暴力，周晏持从来没有一次还过手，如果问题不大他甚至连躲避都少有，不管她扔过来什么他都是生生挨下。这次也是一样，周晏持过了一会儿，力道渐渐松开。

不过他仍然拦着她出去的路："你现在到了连见到我都能生气的地步，我们好歹朝夕相处过那么多年，你觉得这很正常？"

"有什么不正常的，一切都挺正常。"杜若蘅咬牙，"你究竟放不放手！"

"你到底哪里出了问题？我什么地方招惹你了？"

杜若蘅根本不予回答。她勉强挣扎出右手，握着吹风机朝他后背狠狠砸上去。趁着周晏持分神，立刻跑出他五米之外。

杜若蘅没留半点余地，周晏持被砸得几乎眼前发黑。杜若蘅每回跟他动手都没有念及半点夫妻情分，他有时候非常后悔以前教给她防御之道，那些都是很实用的防身术，结果杜若蘅在国外的时候没有用上，回国之后全都实践到了他身上。

等他眼前清明，便看到杜若蘅揪着胸前被扯开的一粒衬衫扣，正在恼怒而警惕地往后退。

周晏持微闭着眼轻轻吸气，估计后背已经青起好大一块，他连呼吸都觉得有凉意。看到杜若蘅瞪着他的眼神比瞪着一个不世之仇的敌人好不到哪里去，愈发地没有好气："你大可放心，我怎么敢再过去，你应该对你的技术相当有自信。"

杜若蘅说："你整个人从头到脚我连一根汗毛都不相信。"

他只往前迈了一小步，杜若蘅立刻往后退了一大步。周晏持不得不停下来，觉得无可奈何，又觉得有点好笑。

他说："你就是这么对待你的酒店客人？我要热毛巾，另外还需要一瓶正红花油。"

"酒店提供的药膏比外面贵十倍。"

"没关系，如果你去取来并且帮我推，我不介意贵一百倍。"

杜若蘅盛怒："酒店才没这些乱七八糟的东西！自己去买去弄，你自作自受！"

说完转身就走，周晏持在身后提醒说："等等，我的吹风机还需要一个新的。"

"关我什么事！"

周晏持又平静地说："房间抽屉里应该有针线包。"

杜若蘅想掐死他的心都有了："不用你管。"

她终于摸到门把手，然后打开门迅速头也不回地走掉了。

杜若蘅摸走了周晏持房间里的酒店宣传册，黑色的厚厚一大本挡在胸前回到办公室。一边咒骂混蛋混蛋一边换衬衫，再回到大堂时汪菲菲正在跟小叶窃窃私语，见到她之后立刻端正态度，然后又在眼尖地看到她换掉的衬衫时眼神变得意味深长。

杜若蘅面沉如水，火气难发。她握着的中性笔划在与会名单上半天没动作，直到周晏持又发过短信来：刘叔特地给你做了你爱吃的曲奇，在我房间。

有与会代表新到签字，杜若蘅的面孔上终于又整理起笑容，手指给周晏持恶狠狠地回过去：滚！

到了下午，杜若蘅奉命跟在总经理后面，挨着拜访与会代表中几个重要人物。第一个便是周晏持的房间，甫一打开门，便闻到浓浓的活络油的味道。

周晏持穿着自带的藏蓝色睡袍，神情冷淡，对总经理热情周到的寒暄回应寥寥。杜若蘅认识他这么多年，其实很少见到周晏持在外面时的样子。他带她出入过的场合大都轻松，以发小聚餐居多，那种时候他都表现得比较随和，像个好说话的人，纡尊降贵的意味很轻微，与杜若蘅从苏裟那里听说的冷血帝王有很大距离。

因此她其实很少见到周晏持像现在这样，带着傲慢和高贵，与总经理之间的对话充满了人与人的等级划分。

她在心里骂了他一句仗势欺人。

总经理已经过了知天命的年纪，仿佛比杜若蘅要看得开，自始至终笑容满面，一副浑然不觉的样子。他问周晏持酒店是否还有照顾不周的地方，一面自己环顾四周检查客房，然后目光隔着玻璃门，落在了盥洗室内被扯断了接线的白色吹风机上。

周晏持看过去一眼，八风不动地解释："刚才我不小心把它扯坏了，还没来得及叫服务生来换。"

总经理回过头去看杜若蘅，后者立即拿对讲机和下属接线："黄小晚，给1407号房间的客人换一台新的吹风机。"

周晏持突然说："杜经理有劳。"

杜若蘅笑得婉约又温柔："哪里的话，周总客气，这是我的职责所在。"

两人把与会的几名要员拜访完，总经理突然说："小杜，我记得你好像也是T市人？"

"是的。"

他看着她的眼神里有探究意味："那你跟周晏持认不认识？"

"……周总名气这么大，T市应该没有几个人不认识他。"

晚上杜若蘅给周缇缇打电话。小姑娘一个人跟保姆在家，带着鼻腔跟妈妈抱怨自己害怕。

杜若蘅每每在这种时候都心情复杂。幼时父母离婚，她离开父亲是什么滋味至今都还记得很清楚，那不是个愉快的童年经历。现在同样的感受又要顺延到自己女儿身上。如果她没有离婚，此时此刻一定像这世上大多数的母亲那样陪在女儿床边哄她睡觉。那个场面会有多温馨。本该是这样。

她到现在都快要忘了自己当初并不是在做选择题。她的心理医生很早就给她进行治疗，却一直没有疗效，最后心理医生拿她没有办法，很严肃地告诉她，她要对自己的病情有清楚的认识，照当时的趋势发展下去，最后发展成重度抑郁也不是没有可能，那就已经到了有自杀倾向的地步。

她那些天每晚都夜不能寐，一个人在卧室里翻来覆去。周晏持跟她吵架，从开始的忍让到后面的针锋相对再到最后的彻夜不归，她就是从那个时候开始对周晏持怀恨在心，很绝望地想他为什么跟她不再是一路人。

杜若蘅对哄小孩子其实并不在行。只能一遍遍说，缇缇乖，缇缇不怕，还有保姆在，爸爸过两天就回来。周缇缇在那边渐渐有山雨欲来的大哭架势，她有些慌。这个孩子的到来本是一场意外，杜若蘅曾经态度激烈地跟周晏持说我不要生小孩，周晏持答应得很好，甚至说没关系他也不是很想要，可架不住这世上确实有万分之一的概率存在。

周缇缇开始抽噎，杜若蘅说不哭好不好妈妈下一次给你做你最爱吃的小熊芝士蛋糕。周缇缇大哭说不好我只要爸爸妈妈。杜若蘅只好说妈妈在这里，可是周缇缇哭得更厉害："我还要爸爸！我要爸爸！我要爸爸和妈妈！"

很快周缇缇说出了让她更为难的话："爸爸说他今天会和你住在一个酒店里，妈妈你去找爸爸，你去找爸爸！"

"……"

杜若蘅在原地转了三个圈，最后跺脚离开办公室去找周晏持。

周晏持正架着眼镜处理公司事务，听到杜若蘅在外面频率急躁地按门铃。在他应门的同一时间她把手机塞到他手里，抱着双臂脸色不善："周缇缇要求让你听电话。"

杜若蘅只想走，等他打完再回来，被周晏持眼疾手快拽进房间里面关上门。他一边在电话里唤了声女儿的名字，语气温柔到足以滴出水。

那边周缇缇的哭声瞬间消掉大半，带着抽噎问爸爸你在做什么。

周晏持一面把杜若蘅拽到沙发坐下，一面说："在和你妈妈聊天。"

"你们在聊什么？"

周晏持用单手把行李箱打开，把一盒手制曲奇饼干拿出来，递给杜若蘅："在聊这些天周缇缇在家乖不乖。"

周缇缇立刻表示自己很乖。周晏持嗯了一声："我也是这么和你妈妈说的。"

他说这话的时候眼角上挑，带着微微的笑意。眉眼间全是温柔。杜若蘅一直不能否认，周晏持比她更爱周缇缇，他对待这世上绝大多数人都有所保留，可是对待女儿的时候用了十二分的心血和耐性，宠爱程度超出旁人对他的认知水准。

第三章 住院

几根手指正给人轻轻握住，对方掌心温暖，让她在迷糊意识里觉得舒适，便勾了下小指，很快手就被人松开，小心地放进被单下面。

周晏持把周缇缇哄到睡着是在半小时之后。期间杜若蘅数度想走，都被周晏持的一只手牢牢扣住。她使劲挣扎拿眼神警告，周晏持撇过脸不去看她。然后杜若蘅听到周缇缇在那边甜甜地叫爸爸，她在愤恨之余一口咬上周晏持的手腕，牙齿在顷刻之间穿透了皮肤肌理直达微血管层。

　　不久杜若蘅就尝到了一丝铁锈味。周晏持手腕抖了一下，眉心皱起来低头看她。杜若蘅趾高气扬地瞪回去。

　　周晏持匆匆挂断电话，跟她说："你什么时候能改一改动不动就咬人的毛病？"

　　杜若蘅心说你是人吗你根本不算人，面上冷淡回应："人只有在遇到仇敌的时候才会切换应急状态，这是正常的反应。"

　　周晏持开始揉眉心，说："下周末我会带缇缇去W市看她爷爷奶奶。你要不要跟着一起？"

　　杜若蘅一度与周家二老相处不错。尤其是周母，自当年见第一次面之后便对她格外照顾。当初杜若蘅提出要跟周晏持离婚，反对的大有人在，除去周晏持本人，反对声最激烈的便是双方父母。尤其是周家二老，知道消息的当天就舟车劳顿从国外赶回T市，一个婉劝杜若蘅，一个则是当着杜若蘅面就要提着拐杖揍儿子，说还不都是你在外面拈花惹草，把小杜气得不行了，她才非说要离婚不可！

周晏持说阿蘅要离婚的理由根本不是这个，我就算找一百个女人她都无所谓，我俩的事您跟妈别操心太过。再说，您哪有资格教训我这个。

一副淡淡的态度当场让老爷子血压飙高，脖子一仰差点没气倒。

两人最终仍是离婚。离婚后的杜若蘅携周晏持一半的身家跑来S市，经苏裘的推荐在景曼做客房管理。离婚后有一段时间杜若蘅跟周晏持的关系曾降至冰点，周家二老却对她一如既往地关爱和宽容。只感慨说是周家跟周晏持无福，才留不住杜若蘅这样大方明理的儿媳妇。并且还打听到了杜若蘅现在的住址，间或便托人给她寄一些东西，有时候是雪蛤那样的保养品，有时候则是大闸蟹那样的当季冷鲜。

杜若蘅对此极是惭愧，感觉无以回报。有一回忐忑问苏裘这可该怎么办，苏裘说这是好事又不是坏事你怕什么，你逢年过节探望一下也回点礼过去不就结了。

杜若蘅郑重说总感觉二老是礼轻情意重，苏裘连眉毛都不抬一下说省省吧否则你还能有什么办法，难不成你还能为了几只大闸蟹跟周晏持复婚啦？

一席话让杜若蘅无话可说。作为一个晚辈，显示出比两位长辈更尊敬关怀的办法也只有亲自拎着礼品过去探望。

可是杜若蘅不想跟周晏持一起过去W市探望："我有什么好去的。"

"老太太挺想你。上回我回去的时候她还跟我唠叨你。"

杜若蘅说："我回去的时候两位长辈从来没提起过你。可见根本不想见你。"说完又觉得后悔，这样无谓的赌气话她下意识就想回敬他，可是说得多了，她自己又觉得没什么意思。

于是沉默。

她在沙发上安静下来，有点发呆。房间里只他们两个人，杜若蘅无意识坐着的姿态比以前娴静文雅许多，像是在公共场合。这一部分是一年多来她在酒店工作的结果。周晏持在对面无声地看了她一会儿，从头到脚，一根发丝都没放过。最后他开口："前两天称周缇缇体重，十六公斤。"

"嗯。"

"老师说这一个多月她在幼儿园的表现不错，很懂礼貌。跟同桌相处得也不错，同桌是个男孩，叫习睿辰。"

杜若蘅说："她觉得高兴就好。"

周晏持突然说："是不是我们现在除了周缇缇之外就不能平心静气地说点别的了？"

杜若蘅看他一眼，又恢复了那种拒人于千里之外的眼神。她面色冷淡地往外走，这次周晏持没有再拦她，送她到门口。等关上门，杜若蘅听到廊道另一头有服务生喊杜经理，对方手脚缩在一起，表情害怕又委屈。

等她走近了，这个被聘来还不到一个月的新客房服务生才怯怯地说："……我把VIP客人的衣服洗坏了。"

杜若蘅一抬头，不远处客房门口正站着怒气冲冲的客人。

杜若蘅认得这个人。

但凡酒店的住客总能分为两种，一种是受欢迎的，一种是不受欢迎的。这位姓谢的客人显然属于第二种，并且历来记录都劣迹斑斑——挑逗客房服务生、不讲卫生、口吐脏言、同其他客人争吵、斤斤计较，简直集各种极品性格于大成。可是与此同时他又每年都为酒店收入做不小贡献，甚至还包括其S市分公司每年的年会都在这里举办，酒店不能轻易将此人拖进黑名单。

现如今服务生将衣服干洗误弄成了湿洗，一整套西装礼服都报废，不管怎么说这里面肯定会有酒店的责任，再加上又是这么一位难缠的客人，让杜若蘅怎能不头痛。

果然对方看见了她，怒火更甚："你们酒店到底怎么做事的？亏得还是五星级，这种小事都办成这样！这套礼服加起来一万多块谁来赔？还有你们打算让我明天穿什么去出席典礼？我穿着睡衣去啊？事情传出去我看你们以后根本是不想做生意了！"

杜若蘅千言万语只有道歉："谢先生，这可能是我们的工作失误，非常抱歉。"然后转头严肃地问服务生，"究竟是怎么一回事？"

对方怒声说："还有什么好说的，我让她去洗衣服结果她给我洗成这样！"

服务生委屈得快要哭出来："他昨天让我填洗衣单我就填了，当时也没有说明是干洗还是湿洗……"

"我怎么没告诉你了？我说得清清楚楚让你去干洗！你自己没记住还赖在我头上，你们酒店员工就这种素质？！"

服务生干脆直接哭出声来了。

杜若蘅在心里叹气，又是责任不清导致的纠纷。每回遇到这种事都让她感到厌倦，她不喜欢同蛮不讲理的客人打交道，往往会比对方更快流失掉耐心。

在这种时候再讨论洗衣单只能让客人自己填写并签字的问题，对方是肯定听不进去的，她只有态度更加和软地道歉："我们的服务生初来乍到，导致的失误之处我们感到非常抱歉，我们会查明问题，按照酒店规定给您赔偿。对于您明天出席典礼造成的不便，我们可以送来礼服册供您挑选，不知您是否需要。另外现在天色已深，您看……"

杜若蘅一连说了十多分钟，对方仍然不依不饶。她好话说尽口干舌燥，有种经验得来的预感，这笔赔偿最后一定会全数算在酒店头上，指不定要赔偿五千以上。她为此觉得脱力，除此之外还十分反感对方盯着她的越来越直勾勾的眼神。可是不管怎样她都不能避开。这是工作，是她的职责范围所在。

对方突然打断她："你说的这些我都不能接受。我们还需要再深入谈一谈。走廊里这么吵影响不好，你进来我房间，我们好好讲一讲。"

杜若蘅敏感地往后退了一步，思索合适的措辞："既然您无法跟我达成协议，那么我叫酒店的副总经理来跟您谈，您看如何？"

对方不由分说，五根粗短手指已经抓住她袖子，杜若蘅挣了一下没能挣开，蓦然警铃大作："这是酒店，谢先生！"

她用了力气挣扎，终于把对方的手甩开。杜若蘅穿着高跟鞋，因而往后重重退了一步，没有扶稳墙壁，眼看就要摔倒，被蓦然出现的两只手抓住胳膊强行拽了起来。

周晏持还是那身藏蓝睡袍，等到杜若蘅重新站稳，不动声色把人挡在身后，皱眉开口："你们吵得还让人睡不睡觉？"

对方看到他，整个态度为之一变："周总也在这家酒店？幸会幸会！不小心打扰了对不住对不住，进来一起喝一杯？"

周晏持站住不动："一件衣服而已，竟然也能吵得走廊那头都听得见。这种低劣的事我以为宽宏大度的谢总做不出来，难道是今晚喝得多了？"

"……"

"听说谢总的公司最近碰到一些银行贷款的问题？申请批下来了吗？"周晏持挽了挽袖口，愈发不留情面，"要是流年不利，那就更要积德啊。"

两分钟后，杜若蘅站在电梯门口，冷声教训还有些发抖的闯祸服务生："这是唯一一次，不要让我再看到有下次。回去之后把客房部服务守则一字不差地背过，明天写一份检讨书交到我办公室。另外，如果不是对方没有追究赔偿，你本来还要再扣三个月的薪水抵账，现在我只把你这个月的薪水扣一半。"

小姑娘讷讷不敢回话，一声不吭地走了。等到电梯的镜面里只剩下她一个人，杜若蘅没有回头，但她知道周晏持就站在不远处。

以前的时候，周晏持每次帮了她忙，或大或小，总会调侃要她付出一点报酬。这已经是很古老的传统了，几乎从在国外他给她做饭时就开始。那时候两人就达成过协议，他每周来给她做一次饭，她则帮他查找一些专业资料。即使杜若蘅很多地方都不懂，他发过来的东西她很可能找得乱七八糟，但这个协议始终保持，甚至到了婚后也是如此。

杜若蘅等着他这回又打算怎么邀功。隔了一会儿，周晏持开口："没有话说？"

杜若蘅一言不发。刚才的一幕让她心情复杂。结果很好，处理得完美而迅速，可是如果没有这个人出现，她也能将事情解决并且全身而退，只是要稍微耗费一些时间。

如果周晏持想让她道谢，那么她在第一时间也已经当着服务生的面跟他道过了，礼数周到，诚恳真挚。

杜若蘅觉得当前跟他确实无话可说了。

她等着他主动开口，做好了被提要求的准备。毕竟是帮了忙，条件只要不过分都会答应，这是人品问题。杜若蘅这么想。可是等了很久未见人开口。她转过头，廊道里空空如也，周晏持不知什么时候早已走了。

杜若蘅十点多才回到家，站在阳台上，衣袖被夜间凉风吹得鼓动，抿着嘴角给苏裘拨电话。

两人多年好友，高中是同学，大学是邻校，毕业后花落两地，苏裘一人在S市工作，十天半月便在电话里跟杜若蘅哭诉你到什么时候来我这边啦？男人都不可信，扔了你老公不行嘛？我好孤独、好想你，哎等你来了咱俩大战三天三夜不见不散啦，结果等杜若蘅真的扔了周晏持跑来S市，苏裘除了帮她一起找了份工作之外，寻常时候连个面都不主动露，电话都基本不打了。

杜若蘅为此嘲讽她嘴上一套行动一套，苏裘说你人都来了我就有安全感了嘛，见不见都无所谓的，反正到嘴的鸭子都很难飞走的。

两人都不是很黏人的性格，苏裘的观念甚至比杜若蘅更利落。她任职一家外企的中层管理人员，天天高跟鞋健步如飞脚不沾地，本质上对男人持悲观态度，连看一眼都没时间。

离婚后杜若蘅能从阴影里走出来，有一大半要归功于苏裘。

那边响了两声就被接起来。苏裘还在加班，语气透着疲惫。听完杜若蘅的诉说，随便哦了一声。

杜若蘅不满，说你哦一声几个意思啊，我说这么多就值你一个哦啊？

苏裘说那你还想让我怎样，你要知道你曾经对他可是足够厚道，恐婚恐成那样后来不也结了，结婚以后家务活说不做不也照做了，凭什么白白做这些啊，他有工作你没工作啊？他在外面忙你除了你的工作以外还在后面帮他忙呢，为了这个你少了多少朋友多少交际？还有，谁说过誓死不生小孩啦？你忘了你生小孩的时候大出血是因为什么啦？弄成这样最后不也生了个小孩给他玩吗？你做这么多他本来就该对你这么和颜悦色好不好，否则周晏持连衣冠禽兽都不算，根本就是具行尸走肉。

杜若蘅隔了半天才说，哦。

她心情很差地去给自己做夜宵。进了厨房才想起来今天又忘记买食用油和面粉，打开流理台底下的柜子，里面果然空空如也。

她心情更是差了。干脆去了客厅的跑步机上跑步。

离婚后杜若蘅有很长一段时间无法习惯自己单独一个人生活。包括缺乏安全感，睡觉浅眠半夜惊醒，不敢开窗，连出去都有怀疑自己是否锁好门的强迫症。除此之外，还有其他不便。比如从此以后需要自己一个人踩着梯子去换天花板上的灯管，一个人在家让陌生人进来修理下水管道，一个人去超市买十公斤重的食用油和面粉，然后在众目睽睽之下弯腰把它们弄进车子里，再一个人开车回来弄上楼拎回家。每次做完这些，都要喘上好一会儿气。

这种时候便不可避免地出现心理落差。杜若蘅花了一些时间和精力来消化掉这些情绪，在这其中，苏裘起了很大的引导作用。

苏裘是个越来越坚定的不婚主义者。她对杜若蘅说，一个人跟两个人，不管哪种方式都要付出代价。男人之于女人的作用，充其量也就那些，宠物一样的温暖和安全感，适时地做个开瓶器跟换灯管的搭桥梯，以及还有一些安慰，金钱和劳力。搁以前这些的确都得从男人那里汲取，但是现在你都能用其他东西或者是你自己来代替。你听说过经济学里的替代品吗？替代品越多，一样东西的价值也就越一落千丈。所以女人觉得这个社会上的男人越来越没用其实是有原因的。

然后她又跟杜若蘅这么洗脑："离婚不是末日，让消沉把自己淹死才是末日。"

苏裘在杜若蘅离婚后来到S市的当天带她去了美容院，次日又拖着杜若蘅去办了健身卡。最后两人在S市高塔的旋转餐厅窗边吃饭，苏裘一边大快朵颐一边心疼地说为了庆贺你重获新生，这顿饭可花了我大半年的积蓄啊你知道吗？

杜若蘅做了个愧疚的表情说那太不好意思了，要么这顿饭我请吧？但我要你身上穿着的香奈儿这层皮。

杜若蘅在跑步机上待了半个小时。深秋的夜风拂过纱窗，抚在人背上的时候很是舒爽。杜若蘅把自己折腾到筋疲力尽才去睡觉，原本以为会睡得香甜，哪知道做了噩梦。

梦里她跟周晏持争吵，在她还没有提离婚之前的场面。周晏持说："实话不实话有什么要紧的，反正你听与不听都不能改变后果。就不能想开一点，别耍脾气？事事打听事事报备你当我天天就钓鱼打球那么点事情？你以前不这样的，什么时候也变成这种人了？"

杜若蘅在睡梦里狠狠踢了他一脚，总算解了吵架当天她发愣呆住没来得及实施暴力的郁结之气。

到了第二天早上，杜若蘅发烧了。

她一口气睡到9点，错过晨会，康宸打来电话问候她才醒过来。头昏脑涨地想应当是夜里吹风吹多了的后果。康宸在那头问："你现在在哪儿？"

杜若蘅说自己还在家，并请他帮忙请发烧的病假。

康宸尾音上扬地嗯了一声："怎么弄成发烧了？你现在在家吗？我过去送你去医院。"

杜若蘅捂着正在发汗的额头说："我打车去就可以了。"

"这种时候不要强撑着。一个人发烧的时候做事很不安全，你收拾一下，我去接你。"

杜若蘅报了地址。康宸请她等15分钟。一刻钟之后果然听见人按门铃。她把康宸让进来，眯着眼道谢，然后喃喃说我从酒店到家最快也要20分钟哎，你是怎么做到的教教我，日后早上就可以多睡5分钟懒觉了。

康宸哭笑不得，说行了都不用测体温了你这都烧糊涂了。

杜若蘅反应慢两拍,只听出话里的几个字,然后说我都测好了38.9℃。

康宸把她的帽子和围巾裹得愈发紧实,笑得眼尾上弯,说好,我知道了,咱们现在就去医院。

到了医院挂号问诊输液,杜若蘅清醒了没一会儿就又沉沉睡过去。中间被苏裴的电话吵醒,说人在景曼附近,中午要不要一起吃饭。杜若蘅有气无力回,我发烧呢,吃不了,苏裴转而立刻问,医院在哪,她马上过来。

杜若蘅挂了电话又睡过去,再醒过来的时候不知今夕何夕,输液的手儿根手指正给人轻轻握住,对方掌心温暖,让她在迷糊意识里觉得舒适,便勾了下小指,很快手就被人松开,小心地放进被单下面。

杜若蘅慢慢睁眼,旁边的人即使坐在椅子上也依旧看得出身形修长,穿一件深色风衣浅色衬衫,左手食指上勾着车钥匙圈,上面一对银色翅膀。再往上,便看到一张面孔,没什么表情的模样,但下颌线条行云流水,眉眼间熟悉而深邃。

杜若蘅反应还有些迟钝,沙哑着声音问:"怎么你会在这里?康宸呢,他回酒店去了吗?"

周晏持一时没作声,隔了片刻,有点咬牙切齿的意味:"你连发烧都知道怎么让人不舒坦。"

杜若蘅的意识慢慢回笼,态度变得不冷不热:"你连病人都不放过是来吵架的?"

周晏持索性直接不回话。天知道这会儿杜若蘅都是些什么理论。看她撑着手臂想坐起来,便起身帮她把枕头竖好。

两人互相沉默了一会儿,周晏持开口:"怎么会发烧的?昨天还好好的。"

杜若蘅掀起眼皮瞥他一眼,又垂下去,那个样子根本就是不想要回答。

周晏持又说："早饭吃了没有，现在饿不饿？"

实话来说杜若蘅的确有些发饿，她空着肚子输液一个上午，现在只想喝热粥，可是这种话早已不习惯跟周晏持说。于是脸色愈发不好看，眉毛也皱起来，只恨不得周晏持能看懂她的表情立刻走。

果然周晏持随着她的意念站了起来。可是他的话却是："你想吃点什么，热粥好不好？"

"你烦不烦啊？"

周晏持看一眼还在滴液的吊瓶，车钥匙在手上转了一圈："我去买份热粥。时间来回应当够，如果我没回来，就按床边铃叫护士来。"

杜若蘅眉毛皱得更加紧："你废话怎么这么多，你干脆直接走了不要回来了行不行？"

周晏持不理会她的话，转身往外走。走了两步又停下了，康宸拎着只浅蓝色保温桶出现在病房门口。

康宸的目光依次落在里面的两个人身上，眉毛轻轻往上一挑。先是跟周晏持点了个头，然后对杜若蘅笑了笑："我想你一觉醒来肯定要饿，就去外面买了份粥回来，温度应该还好。既然你醒了，那不如现在趁热吃？"

康宸把粥盛好放在杜若蘅面前，后者说了几遍感谢劳烦的话。以己推人，她的确觉得很麻烦他，因而言辞恳切态度真诚。康宸笑而不答，只是把勺子递给她："里面加了点豆豉，你尝尝看是不是合口味。"

杜若蘅尝了一口，点头夸奖："味道很好。"

"那就好。"康宸又招呼周晏持，"周先生吃早餐了没有？这粥还有不少，一起吃一点？"

周晏持神色冷淡："多谢，不用。"

三个人同处一室，莫名多了点尴尬的意味。杜若蘅避开输液的手，小心喝粥一言不发，康宸倒是神色轻松，问周晏持："周先生怎么会知道杜经理生病住院的？"

杜若蘅在心里默默评价康宸这个问题问得不好。周晏持一直都是个惜字如金的人，除此之外做事还习惯了随性而为，根本就懒得告知旁人行踪和来龙去脉，从他跟她以前的吵架就能知道。再加上周晏持一副傲慢性格，康宸这么问他说不定连个面子都不会给。

果然周晏持未予回答。连眼神都不挑一个。

康宸收拾了碗勺之后便提出告辞，临走前告诉杜若蘅他帮她请了一天的假，如果另外有别的事再给他打电话。

杜若蘅躺在病床上闭目养神，周晏持在窗边与秘书张雅然通过电话交谈。声音虽然压低，但房间里安静，还是可以隐约听得见。

有时候杜若蘅会很奇怪周晏持那些乱七八糟的行为方式，甚至他整个人的设定都跟她杜若蘅多年来的观念有冲突。比如说，不管多机密重要的事务他都不会避讳着她，但与此同时，他又懒得事事与她沟通报备。有时候杜若蘅问一问，他一般都会说操心太多容易伤神，总之到最后还是不会报备。

除此之外，不可否认周晏持对待她一直都是极好的，他很少对什么人上过心，杜若蘅无疑是其中的一个。不管婚前婚后，周晏持待她的方式都令周围知情人相当羡慕，可与此同时，他又在外面给她养着一二三若干小蜜。

多么矛盾的组合体，矛盾到杜若蘅有时候都想扒开周晏持的脑袋看里面住没住了两个人。

苏裘在得知周晏持婚后不忠的行为之后，进行评价，说这简直是太正常的社会现象。有相当数量的现代男人都有这么一个梦想，对妻子深爱，对情人尝鲜，养情人和宠老婆都是一样的天经地义，只不过有些人是权钱所限无法达成罢了。如果亲口问问这些人，他们指不定还会这么回答你——哎呀压力大么，又不忍心让你分担，只好偶尔找一找别人，但我的心和情意都始终牢牢在你这里，这难道还不够？

杜若蘅当时只有无言慨叹。

张雅然在电话里把公事说完了，跟着开始说私事："蓝玉柔，蓝小姐今天来电话，说东城区新开了一家餐厅，问您最近是否有空闲与她一起去那里吃饭。"

周晏持说："没空。"

"还有张如如小姐……"

杜若蘅忽然觉得闷，出声指挥周晏持："开窗户。"

周晏持看她一眼，把手机按在肩窝处："发烧呢，开什么窗户？"

"你究竟开不开？"

周晏持对张雅然匆匆说了几句就将电话挂断，走到床边要试额头温度，被杜若蘅拧着眉毛躲开。她开始赶人："你怎么还不走？"

周晏持瞅她一眼："我走了你怎么办，一会儿谁送你回家？"

杜若蘅的语调彻底地漠然下去："我不是非你不可。"

她的话音刚落，便听到门口一声清咳。苏裘走进来，脸上挂着笑："我还以为若蘅是孤家寡人才过来的，没想到您也在，早知道我就不用来了嘛。"

苏裘与杜若蘅关系很好，间接着就与周晏持的相处也有一些。苏裘曾是杜若蘅的伴娘，后来工作也受到周晏持的一些照拂。事实证明周晏持的影响力深远，即使苏裘的工作远在S市，周晏持简单的一句话也足以令她顺利地选择了一个适合自己的部门并在里面如鱼得水。

苏裘确认了点滴已经是最后一瓶，问一会儿要不要带杜若蘅回家。杜若蘅说，行啊，正好同事从法国带来的化妆品我放在家里还没得及给你。周晏持在一边淡淡插进来："我送她回去。"

说完他往外走去叫护士来拔针头，苏裘张了张口，终于露出一副见到鬼的表情："他怎么会在这儿？你俩昨天晚上重温旧梦上床着凉了不成？"

杜若蘅说滚，苏裘还要调侃两句，周晏持走进来，她转而改口："周总认不认得蓝玉柔这个明星？"

周晏持停下动作看她。

杜若蘅又开始在被子底下掐苏裘大腿。苏裘恍若未闻，只笑着说：

"认得的话给我要个签名行吗？我有个小外甥女最近很迷她。"

苏裘待了没多久便离开，到头来还是周晏持送杜若蘅回的家。中途车子在超市前面停了一会儿，离开又回来的时候周晏持手里拎了满满的东西。除了肉蛋水果跟蔬菜，杜若蘅还看见了食用油跟面粉："你买这些干什么？"

"你家里这些东西应该都空了。"

"我家里这些东西都满得很。"

"那就打个赌。"他平心静气，"赌输了跟着我和周缇缇一起去W市看二老。"

杜若蘅斜眼瞪着他。

到了家周晏持就开始操持家务，先是蒸蛋羹，又趁着空当扫地拖地板。杜若蘅趴在床上看他挽起袖子在卧室门前来来回回，弯着腰做清洁的样子有种遥远的熟悉感。

多年之前在国外，杜若蘅还和苏裘不熟悉的时候，过圣诞节，周晏持也是这样过来帮她打扫卫生。本来最初只是开玩笑打赌他赌输了的后果，后来杜若蘅耍赖撒娇一起上，周晏持每周一次的清扫就跟着做饭一样成了习惯。

时间久了，杜若蘅倚在窗边，一边挖着冰淇淋杯，一边在心里赞叹，不得了，这个男人穿着粉红围裙戴着塑胶手套擦地板的模样居然都这么帅。

多遥远的事了，已经轻易想不起来。

周晏持把做好的蛋羹端进卧室，接着开始准备洗衣服。杜若蘅在国外生活的那几年把他生生磨成家务五项全能，做饭刷碗洗衣收纳拖地板无一不精，连哪种洗衣粉更不伤手都清清楚楚。尽管回国之后再也没做过，但如今重操旧业，以事实言明技术也还算熟练。

杜若蘅眼看着他把洗衣筐里的衣服一一分类，然后丢进阳台的洗衣机。周晏持在设定自动洗衣定时的时候不太熟练，毕竟多年前他给她洗衣服的时候还没这项功能。

杜若蘅连话都不想说了。反正不管她说什么都阻止不了，索性就由着他去。

把房间打扫一新是在一个小时之后。客厅的电视在放映赫本的黑白电影，杜若蘅吞完药片窝在沙发里，感冒让她昏昏欲睡，懒得再费力阻止周晏持在一旁削苹果。

周晏持的手指修长柔韧，做起这个动作来都跟艺术一样。然后他把苹果块捏着凑近她嘴边，看她咬进嘴里咽下去，才说："我一会儿开会要走，如果再发烧及时给我打电话。"

杜若蘅翻了个身，仍然懒得理会他。周晏持在她背后同她说了几句话，一直得不到回应，再后面就渐渐找不到什么话题了。

他在背后给她掖好被角，听到她渐渐平稳的呼吸，不再跟她搭话。又过了20分钟，闭目假寐的杜若蘅终于听到他起身的声响。然后脚步声渐渐离开，门也被轻轻关上。声音都再轻不过。

杜若蘅睁开眼，面色复杂地看着窗外，过了一会儿重新闭上眼，这次终于真正睡了过去。

第四章　现实

他迟迟不想承认这个事实，即便早已心如明镜。直至有一天它端端正正地摆在他面前，由不得他再假装。

夜间8点，大楼里的人都已走光，只有张雅然还坐在秘书办公室里，尽职尽责地给蓝玉柔和张如如拨电话。

　　秘书室里几个人经常拿周晏持的私生活打牙祭，另外还八卦过周晏持在这方面的喜好特点。这位上司从外貌到手腕再到私下令人颠倒错乱的三观，从来不乏精彩圈点的地方，张雅然从进来这座总部大楼伊始就听说过周晏持的花边新闻，到现在一直没有间断过。但与周晏持传过绯闻的对象却从环肥到燕瘦各有不同，除了都是美人之外便再没有什么相似的地方。

　　二秘以前有次往老板办公室端茶送水，恰好杜若蘅也在，便听见这位很少露面、气质极为娴静的周太太端庄坐在沙发上，似笑非笑地调侃周晏持，说他只要好看，就来者不拒，是个无所不收的杂食动物。

　　这四个字简直道出了秘书室所有人的心声。顺便也传出了风声，周先生与周太太神仙眷侣相处有方，周太太对周先生在外流连的事实早有耳闻，只是稳坐钓鱼台，睁一只眼闭一只眼罢了。后来不知从谁那里改了传言，说周太太性格懦弱无争，尤其是杜家破败后对周先生夜不归宿的事实更是无力管制，两人夫妻情分早已名存实亡。

　　这谣言传得有点离谱。事实上周晏持人在T市的时候从未夜不归宿。莺莺燕燕的一面他有，居家好丈夫的一面他照样有。这两者他都做到了臻于极致，并且泾渭分明。以至于秘书团集体感慨，说老板不愧是神武全能，不只在商场方面是个天才。

但不管怎么说，这谣言却比真相传播广泛得多。

蓝玉柔很快接听了电话，她还在片场，拍夜戏很劳累但还是不敢怠慢，礼数周到地跟张雅然问候。张雅然原话转达了周晏持的意思，蓝玉柔表示没有异议，然后她想了想，问："我听说周总还有个小女儿，叫周缇缇对不对？"

张雅然谨慎回答："蓝小姐，我没有权利告知周先生的私事。"

蓝玉柔轻轻柔柔地说："我只是有个朋友想找个可爱漂亮的小女孩拍平面广告，不知道周总有没有这方面的意愿。"

张雅然陈述事实："按照周总保护家人隐私的惯例，他是不会同意的。"

蓝玉柔笑了笑："听说周缇缇好像最近读了幼儿园小班是不是，我能不能代为去接周缇缇放学呢？"

张雅然这一次放重了语气："蓝小姐，缇缇是条高压线，你真的打算碰一碰？"

蓝玉柔静了一下，仍是笑："我只是随便问一问，张秘书不要紧张。"

张雅然结束通话，又给张如如挂电话。这次更是简短，只说周晏持近期没有时间，以后再与您联系。这是她惯用的托词，以后的意思便是无限期。然后她将一天整理好的文件抱到老板办公室，分门别类等待周晏持回来审阅。周晏持的办公桌上摆放简洁利落，唯一与办公无关的东西便是一个相框，里面一张一家三口的相片。他的前妻杜若薇小姐在上面笑得极为温柔美丽。

第二天景曼花园酒店的晨会上，总经理突然宣布了要请全体管理层聚餐的事。

按惯例来说总经理平常没这心情，聚餐这回事一般也只在年底的时候才会有一次，让杜若薇等人面面相觑。紧接着便又听到他宣布："我已经跟总部沟通达成一致意见，等办理完工作交接，我会辞去总经理的职务。"

会议室里一片哗然，只有康宸一人慢吞吞地喝了口水含笑不言。

辞职消息很快不胫而走，迅速传到前台跟后勤。中午吃饭的时候所有中级管理层都绕着员工餐厅走，唯独杜若蘅莽莽撞撞像只小白兔一样闯了进去，于是几乎立刻就被饿虎扑食，汪菲菲紧紧抓着她的肩膀不松手："若蘅姐，听说总经理是被迫辞职的，据说是高层权力交割的牺牲品，是不是这样啊？"

杜若蘅啼笑皆非："你当拍阴谋剧呢这么会猜？"

"没准就是真的呢。你不知道今天上午所有人都无心工作，都在说这个。"汪菲菲压低声音在她耳边说，"而且还有人说下一任总经理不是别人就是我们康宸康经理！"

"……"

"本来不就有人传言他是哪里离家出走的贵公子吗，前两天有人破解说康经理是我们集团某位高管的二公子，跟董事会的经营理念有冲突才跑下来体验民间疾苦。昨天晚上还有人看见康经理出入酒店房间跟来自T市的客人交谈。你知道啊我们总部就在T市的！"汪菲菲越说越激动，"据说本来总经理都没想过要这么早退休的，实质上是被上面人排挤走的！"

杜若蘅小心地把虾肉从壳子里拖出来，避免汁水溅到衣裙上："哦。"

汪菲菲大失所望："你就这么个反应啊？我说了这么多你得拿消息来交换嘛，你看都有这么多人看着你呢。"

杜若蘅一脸遗憾地说可惜我什么都不知道啊怎么办，有人单手端着餐盘挨着她坐下来，笑眯眯地问："聊什么呢这么有兴致？"

汪菲菲眉飞色舞正要再讲一遍，这可是今天上午的最大新闻，实在劲爆，她已经忍不住对不同的人重复了不下十遍。可等看清楚来人，又默默地闭嘴了。杜若蘅等冷场了之后才头也不抬地说："在说你。你怎么也过来吃了？"

康宸一脸怜悯："本来我是不想过来的。可是在门口看你一个人被围攻又觉得挺可怜，就过来看看。"

"……"

康宸笑着问："究竟说了些什么？继续啊，我听着呢。"

杜若蘅等吃得差不多了，擦了擦嘴角，开口："说你原本是集团高管二公子，马上就要接任总经理的位置。他们问我是不是真的。"

康宸哦了一声："那要是真的，大家想怎样呢？"

按照康宸平常滴水不漏的行事方式，这种回答就已经相当于一半的默认了。汪菲菲眼睛滚圆得合不拢嘴，整个员工餐厅刹那间静寂，眼珠子齐刷刷全盯在康宸后背上。

只有杜若蘅相对平静："其实大家想的都比较现实，就是你如果真接替了，会给员工涨工资吗？"

康宸嘴角含笑地提条件："酒店今年营业额仍然全市第一的话，涨年终奖可以考虑。"

汪菲菲终于回过神来，低声嘀咕一句："果然职位一换态度立刻就变，天下老板一般黑。"

"汪菲菲你在说什么？"

被点名的人立刻摆出甜美笑脸："我就想问康经理，年终奖给涨到什么地步呢？发半年薪水行吗？"

康宸撑着下巴似笑非笑："你当是酒店裁员的遣散费，要给那么多？"

等两人出了员工餐厅，康宸一副欲言又止的样子。他这个表情实在很少有，杜若蘅等了一会儿，听到他说："我没有故意想隐瞒的意思。"

"我知道。"

"我总不能见到人就跟人家说，嗨你好，我其实是某某家的二儿子，跟老头子意见不合被赶出来了，不过总归是要回去的——这不太像话吧？"

杜若蘅嗯了一声："了解。"

康宸瞧了瞧她，忽然说："你是不是早就想到了？"

"也不算早。"

"什么时候？"

"你提示说你本家在T市的那天。算一算也就比现在提早了10天。"杜若蘅笑容温婉，"你要相信，你的保密工作做得相当好。"

景曼负责承办的论坛会议在次日的上午结束。前一晚照例是与会代表聚餐，红白酒是席间必定少不了的东西。到了中午12点杜若蘅确认已办理完离店手续的与会代表名单，汪菲菲在电话里语意深长地告诉她："只剩下1407号房间的客人还没有退房。因为客人特殊，服务生也不敢贸然去催。"

到了下午两点的时候她再询问，汪菲菲还是原样的语气告诉她："1407号房间还没有退房。"

杜若蘅挂了电话去十四层，在心里说她只是本着对酒店对客人负责的态度。周晏持但凡红白酒掺杂喝就会很不舒服，脸色苍白得厉害，有时候可以因此睡上一整个白天。

她轻敲了房门无人回应，皱眉之后直接刷卡开门。

房间里面没有一丝酒气，窗户打开，纱一样的镂花窗帘摇曳般飘荡。周晏持正坐在沙发里出神，几个手指关节抵在额角。听见声响，带着几分诧异地回过头来。

"……"杜若蘅突然觉得站在当场的自己有点傻。

她在周晏持的眼神底下完全不知道该说什么。她总不能解释说，我怕你死掉了都没人发现所以特地来看一看吧？

周晏持总算先开口："有事？"

杜若蘅硬邦邦回应："现在已经是下午两点，前台说你还没有退房。"

"稍等，马上。"

杜若蘅一言不发地往外走，周晏持又把她叫住。这回他叫了一个久违的名字，他叫她"蘅蘅"。

他已经很久没有这么叫她了。她不准。每次他喊出这两个字，她必定会跟他翻脸，可能性百分之百。

杜若蘅身体一僵，半晌才转过头来。周晏持看着她的眼神复杂，但语气还算温柔："你要是想的话，让缇缇以后跟你一起生活好不好？我知道你舍不得她。"

半晌杜若蘅才找回声音："你这是什么意思？"

周晏持很平静："没什么其他意思。如果你想，就由你来抚养她。"

杜若蘅觉得简直不可思议。周晏持有多疼爱周缇缇全天下的人都知道，真正是含在嘴里都怕化了的鞍前马后。让周晏持割让这么个宝贝无异于在挖他心肝，杜若蘅根本不能相信他的话："你想做什么？"

她的眼神很警惕，直觉就是他有什么阴谋。这种不信任让周晏持微微皱眉："我什么时候骗过你？我在认真跟你商量这件事。"

"你是说真的？"

周晏持揉着眉心无奈地点头。

可杜若蘅还是摸不清他在想什么，这让她不得不犹豫着问出口："你是不是，得了什么绝症？"

"没有。"

"你觉得周缇缇太黏人了打扰了你跟人约会？"

"压根没有这回事。"

"那就是觉得周缇缇太吵闹了打扰了你跟人约会？"

"你不要再猜下去了。什么都不是，什么都没有。"

"那你究竟想做什么？"

周晏持使劲揉眉心，解释不是他擅长的领域，他停顿了片刻，才把话说出来，有些不熟练的缓慢："我只是觉得，你对我有误会。我们需要消除这一点。"

杜若蘅有些听懂了，听懂的一瞬间她想笑，又笑不出来："你以为我怨恨的是这个？"

周晏持不置可否："你不想说，那么我只有一步步摸索。"

杜若蘅突然嗤笑了一声，目光漠然地看着他。周晏持格外受不了她这种眼神，这甚至不是嫌弃和不耐烦同等程度的眼神，意味更深一层，她是想让他立刻消失。

两人认识已有10年。周晏持体验过她热情时的态度，那时杜若蘅能软成一团水，把人哄到心花怒放。这是杜若蘅的本事，她想要费心思讨好一个人，对方一定招架不住。因而周晏持也就格外能对比她放弃的时候，可以冷血无情到什么地步。

就像是水冻成了冰，剑锋一样的形状，然后她对着他心口利落地扎了进去。

两人最终离婚源自周晏持那晚争执之下情急地脱口而出，再然后两人甚至都还没好好坐下来谈一谈这些年的感情，就已经完成了财产分割与离婚签字，杜若蘅马不停蹄地离开T市来到S市，不带丝毫留恋的态度只差恨不能两人能阴阳相隔。她其实根本没想过破镜重圆这回事，之前的情分一笔勾销，巴不得他离她千里之外。不想放弃的只有周晏持单方面，纠缠的自然也只有周晏持一个人。

杜若蘅离开T市的当晚，周晏持坐在周缇缇的小床边待了一夜。

他很难容忍两人这样虎头蛇尾的结局。他认为自己没杜若蘅那么心狠，能在短暂时间里就把他从她的生活中生生剥离掉。离婚已经是他做过的决定里面最后悔的一件，他不能再因为一时愤怒而做下相同的错事。

隔了许久，周晏持才重新开口："离婚后你的那部分财产你分文没有动过。"

杜若蘅仍是不予回应的态度。他试图去握她的手，被她嫌恶一样迅速躲开。这个动作让周晏持的眼神沉了沉，但杜若蘅才不想在意他的心情，她很清楚地指了指房间门口。

周晏持缓缓吐出一口气："我这就走。"

等他走到门口，杜若蘅又说了句等等，她的目光难得主动对上他。然后她笑了笑，声音很温软，话语却像一把把刀插过来："实话不实话有什么要紧的，反正你听与不听都不能改变后果。就不能想开一点，别要脾气？事事打听事事报备你当我天天就钓鱼打球那么点事情？你以前不这样，什么时候也变成这种人了？"

等说完了，她连眼角都渗着嘲讽："熟悉吗？还记不记得这些话？现在原封不动地送还给你。"

周晏持钉在当场，隔了不知多久才找回声音，问得低沉缓慢："你恨我？"

"你想听实话？"杜若蘅点点头，干脆利落地吐出一个字，"恨。"

张雅然亲自到机场给老板接机，在看到周晏持从VIP通道出来的时候吓了一大跳。

时隔三天不见，她差点就不敢认人。周晏持的脸色是戴着墨镜都挡不住的苍白，嘴唇肃杀成一条直线，身形瘦削穿着黑色风衣，整个人所散发的生人勿近的气息，成功地令其方圆五米之内都无人敢靠近。

甚至周晏持是一个人流畅地走完整条VIP通道，后面有位女士一直等他完全通过去了，才敢颤颤巍巍地接着走过来。

张雅然在心里叫了一声苦，一面赶紧小跑上去，礼貌地问候自家老板，然后小心翼翼地问："您是先回家还是去公司？"然后在心里说他肯定不想拿这副样子给宝贝女儿看。

果然周晏持冷冷地说了两个字："公司。"

车子在机场路上风驰电掣，张雅然急于把老板的怨气转移回公司与其他员工一起承担，她不想像先烈那样，一个人光荣堵住整个碉堡，没人会记住她的牺牲的。可是不一会儿便听到周晏持冷冷地开口："车子开这么快做什么，你当这是救护车？"

张雅然："……"

周晏持一向脾气不好，但绝少杀气蒸腾到这一地步。张雅然琢磨着是不是前妻给他气受了，又觉得以这对前夫妻的日常秉性，应该只有周晏持给人气受的份。她放慢了车速，想了想，壮着胆子询问："您又白酒红酒混着喝了？"否则没道理脸色白成这样啊。

周晏持瞥了她一眼，那眼神隔着墨镜都让人感受得到强烈的鄙视。

张雅然冷汗滑下额头，硬着头皮把话头接下去："康老又给您打电话了？"

周晏持忽然冷冷地说："张雅然，你是不是还没有男朋友？"

"啊？"

周晏持没好气："以你这种猪脑子，有个男朋友还不把对方活活气死？"

"……"

张秘书在心里号啕大哭，心说你一个婚姻失败的花心老男人这么诅咒我一个未婚少女你是想怎样啊，你有资格吗？

周晏持回到公司，将整个大楼折腾到人仰马翻，到了傍晚终于令这位老板面色稍缓。张雅然把一堆批得惊心动魄的文件抱出去，离开办公室前周晏持揉了揉眉心，吩咐她："打电话给蓝玉柔，今天晚上跟她吃饭。"

蓝玉柔接到电话的时候有点意外。她知道周晏持今天回T市，可是没指望能第一时间看见他。但她仍然很快就精心盛装了一番，穿着轻薄美丽的晚礼服站在台阶上等。室外有点冷，虽有皮草御寒，但她还是瑟瑟发抖，等了二十多分钟，终于看见周晏持那辆熟悉的黑色车子缓缓滑过来。

蓝玉柔进了车子，可周晏持没跟她打招呼。对她甜美的笑容也冷淡以对。很明显能看出他兴致不高，蓝玉柔很快识趣地安静下来。过了一会儿她仍然有些冷，打了个喷嚏，周晏持终于有点回过神来的意思，顺手按开了暖风。

他跟她说："那家新开的餐厅在哪里？你指路。"

对于蓝玉柔来说，周晏持是少有的让她一见倾心的对象。

要让这位年纪轻轻便拿了最佳女主角大奖的影后一见倾心，总要有些不言自明的条件。而周晏持将这些条件符合得很好。他单身，年轻，长相英俊，家世很好而又为人低调。同样重要的是，他对她的暧昧持模棱两可的态度，既不欢迎，也不推拒。和这样的人交流总是要相对轻松一些。前段时间蓝玉柔在娱乐公司的酒会上遇见他，他是唯一的受邀嘉宾，蓝玉柔在看见他的第一眼心脏便咚咚直跳，而她也很幸运，没有费多大力气便拿到了他的手机号码。

两天后她鼓起勇气给他拨电话，张雅然接待了她，再后来不久她通知她，说老板有时间，可以与蓝小姐一同进餐。

今天晚上是蓝玉柔跟周晏持第二次单独吃饭。当然新开的餐厅只是借口，席间交流彼此的爱好推进好感度才是关键。可是今天周晏持显然没有心情多说话，他吃得也很少，并且始终脸色不佳。蓝玉柔打起笑脸，试图讲他感兴趣的一些事："常听人说起，您有个十分可爱的小女儿是吗？"

周晏持一直心不在焉，闻言终于看了她一眼："听谁说起的？"

蓝玉柔揣摩不到他的心思，忐忑着说："当时酒会上有人这么说。还说您一直对她疼爱有加。"

片刻后周晏持才嗯了一声，掩过话题："吃饭的时候不说这个。"

蓝玉柔有些不知所措。她看不懂周晏持的意思，同时想到了张雅然提过的高压线，为自己是否说错了话而感到不安。

餐厅里的气氛很沉闷。蓝玉柔提出开瓶红酒，周晏持拿开车的理由拒绝了她。之后周晏持开车送她回家，车子停在楼下，蓝玉柔下了车没有立即上楼，她用温柔到足以滴水的语气询问周晏持是否要上楼去坐一坐。

她说这话的时候微微弯下腰，头发垂下来掩映住小半边面颊。长长的眼睫微颤着，红唇咬住一点，有些羞涩的模样。

周晏持看了她一会儿。席间那么长的时间他都没有看她，可现在他瞧着她，很长久都不说话。他在沉思，蓝玉柔一动也不敢动。

过了一会儿，周晏持将车子停在了楼下。

两人上楼，一前一后，不过半步之遥的间距。周晏持只要微微一抬手，便可以够得着她的腰肢。蓝玉柔走在前面，她不知道周晏持在身后是什么表情。终于到了门口，她镇定心神开锁，房间内昏暗，开关就在门的旁边，可她没有开灯的打算。

门被关上，连走廊的光线都消失，只有落地窗透进来的盈盈月光。蓝玉柔有些不确定地去握周晏持的手，从指尖的触碰开始。

他没动。这意味着他不拒绝。

她便更加有了底气，接着便是占据掌心和手腕。

蓝玉柔这些天在工作之余打听了与周晏持有关的事，有人告诉她，这个男人看似大方，实则可恨。他表面清心寡欲不近女色，内里却无所顾忌倜傥风流，但再接触下去，才会发现他相当凉薄傲慢冷血无情。

蓝玉柔对这样的评价并不能十分理解，但她认为，她只需要知道今天晚上即将要发生的事就够了。她本没想到第一眼见到时待人极为冷漠疏远的周晏持有这么容易就摆平，她是做好了被拒绝的准备的，然而结局却是远超出她预料的惊喜。

蓝玉柔的手指摸索着攀上去，终于碰到了他的下巴，然后是鼻梁和眼角。她双手捧住他的脸，头颅微微后仰，姿态优柔，犹如献祭。她的吐息有些发烫，等着他拽下她礼服的拉链。

可是她等了很久都没有动作。营造出的气氛慢慢变得尴尬，她已经不知道该怎么收场。黑暗里她渐渐脸红到耳根，羞愧和一丝恼怒让她别开脸，狠狠咬了咬下嘴唇。

下一刻她突然被周晏持抓住了一只手腕，接着他的另一只手捏住了她的下巴。

他的一张面孔在黑暗里缓缓挨近，蓝玉柔下意识闭上眼。不知隔了多久，她还没有感受到他的吐息，周晏持的电话铃声毫无预兆地打破了一室暧昧风光。

蓝玉柔很快被松开，来电人是周缇缇，仅凭手机铃声就能分辨。蓝玉柔听见周晏持在电话里是截然不同的另一种态度，他柔声回应女儿的质问，声音低沉迷人，哄着女儿说爸爸很快就回家。周缇缇不满地说你的很快有多快啊，周晏持说25分钟，你从现在就可以开始计时。

根本没有了再继续下去的可能。蓝玉柔只能失望地打开灯。但是她的心机没有到此为止，在体贴识趣地送周晏持出门的时候，她礼服一侧的肩带楚楚可怜地滑了下去。蓝玉柔的肩膀雪白而且圆润，是好看勾人的一处风景。可惜周晏持没有看见。他忙着回家，因而离开的时候步履匆匆，没有回头看一眼。

25分钟后周晏持到家，将周缇缇背在肩膀上去洗漱。整个周宅静悄悄的，用人都被打发去睡觉了，周晏持把洗白白的女儿抱回卧室，盖好被子，然后在额头上轻轻一吻。

周缇缇对他依依表达这几天的想念，然后她问："妈妈想我吗？"

周晏持说："今天晚上你没有和妈妈通电话？"

"通了。她说她想我啊。"周缇缇趴在枕头上，眉宇间有点忧愁，"可是妈妈好像心情不好。"

周晏持轻轻抚摸女儿的头发，打算哄她到睡着。他暂时不想跟她探讨这个话题。周缇缇比同岁的小孩要早慧，他不能确定自己是否能把握住话题的深入程度。

可是周缇缇不想睡觉，她看着他的眼睛，直截了当地问："你和妈妈为什么要离婚？"

周缇缇是第一次问这样的问题。实际上周晏持和杜若蘅的离婚悄无声息，两人一直注意避免在女儿面前谈到类似分离的字眼。这是两人现在为数不多的默契，想让年幼的女儿知道，即使已经离婚，她拥有的东西一样都不会变。

周晏持反问："妈妈和我对你好不好？"

小小孩很诚实："好。"

周晏持柔声说："离婚可能会让我们拥有更好的生活。所以我们这么做。"

"以前不好吗？"

"以前也很好。但是就像你喜欢香草味的冰淇淋，可是更喜欢松露味的冰淇淋。有了松露味的，就不会选香草味的了，对不对？"

周缇缇垂着眼睛思索一会儿，问："那以后你们还会再和好吗？"

周晏持把周缇缇的手指头塞回被单里，回答："会。"

周晏持把周缇缇哄到睡着了，才关了床头灯从女儿的卧室出来。管家端过来一杯温牛奶，然后要给他汇报方才周缇缇与母亲的通话内容，这是例行事项。可是今天周晏持不想听，他跟他说想自己静一静。

这一年多每次从S市回来，周晏持总要变副模样，老管家本来已经见怪不怪，只是今天周晏持格外消沉一些，让他有些关切："您怎么啦？要叫医生过来看看吗？"

周晏持揉着眉心摆手，一副不愿多谈的架势。可是过了一会儿他又忍不住把管家叫了过去："她跟缇缇都谈了些什么？"

管家在心里忍不住摇头叹气。他已经在这个宅子里工作了几十载，目送过来往几代人。周晏持由他看着长大，小时候便表现出天赋的经商头脑，长大之后子承父业，继而将父亲经营的公司扩大不知多少倍。与此同时他养成一股傲慢凉薄的秉性，对谁都不冷不热。周晏持顺风顺水惯了，从小到大没有遭遇过什么挫折，若一定要历数，与杜若蘅的离婚便算是他唯一的一次大挫折。

每次想到这件事都会让人觉得惋惜。很难说清楚这对夫妻究竟是谁对谁错。若从表面看，毕竟是看似温婉的杜若蘅在小孩满两周岁的时候毫无预兆地提了离婚。可再深究下去，在管家眼里，其实又是周晏持错得多一些。他对奉送上来的女人举止暧昧，这已经是多年的事实，连他这种常年大门不出的人都有所耳闻，就更不要提还在外面工作着的杜若蘅了。

婚内的时候杜若蘅仿佛对周晏持的这种行为不甚在意。管家甚至都怀疑两人没有正式地沟通过这个话题。有一次他忍不住多管闲事，跟杜若蘅暗示了报纸上刊登的绯闻，可她只随意瞟了一眼，便柔柔地说："吴叔，您觉得我管得住周晏持一心一意不近女色吗？我跟他说，您觉得他就会听吗？"

"……"

"您看，您的表情就足以说明一切。"杜若蘅一副老神在在的态度，仍然娴静地微笑，"恕我直言，婆婆不也是这么过来的。我明白这个道理。您放心，我不会钻牛角尖的。"

周家二老如今已在国外W市静养长居。早年周先生也一度寻花问柳，姹紫嫣红一番热闹，并且有一把安内攘外的好手段。周夫人在家隐忍多年，两人没有人提出过离婚，连争吵都少有。周晏持在这种家庭环境下长大，不能说没有影响，但最终形成看淡忠诚的观念，只能说，自己对自己的默许纵容才是最大因素。

在管家的印象中，似乎没有人跟周晏持交流过有关忠诚的问题。他接触的人很多，但真正的朋友只寥寥几个，这其中有人别无二心，有人逢场作戏，也有人流连欢场。杜若蘅对他采取放任自流的态度，而周家父母起了反面教材的作用。他身为一个管家，更是无从教诲。有一次偶然提起这方面，周晏持不以为然的态度令他有些吃惊："阿蘅怎么会在意这方面，她不会是这样的人。她倒是能因为我忘记买瓶沙拉酱把我扫地出门，可还没有因为这一点冲着我大发脾气过。"

已经如此，管家也无话可说。只能眼睁睁看着两人的婚姻一步步恶化，最终分崩离析。事实上走到这一步，管家总怀疑是因为杜若蘅对周晏持风流的真正在意，可是她曾经好笑地坚决予以否认，而周晏持似乎也根本没有想过这方面的问题。

两个多小时之后，蓝玉柔突然接到周晏持的电话，说他正在楼下。

这出乎蓝玉柔的意料。她手忙脚乱地前去开门，在玄关处观察到周晏持的情绪比方才和缓了一些，松了口气。紧接着她的喜悦心情就超过了其他，周晏持在这个时间点出现在她的家中，除了一个原因之外，不做其他想法。蓝玉柔很庆幸自己今晚的睡衣很性感，真丝薄薄一层贴在身上，长度直达腿根，还是魅惑的深紫色衣料。

她的脸颊有点发红，站在原地等着周晏持进一步动作。可是她似乎会错了意。他看了她一眼，开口："不冷？去披件衣服再出来。"

蓝玉柔僵硬片刻，只有去了卧室又回来。周晏持斜倚在沙发里，微微眯起眼的样子有些出神。她坐到他旁边给他倒水，领口很低，可以轻易看到里面含而不露的风景。

　　周晏持没有转眼，他歪着有些要睡不睡的样子，可是眼底又清醒，根本不知道在想什么。蓝玉柔被安静压抑得尴尬，小心地打破沉默："您今天两地往返，路途劳累，我给您按摩一下？"

　　周晏持总算看了她一眼，没有说话。蓝玉柔走到他身后给他按摩肩膀，室内被她方才点了一支熏香，周晏持慢慢放松下来。蓝玉柔想自己应该摸到了一点门路，周晏持青睐她的善解人意，这是她在他眼里最大的优点。

　　她看着他形状很好的唇线，慢慢低下头来。有发梢轻撩在周晏持鼻息之间，可他连睫毛都一动不动。她便大着胆子继续索取，一直到了近在咫尺的位置，被周晏持一根食指按在唇上。

　　他仍然合着眼，唇角勾起一丝笑容："别闹。再闹打屁股。"

　　蓝玉柔不敢再动。周晏持的语气亲昵，远非方才的冷淡可比。她受宠若惊，心跳如鼓。他的食指还按在她唇上，指尖温暖，几乎不像他这种人应该拥有的温度。接着他的手指滑下去，是相当温柔的动作，他闭着眼摸到她的下巴，在那里轻轻捏了两下。

　　蓝玉柔觉得自己无法抵挡眼前这个男人的手段。与其说他在调情，不如说是在纵容。只是一个简单动作，却让她觉得像是亲密的宠爱。她屏住呼吸，却还是忍不住低低哼了一声，带着恰到好处的甜腻，却让周晏持很快睁开了眼。

　　他在看到她的一瞬间眼底温柔已经消逝，冷静成不近人情的态度，快到蓝玉柔猝不及防。她的一颗心已经被悬起，此刻又迅速跌下去，听到他说："我还有事，你先去睡。"

　　次日清晨张雅然早早便到了公司。勤勉是她能晋升为首席秘书的要诀之一，张雅然深知这一点，因此保持得与每天健身一样完美。

　　整个办公区空空荡荡，张雅然独自一人在茶水间泡咖啡，不久之后从窗户看到了自家老板那辆熟悉的车子，正从与周宅截然相反的方向缓缓驶进停车场。

除开勤勉之外，张雅然的记忆力也相当好。她很清楚地记得前一天晚上她的老板去蓝玉柔的公寓接她赴宴的时候，也分明走的是相同的方向。十几分钟后周晏持上楼，远远看上去便是面色不虞，张雅然赶紧抱着日程本迎上去，然后她就看见了周晏持眼底微青、脸色疲惫、揉着眉心的模样，就连一对双眼皮的痕迹都比往日要深刻一倍。

这是典型的纵欲过度啊。张雅然在心底默默感慨。她很快就在日程本上唰唰记下了中午嘱咐厨师多炖一道海参羊肉汤的备注。

周晏持到了办公室，歪在办公椅里拧着眉毛揉额头。周一例行的晨会马上就要开始，可是他根本不想出席。前一夜他的睡眠极差，或者说他根本没有睡着，躺在沙发上一直睁着眼，白天杜若蘅说的那段话在他眼前一遍遍不停地回放，重复循环到天明。

他从头到尾连风衣都没脱，动都不想动，只是觉得累。

少有人了解杜若蘅对他真正排斥到什么地步。不只是表面的横眉冷眼，从很早开始她就拒绝他的肢体接触。并且从周缇缇一岁半起，杜若蘅就以照顾女儿为由拒绝跟他睡同一张床。有一次她把周缇缇哄到睡着，自己也跟着意识迷糊，周晏持将她轻轻抱到主卧，杜若蘅掀开一点眼皮看他一眼，没有拒绝，下意识还环住他的脖子。接下来的事情似乎顺理成章，可是在气氛最好的时候杜若蘅突然一把推开他，伏在床边一顿干呕。

第二天上午开董事会，周晏持神情阴沉，发飙的姿态差点就把持反对意见的老家伙们一个个全扔出窗外。

到了后来两人已经无话可说。默契急转直下的后果便是离婚。可等到终于走到这一步，也仍然不能让人感受到半分愉悦和解脱。

对于周晏持来说，灰心的时候仍然居多。除去不得不处理的公司事务，他几乎推掉所有活动。这副懒得动弹的模样让几个朋友开始笑话，其中身为一家医院副院长的沈初尤为口舌流利，调侃说他离婚一夜沧桑十岁，如今就像个行将就木的老头子，对什么都没兴致，也就去S市的时候才跑得格外勤快，那样子就跟焕发了第二春似的。

前段时间有回体检，沈初陪着周晏持走完整个流程。然后他拿着体检表看了看，跟周晏持神色郑重地说兄弟你不能再瘦下去了，再瘦下去你五脏六腑都快凸出来了。

周晏持没有好声气，他说你当我没学过生物不知道肋骨的作用，沈初含笑说哪能呢我这可是好心好意。

从某种程度上看，离婚后杜若蘅的生活与周晏持正好相反。有一次他隔着玻璃窗远远看她与苏裘一同进餐，她神采飞扬地交谈着，那是已经久违的模样，令路过的男士纷纷错眼。

有时候周晏持不得不去想离婚也许真的是好事，至少对于杜若蘅是这样。她确实不再需要他，这不是伪装。

他迟迟不想承认这个事实，即便早已心如明镜。直至有一天它端端正正地摆在他面前，由不得他再假装。

可能他当时不应该问出口。一旦将真相交代得太清楚，就没有了任何理由。

第五章 康宸

他与她碰杯，嘴角含笑："我有的是耐心，我们慢慢来。"

半个月后，康宸正式成为景曼花园酒店的总经理。

前任总经理站好最后一班岗的期间，康宸一直不在。他在私底下告诉杜若蘅说他要回T市一趟，接着就不管别人怎么找都不见踪影。一直到半个月后总经理正式卸任，第二天上午9点交班的时候，一干酒店员工才集体看见康宸。

当时的场景很有拍偶像连续剧的味道。一辆黑色车子在酒店门口缓缓停下，车门打开，从里面迈出来的人身形修长，面孔英俊。他穿着的那身纯色正装比酒店经理的制服更加合身，眼神里有一点笑容，更多的则是之前未见过的，一种居上位者的姿态。

杜若蘅和其他赶来的中级经理们一起站在大堂中央迎接。康宸依然是那张面孔，却又已然与他们不同。从今以后他就是他们的上司，这其中必定有人心里五味杂陈。但迎接仪式上人们的表现却都很好，认真听完康宸几句发言，在最后一句"希望各位同像共同努力"的话落下时，大堂立即响起一片鼓掌声表示敬意。

杜若蘅的心态倒是还好。她从来没有把他看成是与他们一样的人，因而心理落差很小。例行晨会上她做报告的时候态度也最自然，好像根本没有意识到首席位置上早已换了人。等到晨会结束，人们纷纷往外走的时候，康宸在身后叫住了她。

他跟她说："你走这么着急做什么，后面又没人要吃了你？"

"……我办公室电脑还开着，季度总结刚打了一半。"

康宸双手支着下颌瞅着她笑："别这样，酒店上下我自认就跟你的关系还不错，现在连你都疏远我，让我这个总经理以后要怎么当？"

杜若蘅不动声色地说："这话总经理应该不只跟我一个人说过吧。"

康宸端正了表情发誓："就你一个，真的。"

晚上本来是新领导上任的接风洗尘宴，却被康宸推到了第二天晚上。他拿有事作为理由，实际上是拖着杜若蘅去了一场酒会。杜若蘅本来不想去，她格外不情愿做这种事："我跟你关系再好，你也不能拿我当公关使唤啊。"

康宸很诚挚地跟她打商量："这个月奖金给你提一倍行不行？这场酒会我确实不能一个人去，那里面全是小姑娘，我一个人去就跟包好了送上门的糖果一样，一进去一定给生吞活剥了。"

他这么一形容简直就像蜘蛛精的妖精洞，杜若蘅哭笑不得："你拿这奖金给酒店其他员工，能找着比我漂亮一百倍的小姑娘。"

康宸说得更加诚恳："可漂亮又有气质的只有你一个啊，杜小姐。"

杜若蘅最终还是跟着康宸上了车。到了那里才发现被康宸坑了，根本没有那么多如狼似虎的小姑娘，衣冠楚楚的男士倒是更多一些。但康宸没有要和他们交谈的架势，他先去拜望了一位长辈，然后就拉着杜若蘅找了个坐的地方聊天。过了一会儿有个看起来颇为知书达理的小姐过来问他是不是康宸，被康宸眼睛都不眨地否认过去。

等目送人离开，杜若蘅笑着说："原来是相亲啊。"

"没办法，人老珠黄还没嫁出去，就有长辈开始可怜我了。"

杜若蘅只笑不说话，康宸去餐饮区给她端来了一块甜点，随口问："最近有人给你介绍相亲吗？"

"没有。"

"为什么？"

"S市人生地不熟，我哪有这么好心的长辈。"

“那我给你介绍个？”

杜若蘅抬起头，康宸坐得端端正正，一脸严肃地指着自己：“我把我自己介绍给你，你看成吗？”

杜若蘅把他从上到下仔细端详了一会儿：“说的是认真正经的话？”

康宸啊了一声。

“你我在今天早上刚刚成为上司和下属。”

“如果你觉得不方便，我可以辞职。”

他摆出一副任君解剖的姿态，康家二公子的模样不可谓不好，加上含笑邀请的眼神，很难让人说出真正拒绝的话。过了一会儿，杜若蘅说：“有两点要提前说明。首先，万一以后不行，那可能会连朋友都没得做。”

康宸轻轻一挑眉：“第二点呢？”

“我不适应。”杜若蘅直截了当开口，“实话说我现在不适应任何异性的触碰。所以目前只能做一般朋友，未来也许需要很长一段时间的慢慢来。其实我不能给予任何保证，我知道这是很让人头疼的一点，所以你可以考虑放弃，我完全能够理解。”

“我为什么要放弃，你难得提供一个机会。”康宸从路过的服务生托盘里拿过两只酒杯，把其中一只交到杜若蘅手中，“其实我今天都做好了被拒绝的准备了，你能这样回答，我高兴还来不及呢。”

他与她碰杯，嘴角含笑：“我有的是耐心，我们慢慢来。”

离婚已有一年多，期间杜若蘅不是没收到过其他相类似的暗示。在酒店工作总是能遇见形形色色的人，杜若蘅长相古典娴静，向来不缺少鲜花之类的殷勤之物。除此之外她甚至还收到过直截了当的明示，有个已婚的高管在离店之后托人转告她，表示对她很感兴趣，希望有进一步的发展，请杜若蘅开多少价钱都可以。

杜若蘅忍住心底翻腾的恶心感进行了婉拒。

事实上她觉得自己真正应了苏裘的话，对异性很难再产生信心。上一段婚姻给她的印象实在深刻，让她到现在都心存阴影。有时候躺在床上还会对自己的未来感到悲观，觉得自己怎么可能再去尽心发展一段陌生的感情，她不中途退缩逃跑才怪。

不是不再相信这世上没有模范爱情，而是认为她自己不会再遇见罢了。

这样的想法让她不断往后退。拒绝是最好的自保，她把她自己画地为牢。杜若蘅在康宸送人回家的路上思索自己今晚破例允许的原因。也许康宸的长相是额外加分的地方，又也许是她近日终于可以真正的心境平和，像多年前接纳周晏持那样再接纳另外一个人。

但不管怎么说，无论哪个原因，于她而言都堪称好的方面。

杜若蘅在接近小区门口的时候接到来自T市的电话，当时她正在跟康宸探讨本市哪一家川菜馆做的水煮鱼最为美味。周宅的电话毫无预兆地打来，手机铃声在车内显得莫名刺耳。杜若蘅接起，对方罕见的是久未谋面的周宅老管家吴叔，他在那边语气郑重地跟她说："杜小姐，我向你说一件事，你先不要着急。"

他顿了顿，肃声开口："周缇缇不见了。"

周缇缇今天去幼儿园，下午周家的司机去接人，中间遇上堵车晚到了几分钟，再到幼儿园的时候便被老师告知周缇缇已经被人接走。来接她的人声称是周缇缇的姑姑，而周缇缇没有予以否认。

周晏持没有同胞妹妹，得知消息后逐个打给周缇缇数得上来的远亲姑姑，其中有一个甚至远在国外。全部得到否定答复后他开始眉头紧皱，考虑是否要报警。幼儿园老师给出的人物形象描述太模糊，让人无从下手。

周宅的老管家在这种时候才打电话给杜若蘅，有些犹豫地问她今天有没有回去T市。

杜若蘅说没有，如果有的话自然会通知他们。然后在挂断电话的同一时间去拨周晏持的电话，接通的时候她已经完全挡不住自己的急火攻心："周缇缇至少是你女儿，你能不能好歹也走点心，你活在这世上是不是就只知道和那些莺莺燕燕调情风流！"

她说这话的时候来不及顾及旁边康宸的感受，到后面声音不稳，传到周晏持耳边就变成了疑似的哭腔。他只有默不作声挨了她的骂，等到杜若蘅的情绪稍微稳定下来才说话："缇缇会找到的，你不要急。"

这话不起任何作用。

"她怎么会走丢！她一直那么乖怎么会无缘无故跟人走，你是不是跟她说了什么？你到底有没有好好找！"

T市早已找得翻天，周晏持不跟她争辩，等她呼吸平顺了，他像是能隔着千里之外看穿她想法："你是不是打算现在过来T市？一会儿告诉我航班班次，我派人过去接你。去机场的路上不要胡思乱想，注意安全。"

杜若蘅挂断电话说要下车，康宸直接打方向盘拐弯。车子开始往机场高速的方向行驶，他说："我送你。"

杜若蘅心不在焉地表示感谢。康宸一路除去说了几句安抚的话，基本都识趣地保持沉默未加扰。到了机场已是很晚，夜风极凉，杜若蘅又只穿了件晚礼服，康宸在她下车的同一时间把自己的风衣披在了她身上。他陪着她去买票，看她过安检，又在不久之后打电话确认她已顺利登机。他安抚她："放轻松，说不定你到了那里的时候缇缇已经找到了。"

康宸的预言奇迹般地正确。杜若蘅走到接机大厅，不远处便站着周晏持和周缇缇。小姑娘看到她后一股脑儿从周晏持的臂弯里挣扎下地，跑得像只小蜜蜂，狠狠地扎进杜若蘅的怀里。她眼含热泪仿佛饱受委屈，一直喊妈妈。

杜若蘅差点没跟着哭出来。

周晏持站在母女俩身后，看见杜若蘅身上穿着的男士风衣，一时没说话。

回家的路上周缇缇一直紧紧抓着杜若蘅不肯松手。周晏持说一个小时前有人在步行街街角的咖啡店里找到周缇缇，周围再没有其他人。问下午是跟谁走的周缇缇无论如何都不回答。杜若蘅对这个问题已经不再着急，人平安找到就已经足够，她为此精神紧张了一个晚上，如今总算可以松一口气。

晚上由杜若蘅哄着女儿入睡，可是周缇缇不肯乖乖闭眼睛。她也不想听豌豆公主的睡前故事，而是执拗地要问一个问题："妈妈，我不想你和别人结婚，也不想爸爸和别人结婚。我只想你和我和爸爸住在一起。就我们三个人，永远住在一起，好不好吗？"

杜若蘅往上抬头，看了天花板一会儿。等到眼前重新变清晰，才低下头抚摸女儿的头发，柔声问："宝宝今天放学的时候，跟谁一起走的啊？"

"一个漂亮阿姨，她说她叫张雅然。"

周缇缇一直不肯睡，她重复问杜若蘅相同的问题，为什么三个人不可以住在一起。小孩子不想讲道理的时候根本无逻辑可言，杜若蘅说什么都不肯听，除非是亲口予以承诺。到头来没有办法，她只有把床头灯重新打开，无可奈何地去外面叫周晏持进来。

周晏持回到家一直没有去洗澡，他担心杜若蘅搞不定今晚有些敏感的女儿。周缇缇今晚不知在想些什么，很可能与父母的离异有关，她也许会在床前问出什么问题来。而杜若蘅不擅长说谎，面对着女儿眼神的时候这种性格就尤为凸显。

果然他坐在客厅看电视等了几十分钟，就看见杜若蘅沉着脸从楼上下来。

周晏持把茶几上一碗夜宵给她推过去："温度正好，刘叔特地为你做的。我上去看一看。"

杜若蘅眼睁睁地看着他路过她，问也不问一句就上楼，楼梯尽头一拐分明是女儿房间的方向。她在原地静立片刻，瞪着眼连声骂他浑蛋浑蛋。

隔了十几分钟周晏持下楼，告诉杜若蘅缇缇已经睡着了。接下来就是一阵冷场，两人在沙发上坐得很远，一时相顾无言。十几天之前的吵架好像到现在都没有消散，周晏持不看她，也不说话，到头来还是杜若蘅打破了沉默："你跟她说了些什么？你不要跟她撒谎。"

"我告诉她这世上不尽是完美。"他回答得有些心不在焉，"想要她自己过得好，还是妈妈过得好，她只能在这其中选择一样。"

　　杜若蘅一阵沉默。周晏持会这样回答倒是出乎她的意料。她还以为他会一直顺应女儿的主意下去，不惜哄骗说放心妈妈有朝一日总会回来呢。

　　周晏持还是没忍住，转过眼无声地看着她。杜若蘅的精神很好，皮肤也发白发亮，像一层如水明玉。可见这半个月里她生活平和，至少不像他一样深受失眠困扰。这多少让周晏持有一些心酸，事实上，这种心酸自离婚后一直萦绕，只是他始终没能习惯。

　　他看着她身上仍然穿着的那件男式风衣，膝上的手指微微动了动。片刻后，周晏持轻声开口："缇缇今晚情绪不对，你如果明天离开，她大概又会哭闹。有没有可能请假几天，你留在T市陪一陪她？"

　　杜若蘅偏过脸来，他没有看她，又淡淡补充："如果你觉得不方便，我可以这几天不回家里来。或者，你把她暂时接去S市也可以。"

　　杜若蘅很明显地觉到，离婚之后的周晏持变得比以前服软了许多。

　　从前他不会这么讲话，还会给出一种两种三种方案备选，退让不是周晏持的风格。外人传言周晏持性情的三大特点，冷血无情，专断独权，倜傥风流。除去第一点之外，杜若蘅都体会得非常深刻。两人相处十年，周晏持从来都不是个太容得下异己的人，有些想法他决计要做，就必定会执行彻底。变革公司战略铲除董事会反对者的时候是这样，处理私事的时候未必就不是一样。只不过也许他对待杜若蘅的方式要比对待其他人温柔得多罢了。

　　小事上他少有计较，重大事宜杜若蘅从未真正说动过周晏持。比如结婚，比如替一些公司元老求情。他可能当时会顺应她的心愿，但到头来总是会遂了周晏持的意思。杜若蘅唯一做得成功的一件事就是离婚，她那时跟他彻底摊牌，周晏持大概10年来都未看到过她那样激烈的一面，仿佛他敢不离婚她就能杀了他的架势。不管怎么说他大概还想留着命看女儿长大，这终于使得他勉强同意。

　　如今坐在沙发上的周晏持穿着一件薄薄的毛衣，因为瘦了一些而略微显得松垮垮。搭着里面一副匀称骨架，手指骨骼修长有力，面孔英俊平稳。杜若蘅在离婚后难得这么仔细地看他一次，她在心底评价，风韵犹存的老男人。

少有人抗拒得了这等美色。因与生俱来的傲慢而更加性感，能令人飞蛾扑火。

她冷着声音说："不必。"

两个字周晏持就懂得。他的手指在膝上敲了两下，说："我向幼儿园老师请了明天的假，周缇缇原定明天要去金度买衣服，司机到时候会陪着你们过去，我回避。"

杜若蘅被气笑："你就非要这么讲话是不是？"

"不是你巴不得想让我离你十万八千里远的吗？"

杜若蘅瞪着他，脸颊鼓得就像一只小河豚。两人眼看又要展开新一轮争吵，管家在这个时候默不作声上前，收走了茶几上见空的碗。

隔了一会儿，周晏持的口气缓下来："缇缇的性格很像你。"

杜若蘅说："你是想说她也像我一样，脾气差，小心眼，冷血无情，患得患失是吧？周晏持你可真无耻啊，连这种话你都能用来形容你亲生女儿。"

周晏持难得有失语的时候。再开口是两分钟后："我那些都是一时气话，争吵时候的话不能当真。如果你介意，我向你道歉。"

"怎么能是气话呢，你那时候分明就像是怀恨已久，终于找到了一个发泄口才对嘛。"

周晏持终于受不了，他看向她："蘅蘅。"

杜若蘅张了张口，最终还是安静下来，别过脸。周晏持说："我是指缇缇表面乖巧，但实际性格倔强，很有主见。"

"你何不直接说我是阳奉阴违。"

这对话没法再进行下去了。周晏持又开始使劲揉眉心："我们能不能好好说话？"

杜若蘅静止了一会儿，回答："那真遗憾，除非你能让时间重来。"

张雅然在夜里12点接到老板电话，睡眼惺忪的她听见那头周晏持的声音极为阴森，犹如地狱，问她是哪根脑子抽了筋竟然敢擅自把周缇缇从幼儿园接走并且还没有送回家。

张雅然瞬间清醒，完全摸不着头脑地回答说："我没啊，不经您吩咐我哪敢擅自接近小公主的嘛。"周晏持哦了一声平静开口："你的意思是，缇缇说今天接她放学的是一个长得挺漂亮自称叫张雅然的人这种话，根本就是谎话了？"

张雅然后背立时冒出一层冷汗，她马上在电话里痛哭流涕，说老板我是被冤枉的一定有人冒名顶替啊老板！偷人不对偷小孩这种事我怎么可能做得出来，您要是不信可以让小公主跟我来当面对质啊我不怕！我就怕老板您不信我啊无论如何求您明察啊老板！那副信誓旦旦不停表忠心的口吻简直让人不忍直视，周晏持终于听得不耐烦，打断说够了你吵得烦不烦。

张雅然立刻收住眼泪，小声问，老板，缇缇真的说那人长得挺漂亮吗？

周晏持说，再漂亮又不是你，你问这么多。张雅然甜蜜回答，至少我在缇缇心目中的第一印象很好呀，这样以后我俩有缘得见的时候我也开心嘛。

周晏持冷冷地说，忘了告诉你，周缇缇喊的是张雅然阿姨。

说完掐了电话。留下未婚少女张秘书当场心碎一地。

张雅然没有立即睡去，她躺在床上思索自己是被谁冒名顶替。周晏持身边"长相漂亮的阿姨"不可谓不多，可是张雅然想到的人选只有一个。蓝玉柔前不久刚刚打听过周缇缇的事情，这说明她至少动过心思想这么做。并且当宠，又有野心，无论从哪一方面看都适合。

没有人被这么陷害还不会恼火，即使是脾气温和如小白兔的张雅然，也有曾经将前男友沈某人从船上推进茫茫大海里的辉煌壮举。

杜若蘅第二天陪着女儿去买衣服，周晏持担当司机。

本来原定的司机已经在上午九点半的时候抵达周宅，又被老管家默不作声地在大门口赶了回去。然后他拎着电话走回客厅，八风不动地告诉周晏持说司机刚才打来电话，说他今天发烧去了医院不能过来了，跟您告假。

周缇缇在旁边说不是还有个陈叔叔也开车吗，老管家慈爱地回答是这样没错可是陈叔叔现在人还在M市呢。片刻沉默之后杜若蘅插话，说我自己来开车也没关系，老管家看了一眼她的高跟鞋，为难说可您的鞋子不太合适呀。然后他的目光转向正在浏览杂志的周晏持，装模作样地商量问，您今天有空吗，您看要么您委屈这一次行吗？

一个小时后一位英俊车夫同一对母女出现在童衣商店。店员热情地上来推介亲子装。拿来一对母女装的时候周缇缇问店员有没有同款式的爸爸装，店员说有，杜若蘅在一边柔声劝道你爸爸才不穿这个，周缇缇转头望向坐在沙发上的周晏持："爸爸，你穿吗？"

周晏持点点头："穿。"

两个小时后三人穿着相同款式的熊猫亲子外套坐在比萨店中，杜若蘅接到康宸电话，说之前上交的一份报告出了问题需要修改。挂断电话后杜若蘅犹豫着看向周晏持，后者正往女儿嘴巴里喂鸡块，好像根本没有听到刚才他们的通话。倒是周缇缇一脸失望地含混开口，问妈妈你又要回S市了吗。

杜若蘅立刻哄说不是，妈妈只是需要查一封邮件。然后顿了顿，没有转头，语气有些生硬："回去之后需要用一下你的手提电脑。"

周晏持很快回答："在书房。"

杜若蘅低声说谢谢，说完感觉浑身不自然。过了一会儿周晏持突兀开口："我认为我不应该再替你自作主张。"

她抬起头，周晏持正看着她："你有需要同我提，我总会答应。这种效果总比我不等你说就帮忙要好。至少不会让你在我身后再恼火地骂我浑蛋浑蛋。"

"……"

杜若蘅咬了一记牙，在桌子底下狠狠地踢了他一脚。

周晏持面不改色地给女儿喂比萨，未提防周缇缇的胳膊搂过来，绕在了他的脖子上。然后软软的嘴巴贴上来，对着他的右脸亲了响亮一口。接着周缇缇如法炮制，圈住杜若蘅的脖子同样在她的脸上亲了一大口。

小女孩坐回座位上，托腮望着他们，眼底有一点泪光："你们不要吵架。"

周缇缇的敏感程度大大超出了杜若蘅的预料，这让她有些说不出话。周晏持对着女儿低沉嗯了一声，而后他突然握住杜若蘅的手背，然后探身过来，隔空在她的额头上轻轻落了一个吻。

犹如蜻蜓点水。杜若蘅抬头望向他，周晏持还握住她的手背没有松手，他安抚周缇缇，语气很坚定："我们刚才没有吵架。"

下午又去了儿童游乐场，晚上三人才回到家。杜若蘅哄完女儿入睡，敲门进入书房。周晏持正在浏览公司的相关文件，摘了眼镜给她让位置。屏幕上董事会成员的名单还没有关，杜若蘅关掉页面的时候扫了一眼，看到了康在成的名字。

两人一坐一站都没有讲话，周晏持倚着阳台不动，无声看着她。直到安装一项临时软件的时候出了问题他才走过来，一只手搭在椅背上帮忙。他这个样子分明有将人虚拢在怀里的架势，杜若蘅看了他一眼，周晏持恍若未觉。

等待软件安装的时间很漫长，漫长到能渐渐听清楚彼此之间的呼吸。杜若蘅莫名开始有些心慌气短，她想远离，可周遭都是他滴水不漏的胸膛和手臂。

甚至她闻得到他身上清爽的古龙水香气，因为室内的温暖而微有醺意。

很熟悉。

她终于不堪忍受扭开头，却堪堪撞上周晏持的眼神。那里面有难以名状的深沉意味，让人难以抵挡，定定地回视她。

杜若蘅浑身僵硬，只有眼睁睁看他慢慢俯身下来。越来越近，直至近在咫尺，鼻尖挨着鼻尖的位置，她出声："你敢亲过来试试。"

周晏持垂着眼睛看她，低声说："我很想你。"

他的呼吸比往常要热，在这样夜凉如水的静谧夜晚，显得格外鲜明。杜若蘅有些发软，她的手指被他一根根握住，轻轻摩挲。两人已经足够亲密，体温相互传递的程度，他微微侧头，如今只需要一开口，就可以轻易含住她的嘴唇。

已经很久没有过这样温情的时刻。杜若蘅的声音有些发抖："周晏持。"

他看着她，目光静默而温柔。

"你让我觉得恶心。"

她一把推开他，手肘撞在他小腹上。力道足够重，让周晏持当即闷哼了一声。

他往后退到阳台处，捂住被撞的地方紧皱眉头，好一会儿都没动作。这个样子让杜若蘅疑心自己把他打出了腹腔出血，直至周晏持扶住花瓶站起来，没再往她的方向看，面无表情地慢慢走出了书房。

杜若蘅深深吸了一口气，软件已经安装完毕，她静下心打开，继续整理酒店材料。

第二天吃早餐的时候周晏持异常沉默，吃得也少，一碗白粥被他吃了一半就推开了。两人相处这么多年，杜若蘅能看出来他在生气。其实想想也可以理解。他位高权重这么久，不要说有人揍他，大概从上到下连个忤逆的人都没有。她把他打到那个程度，还说他恶心，他还能一言不发，从某方面来说已经是足够的好脾气。

换作是杜若蘅自己，周晏持对她说的一段话她能从离婚前念念不忘到离婚后，若是有一天周晏持胆敢动她一根小指头，估计她能让他跪上两天两夜的玻璃碴。

有时候杜若蘅也会觉得腻。她已经不再是小孩子，深知她还能对周晏持拳打脚踢，基本上都是因为他对她还有感情。倘若他对她兴趣全消，怎么可能再容忍她到这种地步。杜若蘅觉得自己是在自掘坟墓，迟早有一天她能把他所有残存的情分都消磨掉。

可是有时候杜若蘅又巴不得周晏持能绝情一点。他如果对她当真冷酷，从此不闻不问完全流连花丛，杜若蘅决计能心灰意冷，就当这个人已经从这个世上死得很干净。可是他偏偏对她足够好，这个世上没有人比周晏持对她更体贴关怀，杜若蘅有把握自己只要开口，他必定可以放下一切第一时间赶来，他对她嘘寒问暖的程度连杜家父母都不一定做到，不管离不离婚都是一样。

就像是一把灰烬，明明就要熄灭，却始终有风前来撩拨。

她不是个圣人。这悲哀透顶的余情未了。

周缇缇去读幼儿园，家里只剩下两个成年人。杜若蘅请了三天假，要到后天才回S市。周晏持也没有去公司，他坐在客厅沙发上浏览新闻。两人共处一室，都没有讲话，难得相安无事了一个上午。中午周晏持起身去书房，站起来时手仍然捂在腹腔的地方。

杜若蘅不看到则已，看到了便觉得有一点尴尬。理论上两人已经离婚这么久，即便周晏持曾经亏欠她，也没有必要再这么吵架。

她踌躇了一下，问了出来："你看医生了没有？"

周晏持回得很冷淡："没事。"

他那样子不想理她，杜若蘅索性不再讲话。隔了片刻，突然听到他说："我要是真的因为家暴住院，你是不是都懒得去看一眼？"

这话的语气很平淡，杜若蘅觉得无可奈何："你想多了。"

周晏持站在原地始终没动，他看着她，良久才开口："实话说，我现在很后悔离婚。"

杜若蘅下意识地抬头，跟他对视，周晏持的表情很平静："我本来不应该和你吵架，说那些话。如果可以，我也希望时间能重来。"

下午两个人被管家打发到院子里去修剪花枝。其实已是深秋，花朵基本都已凋零，周晏持换了衣服在花园中锄草，很有园艺工人的架势。

杜若蘅托着腮坐在一边的小凳子上，觉得百无聊赖。

　　管家很适时地出现，给她端来了一张小桌儿，然后还有一壶茶一只茶杯和一碟下午甜点。跟她说今天T市难得的风轻云淡，不妨好好瞧两眼。默默退下的时候周晏持叫他："我也饿了，叫刘叔再做一份下午茶。"

　　管家只作耳背没听见。

　　周晏持在杜若蘅身边坐下，袖子碰到她的手指，被她不着痕迹地往旁边侧了侧。她放下茶杯的时候周晏持端起她的抿了两口，再放回桌上的时候杜若蘅面无表情："拿开。"

　　"做什么？"

　　她冷冷地说："我不喝别人碰过的。"

　　这种嫌弃的口吻多少让周晏持有些无奈："不要这样行不行？"

　　杜若蘅直接不理他。过了一会儿她接到汪菲菲电话，说有个客人登记入住，称是她的朋友，请杜若蘅帮忙打折。

　　杜若蘅听完汪菲菲报的姓名，想了半天才想起这么个人。她并不熟识，仅仅在几个月前的一场聚会上有过一面之缘，并且印象很一般。景曼酒店的管理人员的确有房价打折的权力，可是每个月也有固定名额，杜若蘅不想浪费在这样一个陌生人身上。

　　她问汪菲菲："他要求打几折？"

　　"贵宾客户的最高级别，七折。"

　　"那位客人现在在你面前？"

　　"是的啊。"

　　杜若蘅沉默片刻："给他按七折。"

　　挂断电话后杜若蘅的脸色微沉。她不习惯利用别人，也同样不喜欢受人利用，并且是这样明目张胆。周晏持看了看她，正要讲话，被她一口塞进去半块甜点："你闭上嘴让人好好清净一下行不行？"

　　周晏持把甜点慢慢吃完，说："这种事也可以不顺应汪菲菲的意思。"

　　"你别说话行不行？"

周晏持说："你身为酒店的中级管理人员，汪菲菲这件事做得不妥，需要你来告诉她以后再遇到这种人情打折的事该怎么做。是该当着客人的面打电话，还是避开或者假装打电话，她必须有经验才行。再说那个所谓的入住客人，显然他是利用了你的情面，这种人你同意了第一次，就还会再有第二次。如果类似的人再多一些，你会烦不胜烦。"

从头到尾杜若蘅都在冷冷地瞪着他，周晏持不予理会，仍然说："你担心电话里的对话被客人听到会让他感到没面子，除去同意打折之外，你还可以给汪菲菲说，最近酒店规章有变化，你最大的职权范围仅仅是打八五折或者是九折，再高一级就需要请示总经理。然后你可以再请那个客人稍等，跟他说你要打电话请示上级。一般这种情况下对方都不会再为难。至于汪菲菲，如果她听不出这弦外之音，五星级酒店前台的位置也就不再适合她了。"

杜若蘅沉沉开口："说完了？"

周晏持给她重新倒了杯茶，低声说："我知道你肯定又要嫌我烦。但既然现在你的工作是这个，就算可能难以做到得心应手，我也希望你能做得顺利，至少不会为此而烦恼。"顿了顿，语气愈发诚恳，"你就当我是操心过多，不想听也不要刻意说那些打击人的话，你知道我们两个现在聊这些的机会不多。"

杜若蘅好半晌才发出声音："话都让你说全了。"

周晏持平静地说："实话来说，我现在做梦都是你对我说的话。翻来覆去地变着花样无非那几句，你吵不吵，烦不烦，赶紧滚。基本上我现在每次跟你说话，都能猜出你下面跟着要说什么。"

杜若蘅淡淡问："包括昨天晚上的那句恶心？"

周晏持被噎了一下，然后才说："晚上你想吃些什么？我让刘叔去准备。"

第三天杜若蘅离开T市，来的时候她两手空空，走的时候多了一只行李箱，里面都是盛情难却的老管家给她塞的食物。在机场的时候杜若蘅抱着女儿亲了又亲，周缇缇满脸不舍，紧紧搂住脖子说妈妈你一定要一周回来看我一趟呀。

杜若蘅答应了，周缇缇说你也要经常回来看爸爸，他也很想你的。

杜若蘅这次没有讲话，她亲了亲女儿的鼻尖，把她的帽子重新戴回去。周晏持在一旁看着始终沉默，直到杜若蘅准备离开，他才轻声开口："到家之后，记得打个电话报平安。"

杜若蘅眉目冷淡地嗯了一声。

"酒店里如果遇到不方便解决的事，及时告诉我。"

杜若蘅瞥他一眼，这次难得没有开口嫌他烦。周晏持兀自又说："万一生病或者不舒服，及时去医院做检查。自己一个人住要小心谨慎，平常关好门窗，贵重物品不要摆放在客厅。另外出门的钥匙最好放一把在苏裘那里，或者是其他什么值得信任的人……"

杜若蘅终于又开始不耐烦了，她的眉心拧起来，周晏持的唠叨戛然而止。

她冷淡地问："还有没有事？"

他看着她，唇边一直有一句话，却因为难能称得上合乎时宜而反复说不出口。杜若蘅不想再浪费时间，转身的同时听到他轻声开口："缇缇和我一直都爱你。"

她的动作稍稍停滞。

想让周晏持完整地说出那三个字难于登天。他向来隐忍内敛，有些话反复斟酌，却还是难能表达直白。杜若蘅深知，借着女儿的名义说出这么一句话于他算是不容易。

但是这和她又有什么关系。

两个小时后到S市，杜若蘅直接从机场回到景曼。大堂内客人稀少，汪菲菲正在跟小叶兴奋八卦，连办理退房的一位男士轻咳一声也没听见。杜若蘅快步走过去，代为处理解决了事宜，目送客人离开的时候汪菲菲拽住她的袖子兴冲冲道："若蘅姐，你这几天没来上班太可惜了，财务部吴经理今天晨会被康总经理骂得连头都抬不起来呢！"

杜若蘅默不作声，低头看她抓过来的手。等到汪菲菲终于讪讪把手指头松开，杜若蘅才开口："你跟我上楼，我们去办公室谈一谈。"

20分钟后汪菲菲刷白着一张小脸走出办公室，杜若蘅去楼下检查客房卫生，听见两个值班服务生蹲在角落里也正兴致高昂地八卦。声音还不小，大概没防备她这么早就休假回来："吴经理这一次肯定要裁。这些年他背地里吃了多少回扣，估计全养小情人去了吧。你看他以前作威作福的样子，连前任总经理都睁一只眼闭一只眼。结果总经理这几天刚上任就查财务部的猫腻，阵势连咱们都看得出来，这不是要换人是什么。"

　　"好像他明年合约到期，再签就是终身。照这样子还能撑到那时候吗？万一续约不成走人了，还在老东家留的是这种口碑，以后还有哪家敢要他。"

　　"据说是他之前得罪过总经理，到处跟人说总经理是私生子，现在才落得这种下场。总经理快上任那几天不是不在嘛，他不是还到处讲什么康家二公子根本就是假的，其实是他父亲在外面春风一度生下的孩子，只不过一直住在国外没人知道罢了。后来他回国，跟兄长斗得很厉害，可惜最后失败，才被赶来S市的。"

　　杜若蘅重重咳嗽一声，周围一下子安静了。片刻后，两个小姑娘从门缝后面闪出来。杜若蘅冷声问："这个月的地毯送去清洗了没有？墙壁画框上有一层淡淡的灰为什么不打扫？还有1203房间里的铅笔缺失，谁负责？为什么不补？"

　　半个小时后杜若蘅去顶层交文件，康宸正在玩电脑里的扫雷游戏，看见是她后端正坐姿，笑着问："心情不好？"

　　杜若蘅直觉否认："没有。"

　　康宸仔细研究她的脸色，然后说不太像，你确实好像是心情不好。

　　杜若蘅索性侧过半边脸，跟他说要是没事我就先出去了。他把她叫住："别走得这么着急。今天晚上有空没有，我们一起去看电影怎么样？"

　　"看什么？"

　　"星球大战系列最新一集，还有一部国产爱情电影。你想看哪个？"

两人最后商定看前一个，跟着又讨论晚上一起吃饭的地点。讨论的时候双方神色都很正式，不像是约会，更像是合作伙伴会晤洽谈。到后面康宸撑着下巴忍不住跟她笑："究竟是谁得罪了你，让你神思不属成这样？"

　　杜若蘅仍然说没有。为了避免他再追问，她转移了话题："听说今天晨会上，吴义勇被总经理批评得面无人色。"

　　"听谁说？"

　　"康总，我不能当群众中的叛徒。"

　　康宸微微一笑："那你回头告诉群众，我不希望酒店管理层中存在品行不端的人。"

　　杜若蘅笑说："吴义勇是品行不端的人？"

　　康宸淡淡道："不忠不贞不算品行不端的人吗？"

　　杜若蘅走出康宸办公室的时候揣着全酒店都想知道的有关吴经理未来结局的独家内幕，可她懒得在意。回到办公室她对着手机思索了一会儿，还是给周宅打了一通电话。本来料想现在是下午3点，周晏持应当不在。可是等那边一接通，响起的是熟悉低沉的一声喂。

　　杜若蘅沉默片刻，才说我到了。

　　周晏持嗯了一声，平静里听不出情绪，只简单说："注意休息。"

　　说完两人挂断电话。

　　到了晚上杜若蘅跟康宸一起去看电影。两人排队买票排队入场，前面后面站着的都是大学生模样的小情侣。康宸给杜若蘅买了桶爆米花，两人站在外面等开场的空当，他用了五句话给她把星球大战系列的精华解读完。进场之后两人凑在一起猜测剧情发展，反派人物死了又死的情节都被康宸把握得很精准。

　　杜若蘅已经很久没有这么愉快地在电影院跟人看完一场电影了，她甚至已经很久都跟这种场所绝缘。周晏持10年前的习惯爱好就已经像是个老头子，他推崇唯利是图，对娱乐的事物不屑一顾。那时杜若蘅如果坚持去电影院，他虽然不情愿却也会同意，但几乎每一次都会在中途睡着，想都不要想跟他讨论。后来两人回国，家里甚至拥有一间设施完备的影音室，杜若蘅却几乎没有进去过。倒是偶尔周晏持想起来，会拉着她进去一起看一眼，但杜若蘅已经对他相当失望，从来都是不屑和拒绝。

因此杜若蘅难得能像今天这样，出场跟进场的情绪一样好。她的手里还抱着半桶没有吃完的爆米花，跟康宸从始至终的交流都很顺畅。两人走在一起，不管是外形还是话题都很默契，有路人频频注目，看待他们的眼神就像真的是在看一对情侣。

杜若蘅在去地下停车场的时候遇见了熟人。其实也不应当算是很熟悉，因为只是几面之缘。对方一副窈窕身段，袅袅婷婷也朝着这边停车的方向走来。杜若蘅既然看到了，便躲不过去，站在那里礼数周到地道了一声好。

走近了的对方更漂亮，长发披肩，红唇美目。在杜若蘅和康宸之间盈盈一扫，有些微笑："杜姑娘好巧。"

"很久不见。"

"是很久不见了。"对方轻轻柔柔说，"我记得上一次见面还是在两年半之前。"

杜若蘅只是微笑，并不点头。对方记得的不是她们最后一次会面。事实上两年前两人也碰过一次面，只不过大概只有杜若蘅自己注意到。那本是她以前的工作单位组织的一次海钓，却远远碰见了周晏持一行人。他们正从一艘游艇上下来，每个人都衣着光鲜，并且男士的臂弯里都挽着一个娇滴水灵的美人姑娘。

"听说杜姑娘现在是在一家五星级酒店任部门主管。不知是在哪一家？"

"景曼花园酒店。"

"哪个城区？"

"东胡区。"

对方轻轻啊了一声："那就更是好巧了。我这次来S市开研讨会，主办方订的酒店也是在东胡区，可是那一家服务质量实在很差，我正想私下里换个酒店，不知方不方便到景曼来呢？"

杜若蘅笑得温婉："当然欢迎。"

两人又寒暄了两句，然后各自离开。杜若蘅远远看见对方站在车旁拨电话，模样颇有几分娇俏。康宸在一边出声问："是以前T市的朋友？"

杜若蘅沉默了一会儿："前夫的朋友。"

第二天早上杜若蘅到酒店，正好碰见前一晚的美人在办理入住手续。对方正好也看见她，于是微笑着打招呼，然后转头对汪菲菲道："如果我认识你们的客房部经理，可以打折吗？"

前一天刚刚为此挨过训的汪菲菲偷眼看了看杜若蘅，动了动嘴唇："……不好意思小姐，我们酒店目前已经取消了这条制度。"

对方哦了一声："请你稍等，我打一个电话。"

杜若蘅见状打算离开，却被对方叫住。过了一会儿她把电话递过来，杜若蘅接起，听到周晏持在那头的声音："苏韵想借用我的贵宾卡打折，酒店允许不允许？"

"可以。"

周晏持找了一会儿，告诉杜若蘅："我的贵宾卡暂时找不到，酒店系统里应该有记录。"

杜若蘅敲了两下键盘，说："可以打九五折。"

"我记得能够打八折。"

"你记错了。"杜若蘅说，"确实是九五折。"

周晏持沉默片刻："你把电话给她。"

又过了一分钟，苏韵从僻静处回来，已经挂了电话。她同杜若蘅柔柔微笑："既然是九五折，那就索性不打了。"

杜若蘅跟她诚恳地道歉，表示不能打折实在是酒店的规定她也无法置之不理。苏韵表示理解，然后过来握住杜若蘅的手，温言软语："没有关系，只是想起来有朋友才顺便问一问的。是我太唐突了。以后等你再回到T市的时候，记得告诉我，我来做东，请你吃饭。"

杜若蘅笑着说那怎么可以。苏韵说："肯定要请的。晏持这次找秘书帮我付掉酒店房钱，他才是真的太客气了。"

杜若蘅面不改色笑道："他对待任何朋友都是这样。你不用放在心上。"

开晨会的时候杜若蘅手机半点都没消停。周晏持打来数次电话，到后来她索性关机。然而众人散会的时候杜若蘅还是遭到了采购部张经理的消遣，说这是哪个献殷勤的小伙子这么不靠谱，不知道我们杜经理喜静不喜闹的嘛。

杜若蘅在众人调侃中只笑不答地离开会议室，把恼火全都迁怒到周晏持头上。到了中午吃完午饭她才开机，不过片刻周晏持的电话就又拨过来。

杜若蘅冷着脸等屏幕亮了又暗地反复数次，按了免提。

周晏持一时没反应过来她的接听，顿了一会儿才开口："两年前我欠苏韵一点人情，她在一次招标上帮了忙。从那以后跟她联系少差点忘了，这一次遇到有机会，于是顺便还上。"

杜若蘅听完，抱着双臂哦了一声。

"你在生气。"

"我为什么会生这种气？"杜若蘅笑着说，"你也想得太多了。你的事前前后后都跟我没关系，以前都跟我无关，现在更是无关。"

"你如果现在想知道，我可以解释给你听。"

杜若蘅扔给他三个字："没兴趣。"说完挂了电话。

第二天杜若蘅临近换班的时候接到汪菲菲电话，说底下有人送来东西。到了大堂才发现是花店小弟，一大捧的香槟玫瑰摆在前台，盖住了所有能盖住的东西。

杜若蘅没有找到名签，对方只跟她说是一位姓周的先生。

杜若蘅的第一直觉便是周晏持，随即又觉得这样的想法太过离谱。她跟他从认识到现在，他送她捧花的次数用一只手都数得过来。周晏持从骨子里都透着一股商人本性，唯利是图这四个字被他发挥到极致，反映在礼物上就是他从来都温情多过浪漫。或者也可能在他眼里，一颗钻石原本就比一捧玫瑰或一份手工艺品来得浪漫得多。

杜若蘅很早就放弃了纠正他的想法。她认识到这个问题的时候周晏持已经超过二十岁，是个想法成熟意志坚定的成年人，早就是她习惯了跟着他的步伐在走。但是在外面的时候周晏持倒是极为大方，不管是年会员工送上来的大捧花束还是每年源源不断收罗的各省市级嘉奖优秀的奖杯，每次周晏持在接受的时候都表现得十分高兴，至少落在照片上是这样，即使他本人根本就是嗤之以鼻。

　　很快有几个小姑娘跑过来表示歆羡，纷纷猜测香槟玫瑰的花语是什么。到了中午的时候杜若蘅接到周晏持电话，他问花束收到了没有。

　　杜若蘅半晌不答，末了还是忍不住问，香槟玫瑰真的是你送的？

　　周晏持没有否认，并且跟她说："你不喜欢的话，下次可以换一种。"

　　"你送花干什么？"

　　周晏持又沉默了片刻。显然他不擅长回答这种否定自己过去的问题，这比一般的解释更费力，半晌才说："你如果喜欢的话，以后天天都会送。"

　　杜若蘅说："你省一省吧。"

　　她的手指头绕着一点头发往上卷，又卷下来，把手机举在耳边出神。过了一会儿听到周晏持又开口："对不起。"

　　这三个字他一字一顿，婴儿学发音一样，说得极为不熟练。在周晏持的字典里三十多年都没有出现过这三个字，大概是最近才新加上去，油墨未干。杜若蘅忍不住挑了一下眉尖，笑着说："周总幸亏是大白天说这个，否则还让我以为是遇见了鬼。"

　　周晏持无奈地接下她的讽刺，他说完了第一句，后面仍然不太顺畅："以前说过的那段气话，你不要放在心上。我向你道歉。"

　　"周总说的是哪段话，我为什么记不得了。劳烦您再复述一遍好吗？"

　　周晏持又开始揉眉心，片刻后说："你可以打回来。"

　　杜若蘅温柔说："您是铁石浇灌而成，我怕砸坏了我的手。"

　　周晏持又是半天没讲话。杜若蘅渐渐觉得无趣，正打算挂断电话，听到他说："我在尝试改变。"

杜若蘅静默一会儿："你想说什么？"

"我想改变我们的相处方式。"周晏持慢慢斟酌词汇，"之前我们两个人沟通有问题，责任大部分在我身上，这么多年的习惯不能一次性改变，但我认为能够随着时间过渡解决。"

他停了停，低声开口："蘅蘅，再给我们之间一次机会。"

杜若蘅彻底沉默，倚在墙边紧抿着唇。周晏持不敢逼迫她，在那头屏气凝神。

最后她冷淡地开口："周总想要做什么，哪是别人抵挡得了的。"

晚上杜若蘅约苏裘吃饭，转达了周晏持的意思。苏裘哟了一声，笑说："这又算什么，浪子回头金不换嘛。"

杜若蘅不答话，兀自舀一碗汤，苏裘问她你听过五年治愈率没。

"所谓的五年治愈率，是说如果人得了癌症，五年里面没复发，那才能被医生判定是基本康复。但就算是这样，根据科学统计，也还是会有百分之十的人在五年之后癌症复发。"苏裘说，"按照我的经验，男人有些天生的劣根性比癌症四期还难根治，一个男人表示悔改的时候是真心的，到头来反悔的时候也是真心的。所谓好了伤疤忘了疼，这是绝症，五年之后指不定会变本加厉，没人能保证得了他一生一世一心一意。"

"……"

苏裘说："那我问你，你对周晏持涅槃重生有信心吗？"

杜若蘅托腮搅着手边的半碗粥，笑着不说话。

苏裘又说："花心是个习惯，就跟人的倔强还有急脾气是一样的。一直到老都难改。这种人心里天生有招蜂引蝶的因子，时刻蠢蠢欲动，只等着冬天过去春天来，再等到夏天温度适宜阳光热烈的时候，那就叭地一下全开花了。"

杜若蘅忍不住笑出声来："你去说单口相声吧，比现在的工作更合适你，真的。"

苏裘面无表情："你以为我没想过？我从上班第一天就没喜欢过我的工作，但鱼跟熊掌不可兼得，我早就认命了。"

第六章

藕断

鱼被剥了皮掏了内脏，濒死而还没有死的状态，就叫做余情未了。这个时候已经很痛，什么都不做的话，很快就会死了。但要是给点儿水，也能摆一摆尾，让人以为它还活着。但就算还活着也没什么用，不久之后还是要死的。

杜若蘅开始不断收到周晏持的花束。每天一捧，定时定量。一周后终于让杜若蘅受不了了，她给他打电话，语气很不好："别再送了，再送你还让不让我在同事之间做人了？"

　　周晏持说："我现在在S市。"

　　"……"

　　"现在正走出候机楼，你今天有没有时间？"

　　杜若蘅跟他说："我今天加班，没空。你再买机票回去吧。"然后掐了电话。

　　事实上杜若蘅确实没有时间。她和康宸一起参加一场有关酒店服务管理的讲座，中间休息的时候康宸跟她商量晋升事宜。

　　康宸说现在副总经理的位子有个空缺，希望她能顶上来。

　　杜若蘅沉吟半晌，说行政岗位我怕我不适合。

　　康宸说怎么会不适合，平常你的为人处世大家有目共睹，副总经理最重要的是人品跟情商，这两条你都符合。品行有，耐性有，细致有，办事有条理能从大局着想，综合素质在酒店管理人员里面名列前茅。

　　杜若蘅听得不知该作何表情。她理应为此感到高兴，可是她的第一反应明明是觉得康宸在夸奖别人。她怎么可能配得上耐心有条理这几个字，这个评价简直就是对她真实心理的绝妙反讽。

难道是她隐藏太深，才导致这世上能看透她性格的人寥寥无几？除了一个周晏持，目前为止竟还找不到第二个人。

康宸观察她的反应，笑说："觉得我说得不对？"

杜若蘅摇头笑笑："这么高一顶帽子戴在我头上，觉得不敢当。"

康宸说你难道不知道吗，底下一堆小姑娘都拿你当道德典范、人生楷模。

杜若蘅温婉地笑，可她一点都不开心。她问："酒店里面还有没有合适的人选？"

康宸说没有了，如果杜若蘅不想兼职这个位置，他就要去找猎头外聘了。

他又说："如果是在意酒店其他经理的看法，那你大可放心。"

杜若蘅迟迟难以点头，最后说你让我再考虑考虑。

康宸同意，并慷慨地给了她半个月的时间考虑。傍晚的时候讲座结束，两人在附近吃了一顿简餐。康宸点餐的时候避开了杜若蘅提议的一道花菜，她抬头看他，他说："你不爱吃这个，我自己一个人吃也没什么意思。"

杜若蘅没有提过自己的偏好，只能说康宸的细心程度不亚于她。

之后他送她回景曼，然后自己开车回家。第二天上午杜若蘅值完晚班困得睁不开眼，正好碰上康宸翘班，便顺路载了她一程。杜若蘅到家已接近中午，开门的时候旁边走出来一个人影，她的手下意识去摸包里的报警设备，仔细看了一眼才发现是周晏持。

周晏持一夜没有睡好，此刻脸色疲惫微沉，美颜的悦人程度大打折扣。杜若蘅多少有些心虚，实话来说她早就忘了还有周晏持在，她本以为他早就回了T市。

因此她也很难问得理直气壮："你怎么会在这儿？"

他看她一眼："等你。"

凭着这两个字她把他让进门，关门的时候碰到了他的一点衣角，上面寒气浸透，感受不到丝毫暖意。杜若蘅不好再问下去他究竟在外面等了多久，如果周晏持真的回答说一天一夜，她一定无法克制住自己大量的愧疚感浮上水面。

即便周晏持可能存在用苦肉计的嫌疑。

杜若蘅去做饭，从厨房出来的时候发现周晏持已经歪在沙发上睡着，身上搭着估计是从卧室找来的毛毯。她自己也困，打着哈欠叫了他两声，周晏持睡着的样子眉头微皱，始终没醒。杜若蘅端着一碗香气袭人的肉羹放在他的鼻子底下，来回转了两圈还是不见他睁眼。她终于觉得无趣，心想这可是你自己错过的，不能怪我。

她一个人吃午餐，中间往客厅瞟了两眼，周晏持仍然睡得很沉。杜若蘅把一块小软骨咬得嘎嘣脆。

把一切收拾完她回到客厅，走近了发觉周晏持的脸色有些不正常，伸手一摸额头果然是在发烧。

杜若蘅掐着腰皱着眉看他。过了一会儿从卧室找了医药箱出来。捏他的脸把他弄醒，面无表情叫他测体温。

周晏持裹着毯子仍然觉得冷，这是发烧病人的正常反应。杜若蘅给他测出38.5℃，她跟他说："去医院。"

周晏持不动，他瞥了一眼茶几上的退烧药，声音难得的轻飘无力："给我一颗。"

杜若蘅跟他瞪了一会儿，最后还是倒来水，看着他把药吃下去。过了一会儿周晏持又说："渴。"

杜若蘅耐着性子给他又端来一杯。不久又听他叫饿，她的耐性所剩无几，在原地转了两圈，说："你烦不烦啊？"

最后杜若蘅还是冷着脸去厨房端来了肉羹，温热糜烂，入口正好，她拧着眉尖警告他："赶紧吃，吃完去床上睡。"

周晏持缓慢地说："我抬不动手，你喂我。"

杜若蘅想都不想冷笑一声："你想得美。"

公寓里只有一张床，这张床时至今日才迎来它除去主人之外的第一位客人。杜若蘅抱出一条被子盖在周晏持身上，自己背对着他远远躺在床的另一侧。她值了一夜晚班又困又累，马上就要沉入梦乡，背后有窸窸窣窣的声音，周晏持的手探过来，穿过她的腰身握住她的手指。

杜若蘅闭着眼淡淡地警告："放手。滚开。"

周晏持说："我在门口等你了一天一夜。"

然后又说："你没有什么要说的话？"

"最近你和康宸走得很近。"

"你对他有好感？"

"别喜欢他。"

杜若蘅真是烦死了他的叨叨，她的手往后摸索，盖到他脸上，再往后一推，不等周晏持说完她就已经睡着。

一直没合眼的是周晏持。他等杜若蘅熟睡过去，才挨得近了一些，静了一会儿，从身后搂住她。这个动作被他做得小心翼翼，既不舍得抱太松，又不敢抱太紧，来来回回试了多次，让杜若蘅在睡梦里都不耐烦，右手往后一挥差点甩了他耳光。

周晏持撑起侧身从后面看她，每根头发丝都要记在心上的那种眼神，又拂开她几根不听话的发梢，最后俯身，在她的耳边隔着头发轻轻地吻着。

两人在一起，已经很久没有这么安静祥和的时候。杜若蘅睡着以后温和许多，至少不会嘲讽刻薄，她醒着的时候不会这样，除非是在外面众人面前她给他面子。杜若蘅已经很久没有拿正眼看过他了。

周晏持不想松开手，他没怎么睡，到杜若蘅快醒的时候才闭上眼。

周晏持在S市流连的时候张雅然在T市给他处理各项事务，忙到焦头烂额的空当接到蓝玉柔的电话，对方先是问候，随后委婉地询问周晏持最近在忙些什么。她的潜台词无疑是表示想念以及幽怨。张雅然十分客气地表示周总最近很忙，以后如果有消息会立即通知她，然后不顾蓝玉柔的欲言又止毅然挂断。

张雅然还没忘记上次周缇缇走丢，她被栽赃的事。她本来想到了一千种能还击回去的主意，可是还不等她实施，周晏持已经对蓝玉柔失去了兴趣。

除此之外也没有见到其他女子徘徊身侧，这样的现象不能不说有违周晏持的风格。

按照上一任首席秘书的话说，周晏持身边总是不乏鸟语花香。即便或许是逢场作戏的居多，但也没有见过他真正拒绝那些送上门来热络的女子。周晏持很少跟她们真正交往，但也不排斥与她们吃饭或唱歌。

除此之外周晏持还是一些固定聚会的会员人物。张雅然曾经代为接收过这类聚会的邀请卡，每隔一段时间举办一次，其间不乏传出一些风流韵事，对于周晏持来说，则往往是换女伴的新一轮开始。可是周晏持近日将这些聚会婉拒了，张雅然听到他在电话里跟主办方说，他最近需要去欧洲出差一趟，公司事情忙，女儿黏人等等理由，总之就是没有办法再出席。

这对于周晏持来说简直就是个奇迹。张雅然走出老板办公室的时候背着他惊大了嘴巴。

两人的同床共枕并没能令关系缓和多少。杜若蘅醒来没有发现周晏持的装睡，她伸手在他的额头上试了试，发觉不再发烧后便放心地把他推到一边下了床。

晚饭还是由杜若蘅来做。一人一碗清淡白粥，外加开胃小菜，完毕后叫周晏持起床。后者坐起来时仍然蹙着眉，下床时捂着额头一副头重脚轻的模样。可这次杜若蘅没去扶他，只看了一眼转身就走。

两人吃到一半的时候她跟他说："吃完晚饭你就走。"

周晏持看她一眼："吃饭的时候能不能别说这么扫兴的话？"

杜若蘅不理会："我给缇缇买了套玩具，正好你顺便带回去。晚上回去以后帮我转告她，说妈妈想她。还有，下次你再来S市的时候记得带上缇缇。"

周晏持说："康宸是怎么回事？"

"什么怎么回事？"

"我今天早上看见是他送你回来的。"他看着她，"苏韵那天在电话里还告诉我，她前一天晚上在商场地下碰见你的时候你身边还跟着一个人。那个人的外形描述跟康宸没什么区别。"

杜若蘅瞥了他一眼懒得理会，可是他放下筷子看着她。杜若蘅终于开口："吃你的饭。"

最终妥协的是周晏持。他不再质问，转而解释："我跟苏韵以前是高中同学，之前有过项目合作，已经两年没有过交集。"

杜若蘅放下筷子，要笑不笑："周晏持，别以为我什么都不知道。你能说苏韵从来没有把我当成过情敌？"

这回换她盯着他，周晏持揉眉，最后承认："有。"

杜若蘅轻哼一声，重新拿起筷子，把一块豆腐轻巧夹起来。周晏持有继续解释的意思，杜若蘅说："再说一句话你现在就出去。"

世界安静了。

吃完晚饭两人又在客厅坐了一会儿，杜若蘅能感受到周晏持对她的察言观色，可她还是没什么心情给他好态度好脸色。

两人都已经是阅历老到的成年人，已经过了一顿痛哭流涕举手发誓就可以动摇想法的年纪。从理智上说杜若蘅对周晏持没有太大信心，即便他现在情深似海，仿佛真的改邪归正一般。可是就如苏裘所言，这是本性，本性难移。

这就跟杜若蘅想要改掉自己二十多年的小心眼和不耐烦一样。她如今的确可以在人前伪装自如，甚至她可能会这样伪装一辈子，可是她从未真正改变，她估计一直到老去的那一天，都仍然会认为不停跟在她身后问问题的新员工情商不够应该辞退。

这样的想法等同在周晏持身上，就未免让人觉得灰心。

这个世上总是存在这样那样的不尽如人意。杜若蘅从来都不认为自己比其他人更幸运。她不能确定周晏持是否真的认识到了问题，或者他只是暂时因怀有目的而退让为之。她的自尊心不允许她以任何形式对他求饶，连试探询问都不屑。因而她对待周晏持的态度十分矛盾。既无法推开他，因为总还有一起走过来的10年时间；也无法完全接受，对过去的泯灭和忽略她做不到。

杜若蘅越想越觉得沮丧，等把周晏持送到门口，她的脸色已经沉了下来。周晏持要握她的手，被她不动声色地躲开，随口说了句再见就将他关在门外。

周晏持回到家的时候周缇缇还没有上床睡觉，她抱着毛绒玩具端端正正坐在客厅沙发上等他。

小女孩读了幼儿园之后，变化比以前要大许多。她每天都一定要和杜若蘅通电话，每次都是半小时以上才肯挂断。此外，如果周晏持晚上不回家，她便会哭闹不休，其他人很难哄住她上床睡觉。如果周晏持承诺会回来，那么不管多晚周缇缇都一定要等到。管家为此有些忧虑，跟周晏持说周缇缇最近越来越敏感，大概是已经开始懂事了，大人们的说辞渐渐失去效力。然后有意无意地感慨地说如果杜小姐在的话一定不会这样，弄得每次周晏持听到都要拧眉头。

周晏持把女儿背到卧室床上，还有杜若蘅让他带回来的玩具一起。这依然无法让周缇缇乖乖闭眼，她问他，你说妈妈会回来，那么究竟什么时候回来？

周晏持柔声说很快。

周缇缇的神情透露出她对这个回答不满意。她马上就要四岁，开始拥有自己的想法和见解，抿着唇思考的模样粉嫩娇憨，却不肯讲话。周晏持抓住一丝线索，他亲吻女儿的脸颊，诱哄问她今晚跟妈妈的电话里妈妈是不是说了些什么。

周缇缇良久才开口，妈妈说她会不会回来，要看你的表现才可以。

周晏持抚摸女儿的额头，沉吟半晌没有回答。周缇缇突然说："他们说你和妈妈离婚，是因为你在外面有了其他的女人。"

"……"

"你真的喜欢上了别人吗？是不是你不想要妈妈了？"

周晏持说没有。可是周缇缇根本不相信，她的声音越来越尖锐，是隐隐要大哭的前兆："你为什么要喜欢别的女人？你以后是要娶别人吗？如果你爱妈妈为什么还要把她气走？"

周晏持无以应对，他头一次因为女儿的问题感到无言。

第二天苏韵到访周晏持的办公室，看到的就是他双手支在下颌沉思的样子。苏韵站在门口一时没进去，浅浅笑着问："看来是我打扰了？"

周晏持回过神，站起来迎接她。张雅然很快上来倒茶，两人在会客区面对面坐下，周晏持问她几时回的T市，苏韵看他一眼，眉目间还是容色流转的娇艳："前天。两年不见，要不是昨天碰见沈初，我还不知道你已经离婚了。杜小姐那天也没告诉我。"

周晏持笑笑不答。片刻后转而问苏家父母可还安好。

苏韵说："他们很好。前两天还在惦念你，说你合家安乐有妻有女，拿你作比催我赶紧嫁人结婚，没想到你这里已经离了。"

周晏持还是微笑，过了一会儿，轻描淡写："一时失误。你不要受我婚姻失败的影响，喜欢你的大有人在，你已经单身这么多年，那些人都望眼欲穿，你也该考虑给他们一个机会。"

苏韵的眼睛垂了垂，再抬起来仍是笑意浅柔："我听说是杜小姐提出的离婚？"

周晏持抬手给她添满茶水。

苏韵又问："那现在呢，你现在有合适的交往对象吗？"

她一直撑着下巴看他，眼角眉梢都是风情，直至周晏持开口："有。"

"是谁？"

周晏持又笑了笑，回答她："杜若蘅。"

中午的时候周晏持接到沈初电话，对方跟他说周末几个朋友打算小聚，要他参加。

沈初报上来的名字都是熟识的，每年年底左右总要抽空一聚。周晏持没多犹豫说你定好了地点告诉我，沈初转而问："听说苏韵回国了是吧？"

"你提她干吗？"

"你见着她没？听说她到现在都还没结婚呢。"

周晏持按电梯下楼，他跟沈初说你还想干吗没别的话我挂了。

"别这样，我就是想知道，你对女人一向宽容得很，对苏韵怎么能避就避？人家对你痴情这么些年，比杜姑娘时间还久呢。你结婚以后到现在跟她真就一点联系都没？"

"我对精神出轨没兴趣。"

香槟玫瑰停止之后，杜若蘅开始每天接到周晏持的电话。她事情忙起来就不耐烦接，况且接起来两人也实在没什么好说的。那些暧昧脸红的调情语句早就不适合他们两个了，周晏持每天的日程报备能唤起杜若蘅对以前的不良记忆，因而格外抗拒。除此之外便是周晏持的唠叨，可是每次杜若蘅都是听到一半就不耐烦。于是到后来她干脆就直接挂断。

然后周晏持就改成了每天发短信。内容依然很琐碎，就跟他的唠叨一样让人心烦。从天气不好带雨具到路上拥堵小心刮碰，每天早中晚至少各发一次，每次都差不多是相同时间。

除此之外还有每天睡觉之前的固定三个字。

杜若蘅每次都是看过就丢到一边。从来没删，也从来没回过。

苏裘在两人一起逛街的时候得知了杜若蘅与周晏持的进展。她没有对此发表任何意见，连表情都是模糊的。

杜若蘅深知她向来不看好他们两人的未来，这一刻也不会例外。她的论调一直都是，除非让出过轨的男人头破血流，否则他根本记不住什么叫真正的忠诚。

苏裘始终干脆利落。因而对杜若蘅那点绵延残存的余情未了总是感慨，大有恨铁不成钢的意味。她曾经告诉杜若蘅："余情了就像杀鱼。鱼被剥了皮掏了内脏，濒死而还没有死的状态，就叫作余情未了。这个时候已经很痛，什么都不做的话，很快就会死了。但要是给点儿水，也能摆一摆尾，让人以为它还活着。但就算还活着也没什么用，不久之后还是要死的。"

杜若蘅笑着说你这一言不发是几个意思，苏裘面无表情道："你如果一定要让我讲实话，那我只能遗憾地说，出过轨的周晏持就像是有了瑕疵的钻石，价值一落千丈，揣在怀里都让人嫌弃硌得很。再怎样作为也无法让我改变这个看法。"

"……"

苏裘的反应在杜若蘅的意料之中，她没指望过苏裘比她更有信心。连她所抱的希望都只有黄豆那么大，苏裘的大概就只有米粒一般小。杜若蘅等苏裘说得差不多了，才跟她老实坦白，其实今天叫你出来还有一个目的，周晏持打算请你吃饭，感谢你这一年半的帮忙跟照顾。

苏裘怔了一下，随即皮笑肉不笑地哟了一声："何必呢。"

席间苏裘对周晏持的态度仍然冷淡。

周晏持主动提起话题的时候苏裘轻易不搭茬，她专心于将两块牛腩用筷子扯成花一样的形状。到后来言及杜若蘅的时候她才肯开尊口，她跟周晏持回忆以前旧时光，说想想我家阿蘅真是不容易，不想生小孩子到头来不也生了，结果弄出大出血那么惊心的场面，到现在想想都觉得后怕，周晏持很快接话说是这样，阿蘅辛苦了是我对不住她。然后苏裘又说想当初我家阿蘅结婚之前多青葱水嫩，追她的人大把大把的，说实话实在没想到她最后选择了您啦，周晏持平静回道你说得很对我也一直觉得这是我的荣幸。

苏裘仍然冷着脸，说不过想一想我家阿蘅离婚后照样受欢迎，并且喜欢她的还都是专一体贴有担当家世人品都不错的精英男子，这也算是不幸中的万幸您说对不对，周晏持眼也不眨地点头说我知道，我也知道阿蘅现在肯点头是看在过去10年的情分上。

苏裘一直不畅快，可她说的每句话都如同针尖扎在棉花上。到头来她终于不再开口，低低冷哼了一声。

周晏持对苏裘的敌对态度很宽容。上上个敢拿这种态度跟他说话的人早已被他不留痕迹地整顿到销声匿迹，苏裘是除杜若蘅之外唯一一个还能在如此这般、这般如此之后得他好脸色的人。然后周晏持通过杜若蘅得知苏裘近日在寻觅男友，于是三人临分别前，他又将旧事重提，礼貌询问是否我也可以介绍一个。

他这样对外人有耐性的次数实在很少，只可惜苏裘完全不给面子，说了句谢谢好意，不用了，扭头就开车潇洒地离开。

康宸出差了几天，回到景曼后杜若蘅去找他，首先跟他表示道歉。

康宸单手支着眼角，歪头看了她一会儿才笑着开口："我觉得你接下来讲的事会让我很伤心。"

杜若蘅愈发觉得有愧疚感，可是有句话她不得不说出来："……我希望终止我们之间的'慢慢来'。"

康宸果然慢慢收敛了笑容，半晌才问道："是周晏持的原因？"

杜若蘅没有否认。

总经理办公室内一时静寂，只有窗帘被风轻轻拉动的声音。过了一会儿康宸才哎了一声，捂着胸口，冲她有点苦笑的意味："说实话我有些伤心，真的。"

杜若蘅诚恳地说："如果你同意，我想请一顿大餐作为赔罪。"

"以前那些被你拒绝过的人也受过这样的待遇吗？"

"我深感抱歉。"

杜若蘅足够礼貌和官方的态度无愧上年度酒店最佳员工的称号，康宸再度苦笑，半晌问道："那我们以后真的连朋友都不是了？"

杜若蘅避而不答，态度显然是默认。

康宸为自己求情："不至于到这样的程度吧？在我们'慢慢来'的期间，你也看到，我做的事情没有一丝一毫逾越过朋友的范畴。我们本来就仅仅是朋友关系，大不了以后什么进展都不会再发生就是了。你如果从此拦腰斩断，我就太委屈后悔了。早知道是这种结果我肯定不会答应你的提议，直接当众示爱才对得起现在的状况，你说呢？"

杜若蘅一时无言，康宸又道："另外，有关你对副总经理职位的考虑，我希望不要因此受到影响。"

他在顷刻之间端正了神色，同她肃然道："我是从整个酒店的角度进行考量，认为提拔你最合适，这无关私人感情。我希望你也能公私分明地继续认真考虑这件事。同时你也可以放心，我不会借此公报私仇。"

晚上杜若蘅兑现提议，宴请康宸的地点设在米其林。康宸专拣贵的点，杜若蘅的心都在默默滴血。等到服务生离开，他看着她，问："肉疼么？"

杜若蘅先是摇头，后来实在忍不住，还是诚实地点头。康宸一声幽幽长叹："哪有我心疼啊。"

再是愧疚也能被他这样的动作逗笑。杜若蘅索性说要么你扣我薪水吧我没意见，康宸神情索然地说你把我当成什么人了我才不扣。

最终离开的时候还是康宸买单，杜若蘅单凭气力阻拦不了。他将信用卡收进钱包，漫不经心瞟她一眼："想拿钱财换心安理得？我哪能这么容易就上当。"

周末杜若蘅回T市看望女儿。

她在商场给周缇缇买发卡的时候碰见了形单影只的沈初。后者看了看母女身后站着的周晏持，笑着上前打招呼。然后同杜若蘅说这么久才见一次面也是难得，今晚正好是年底几个熟人小聚的时间，不妨你也一起来如何。

杜若蘅表示感谢，然后说就不用麻烦了。

沈初笑说："别拒绝得这么早嘛。你一回来T市，老周今晚上的聚会肯定就不想去了。他不去缇缇也不去，正好我还欠着缇缇一顿龙虾呢，本来打算今天晚上补上的，对了，缇缇今天晚上你想吃龙虾吗？"

周缇缇二话不说答得荡气回肠："想——"

杜若蘅陷入无语。

晚上聚会的几人，杜若蘅全都认得。

这是周晏持相交至深的一圈人，彼此之间知根知底。很难说彼此之间不熟悉，杜若蘅被周缇缇拽着走进包厢的时候唯有微笑以对。其实她有一些不可避免的尴尬，这种感受来自于她现今与周晏持很难定义的关系。可是在这种场合无法细细澄清，更何况在座的人看到她后纷纷起身，包厢内很快充满了"越来越气质高贵""小缇缇长得越来越跟母亲一样漂亮"等等各种恭维。

很快就有人来敬酒，以沈初为首。他左手拎着一瓶白酒，给周晏持和自己各倒一杯，又给杜若蘅倒了杯红酒，看了看两人，突然抹了一把眼角叹气："看到你们能这样，我可真欣慰。"然后一饮而尽。

沈初的演技简直不是一般的差，可是该喝的红酒杜若蘅也没能逃过去，毕竟是在所有人的起哄之下。

有了前例后面的敬酒就变得容易。杜若蘅本来就酒量不好，后来积少成多，大脑便渐渐轻飘了。周晏持半搂半抱着扶她走出会馆，周缇缇远远地在后面喊妈妈，被沈初往嘴巴里又塞了一块巧克力。

他等到前面两人拐弯之后不见人影，才笑眯眯地哄着小孩："刚才你爸爸和我商量了，他和你妈妈今晚都有事不能管你，你暂时来沈叔叔家里住一晚好不好？沈叔叔家里有很多巧克力和糖果，过了今晚就没有下一次了哦。"

回周宅的一路上周晏持都心不在焉。

车里放着浪漫放松的钢琴乐曲，杜若蘅在半醉半醒之间眼波流转。她斜眼瞧着他的模样迷离美好，与这么久以来她对待他的态度判若两人。

周晏持已经无暇再去思考其他。他太久没有从杜若蘅这里受到过这等礼遇，上一次杜若蘅为他打领带还是在三年之前，她拽着他的衣领把他抵在墙边似笑非笑地挑衅，这已经像结婚之前那么久远。这些事情他后来回想的时候都觉得心酸，偏偏又跟自虐一样在梦里想念了无数遍。他没想到能够这么快可以再一次真正实现。

晚上的酒精为两人的氛围缓慢加温，周晏持难以克制住自己的心猿意马。更让他心口膨胀的是杜若蘅没有抗拒他的亲近，她咬着唇角看他的眼神半笑不笑，然后一根手指头勾住他的下巴，拉着他缓缓贴近，又在最后一点距离的时候猛地退开，带着嘲讽的笑容看着他。

杜若蘅熟知周晏持喜欢的方式，如果她真心想要讨好，总是能轻易达到最佳的效果。可今晚还不到时候，她不想一蹴而就。但即便如此周晏持已经几乎控制不住，他握住她手指的掌心微烫，声音低沉微哑，一遍遍叫她蘅蘅。

两人真正气氛最浓的时候是在卧室。杜若蘅被周晏持服侍着脱去大衣，他看着她的眼神黑沉深邃，是可以滴出水来的温柔。杜若蘅看他俯身下来，突然笑着开口："温怀张如如还有蓝玉柔，她们几个谁在床上伺候你最好？"

周晏持没有防备她会提到这个问题，动作随着分神而稍稍停滞。这个空当里杜若蘅已经推开他坐了起来，她一粒一粒地重新系上大衣扣子，从床边站起来的时候卧室里的暧昧氛围已经荡然无存。

她的眼神变得居高临下，带着浓浓的嘲讽："转告沈初，下次别再用这种卑劣的手段，有辱他医生英名。"

她打算就此离开卧室，可是周晏持的眼神依然牢牢锁住她，几乎想将她当场吞吃入腹。杜若蘅只作没有看到，她有条不紊地开解他："既然还这么有兴致，那就去找外面那些望穿秋水等着你的美人们嘛。"

然后又说道："我是没办法了。刚才那些举动还是让我觉得和以前一样如鲠在喉，根本难以下咽。"

第二天杜若蘅神清气爽地下楼吃早点，不久之后周晏持从书房出来，眼底的红血丝清晰可见。这两位的状况着实出乎管家的预料，他花了半分钟才消化掉周晏持前一晚并没有得手的事实，在心里摇头同情了一下，转身去吩咐厨房将特地为周晏持做的海参鸭汤取消掉。

杜若蘅没有受到周晏持的低气压影响，她在早餐后赞扬刘叔做的饼干越发有进益，把老人家哄得眉开眼笑。然后她叫住放下碗筷正要离开餐桌的周晏持："我打算带缇缇去S市住一周，你同意不同意？"

周晏持一副不愿多谈的架势，简单回了一句话："你看着办就好。"

一上午周晏持都没有从书房出来，到了中午他更是索性叫管家把饭菜直接端到房间里去。杜若蘅在沙发上专心看着电视一言不发，中午她一人在餐厅解决掉午餐，然后上楼，拎着收拾好的包包面无表情地离开了周宅。

管家想拦都拦不住，在院子里大声呼喊周晏持。杜若蘅脚下半点不停，从小区一直走到街口打车。周晏持的车子不知什么时候出现在她的身后，摇下车窗叫她的名字。杜若蘅恍若未闻，她等了很久，终于等到一辆没有载客的计程车。

周晏持在杜若蘅拽住车门的同一时刻握住了她的手，把计程车的车门重重地关上。

杜若蘅用了同样的力道甩开他的手。周晏持终于再次认输，他看着她，放软语气开口："别这样。"

15分钟后两人重新回到周宅，在书房里面对面相坐。周晏持穿着一件黑色毛衣，配着他的脸色愈显冷峻。隔了一会儿他才开口："如果离婚后我不再出现，你是不是过得会比现在更好？"

杜若蘅下意识抬头看他。

一个晚上跟一个上午周晏持都陷入这个问题中，如今开口却仍然不容易。他在昨晚之前从未考虑过这种假设，更不可能接受这样的假设为事实。即便是现在他也仍然无法完全消化，这比杜若蘅亲口说恨他更让他觉得不是滋味，能完整说出这一句话已经是他的极限。

过了一会儿他才又补充："我是说真的。"

"你想说什么？"

"不考虑缇缇，只考虑你自己，如果没有我一直打扰，也许你早就找到其他更合适的人。就像苏裴所说，那个人会跟你有更多沟通的话题，对你也很体贴细心，你也觉得很愉快，挺喜欢他，不会嫌他烦，至少，不会让你觉得恶心。"

"……"

"以后时间还很长，几十年走下去，应该还有个人照顾你。我以前一直以为那个人只能是我，所以做了很多挽回，"周晏持温和地说，"但最近来看，也许是我自私过分了。"

说完话的同一时间嫉妒在周晏持的心中不可遏制地滋长，眨眼间就已经长成攀天形状，即使那个人还没有出现，仅仅是他的一个假想。但他最终还是成功控制住了自己的外在情绪，仿佛真正的豁达大度，真诚微笑着祝福自己的前任抛弃自己寻找新的幸福。

杜若蘅盯了他一会儿，松开咬住的嘴唇，面无表情道："我也一直这么想，如果你不出现，我不知道要好过多少。"

说完这句话整个书房里都是静寂。

两人已经相识了12年的漫漫时光。杜若蘅再是不想，偶尔也会回忆起以前的事。比如他们刚刚确立恋爱关系，周晏持陪她去国外鬼屋。杜若蘅怕得缩在地上不肯动弹，只记得那时的周围和自己都是冰冷的，直到周晏持在昏暗里笑着朝她伸出掌心，攥住她两只手的温度格外温暖。

再后来两人互相探索爱好与生活习惯，杜若蘅才发觉周晏持的爱好之一竟是罕见的中国古代戏曲。他甚至最喜欢的曲目是《锁麟囊》，那里面咿咿呀呀的调子杜若蘅屡次试图陪他听完，却每每都以中途睡着收场。有一次她睡得格外酣畅，不知过了多久才醒过来。外面已从天亮转为天黑，杜若蘅身上多了件黑色大衣，隐约嗅得见男性古龙水的气息。而周晏持坐在她身边浏览新闻，肩膀垫在她的脑袋下面，他垂着眼睛敲击键盘，眼神很专注，动作却轻之又轻，几不可闻。

两人相处到一定阶段，总要渐渐形成某种固定模式。对于杜若蘅来说，很多时候周晏持的角色都更像一个兄长。在外面的时候他专断强硬傲慢矜贵，看起来杜若蘅似乎只有夫唱妇随的份，可是私底下却相对是周晏持包容得更多一些。

杜若蘅的脾气秉性在很长时期内都没有改变，有很大一部分是周晏持始终纵容的原因。他纵容她的嚣张气焰，并且不以为忤。两人共处一室的时候，油瓶都常常由周晏持来扶。他操持里外各种家务，并且在杜若蘅面前，周晏持很少谈得上尊严二字。他乐意哄她讨她开心，甚至不介意为此私下里出卖尊严。

　　而相较于砥砺琢磨，周晏持更倾向于帮杜若蘅躲避一些人生关卡的障碍。年长几岁看待事物的眼光也往往长远一些，这也就造成了周晏持在杜若蘅面前格外唠叨的习惯。他曾经说她适合文科，后又说她适合潜心钻研、少与人打交道的工作场合。从以往经验来看，周晏持的建议一般都是最好的选择，就如同他极少失手的投资一般。

　　时间愈久两人的相处就更像亲人，浪漫只不过是偶尔的点缀。或者说周晏持从一开始就缺乏浪漫，他的想法和做法都很直接，并且物质，少有故弄玄虚风花雪月的时候。杜若蘅在潜移默化中养成了依赖的习惯，这种习惯随着时间慢慢根深蒂固，就像是一粒种子终于在10年后长成参天大树，蓦然连根拔起的时候必定痛不欲生。

　　杜若蘅很怀疑若是两人当真后会无期，自己以后是否能再遇到一个像周晏持这样的人。

　　除了像周晏持这样的性格之外杜若蘅不知道自己再适合哪一类人。而即便是同样宽容忍让目光深远的异性，杜若蘅也难以信任。她不再是十几年前单纯的年纪，不再是那时候几顿排骨几次家务就可以轻易收买的小女孩，现在的杜若蘅封闭保守，需要别人花费比当初周晏持多千百倍的力气才能让她点头同意。然而将心比心，她这样对待感情胆小谨慎，别人又为何要轻易飞蛾扑火交付真心？

　　成年人都太清醒，因为清醒而更难被取悦。周晏持花费十几年时间把一个人纵容到如此刁钻挑剔的地步，甚至非他不可。如果这是他曾经的阴谋，那么他早已成功了。

　　真正发现周晏持婚内不忠的时候杜若蘅甚至很难相信自己的判断。那次秘书送小礼服到家中，杜若蘅试穿却发觉尺码不对，她知道周晏持的公司备有公关团队，因而并未在意，直到后来秘书返回拿走礼服的时候神色异常，言辞模糊，才让她真的上心。

两人在那之前其实基本没有讨论过忠诚的问题，甚至很少提到感情方面的东西。周晏持寡言冷静不善解释，杜若蘅则觉得彼此身体精神都忠贞是再自然不过的一件事，根本不值一提。

因此她才会在意识到周晏持早已不忠这一事实的瞬间受到巨大冲击。

她像这世上许多被出轨的妻子一样，坐进计程车里跟踪周晏持。看着他拐进一个小区楼下接人，然后两人去吃午餐，最后又回到小区的时候是傍晚，杜若蘅看着楼上有灯光亮起，窗边出现两人拥抱的身影，越来越亲密的距离，再然后窗帘被拉上，灯光被关闭。

她一直没有走，坐在计程车里发呆。周晏持出来是在几个小时后，取车的时候没有发现她。等他离开，杜若蘅去了附近一家咖啡店逗留许久，直至凌晨才回到家中。周晏持正坐在沙发上等她，他的身上没有其他味道，态度自然，并且仿佛干干净净。

杜若蘅没有立即跟他摊牌。她以为他已经从她的身上移情他人，这个想法加上周晏持不忠的事实一起，让她几乎透不过气来。她需要冷静和尊严，然而如今再回想，那段时间给她的感觉只剩下冰冷和茫然。等到终于消化了这个事实，杜若蘅发觉周晏持根本没有想要离婚的迹象，他的身边又换了人，而他待她和以前没有两样。

她终于真正明白，周晏持对那些女人未必上心。但若是算作调剂与消遣，周晏持也未必真的特别喜欢这项事情。

杜若蘅花费了很长时间去试图揣摩周晏持的心理。毫无疑问她对于他很重要，那段时间她试探过他无数次，每一次周晏持都回应得很好。有一次杜若蘅做了噩梦，半夜给周晏持打电话，她借着机会尽情发泄那段时间的压抑情绪，在电话里无理取闹歇斯底里，半个小时后她在周晏持轻柔的哄慰里重新酣畅睡去，第二天清早一睁眼，便看到周晏持已经坐在床边，身上还带着室外的萧瑟寒意，面容微微疲惫，目光却十足温柔，正俯身下来，打算亲吻她的面颊。

杜若蘅因此觉得愈发不可思议。两人的观念怎么可以天差地别到这种地步，在她看来最理所当然的事，他居然可以毫不在意。

她试图跟他探讨这个话题，然而周晏持的回答让她印象深刻："一个丈夫的感情肯定要全都记挂在妻子身上，这是天经地义的事。"

杜若蘅又随口问那么其他呢。

她有点紧张地看着他，周晏持的表情隐在报纸后面，只听得到他的声音，随意而平淡："大部分时候当然也要在妻子身上。"

她不是没有想过干涉和阻止。只是在做这些的时候没有抱太大希望，而结局也正好没有给她惊喜。杜若蘅开始询问周晏持行踪的行为令他不悦，两人为此吵了几次架之后，杜若蘅便再没有提及此事。

而他当时讲的话足够伤人，杜若蘅强烈的自尊心不允许她再做出其他任何努力。

杜若蘅给自己做心理建议，希望自己也可以像其他一些母亲一样，做到为了女儿而隐忍。只不过不忠二字一旦显山露水，接下来看什么都会觉得可疑。周晏持的任何行为都变得让她难以忍受，他走近她两米之内她就不可遏制地要回想到那晚在公寓楼下看到的事，杜若蘅开始长期的失眠和焦躁，并为此坚决拒绝周晏持的任何靠近。

什么时候产生的抑郁症连她自己都不清楚，她只是有一天巧合路过初中同学新开的心理诊所，本来只是打算进去拜访片刻就走，却未想到和对方聊了一整个下午。

从轻度抑郁到中度抑郁，她到后来连一句话都不想同周晏持讲。初冬的一个傍晚，她终于肯拿正眼看他，这几乎让周晏持觉得是意外之喜，可是她开口的下一句话就将他打入了地狱，她跟他说，我们离婚。

两人走到最后一步，若真正公正评断，很难说任何一人绝对无辜。只是在杜若蘅眼里，周晏持的罪行要比她深重得多。后来杜若蘅不免想，也许周晏持一直都没有变。大概他在结婚之前就已经是这样的想法了，只是她当时错误地没有看清而已。

第七章 丝连

他柔声哄她：“试一试，好不好？觉得真正恶心，再推开我。”

傍晚杜若蘅领着周缇缇离开，整个周宅的人相送。管家问她下周把缇缇送回来后打算什么时候再来，杜若蘅说时间太远暂时还没有计划。厨师刘叔在一旁搭话，说有空的话那就月底再回来一趟，到时候酿了一年的梅子酒味道正好。

　　杜若蘅微笑不答，伸手将周缇缇的帽檐往下拢了拢。一直不说话的周晏持在一旁开口："有空的话回来看看，提前打电话叫张雅然帮你订航班。"

　　"我还不差机票钱。"

　　周晏持闷了一会儿，还是低声补充："我不是这个意思。这里大家都想你。"

　　管家在一旁鄙视他的口是心非，索性躬了躬身，直接说出来："这宅子里没有女主人，一年多来一直显得挺空。尤其每到晚上周先生回来，空空荡荡的房子里都没有个可以聊得上话的人。杜小姐如果有时间，不妨多回来转转。"

　　回S市的航班上周缇缇始终乖巧安静，抱着厚厚一本彩页插本读得很专注。中途她自己按铃叫来空乘人员，告诉对方她想喝水。

　　空乘很快领命而去，杜若蘅从月度总结中抬眼，不能不讶异于周缇缇的成长速度。她看着周缇缇神情自然地喝完水，又将水杯流畅递回给空乘人员，说谢谢的时候姿态很好，简直就像个小大人。

可是实际上她明明还在读幼儿园小班，前两天两个大人刚刚为她举办完庆贺四周岁的生日宴。

周缇缇一直都是个有礼貌的小孩，但杜若蘅没有指望过她懂事自立到这种地步。虽然省心许多，却同时也能让人生出一丝心酸。

两年前的周缇缇不是这样的。那时候的周家小公主朝气蓬勃而又娇蛮霸道。偌大的一个周宅没有能镇得住她的人，从出生伊始她就是所有人的手心宝。她拿脚丫踹周晏持的脸庞时后者从来不说什么，那时候书房的杂志和书籍天天都被她扯得乱七八糟，有一次她甚至趁人不注意爬到书桌上，撕碎了周晏持一份尚未翻看的商业投标。

周缇缇性情的转变是从两个大人离婚开始。两人一致尽量减轻对女儿造成的伤害，但无论如何还是避免不了。周晏持与杜若蘅因离婚展开的争执长达四个多月，连春节都过得冷冷清清。周缇缇在中途被送去国外W市与周家二老同住，杜若蘅再见到女儿是在几个月后。她已经离婚，心情复杂地从S市返回T市周宅，周缇缇一溜烟从客厅跑到大门口去迎接她，她抱住杜若蘅的大腿喊妈妈，把人拖到客厅，然后自己跑到厨房，摇摇晃晃给她端来一杯红茶。

杜若蘅到现在都还记得那时的场景。周缇缇眼神乌黑清澈，双手捧着茶杯跟她说："妈妈，喝水。"

小孩子的变化有时候比四季更替还要快。你尚未察觉的时候她就已经换了另外模样。可是杜若蘅不愿看到周缇缇变化得如此彻底。小孩子只有在变得纤细敏感的时候才会早早地明理懂事，甚至是讨好大人。周缇缇只是下意识这么做，她什么都不会说，两个家长已经意识到各自的失责。

杜若蘅跟周晏持探讨过周缇缇的问题。这是他们离婚之后交流得最多的事，并且难得能达成口径一致。他们都很努力地告诉女儿，爸爸妈妈始终最爱她，是这个世上她最能依靠的人，不管以后如何改变，周缇缇的世界也不会发生任何变化。可是不管两个大人如何讲得婉转动听，周缇缇的眼神仍然清清楚楚地透着一百个不信任。

女儿的怀疑证明了两个家长可信度的坍塌。这是杜若蘅最不乐见的事，但它的确已经发生了。

母女两人走出机舱的时候有些冷，杜若蘅把周缇缇裹得愈发紧。周缇缇乖乖张开手臂任她摆弄，隔了一会儿，杜若蘅轻描淡写地问："缇缇，你更爱爸爸一点，还是妈妈？"

周缇缇回答得毫不犹豫："两个都爱。"

杜若蘅隔着帽子摸她的头，柔声说："可是，如果爸爸妈妈不能复婚，以后你只能和一个人一起住，你最想跟着谁呢？"

周缇缇明显被这个问题所冲击，表情眨眼间变得为难和迟疑，渐渐地还有委屈和伤心，最后有泪珠不断从眼眶涌出来："你们不能在一起吗？爸爸说妈妈和我们永远都会在一起，他在骗人吗？"

杜若蘅无言，把女儿紧紧抱在怀里。她只有哄，这个问题她无法回答，她不能给予任何承诺。

第二天杜若蘅领着周缇缇去了景曼。本来打算带去办公室，正好给下楼视察的康总经理看见。周缇缇大概是对上一次巧克力的免费馈赠还有印象，又或者是康宸长相太好，总之她认了出来，在大堂里朝他拼命挥手叫康叔叔好。

康宸笑眯眯地走过来，把周缇缇抱起，不顾形象地拎着转了两圈。周缇缇被逗得相当开心，康宸转头跟杜若蘅说，你忙吗？忙的话我帮你带会儿孩子吧。

一个半小时后杜若蘅上楼，总经理办公室的门半开，有两个人影正盘腿坐在地毯上专心致志打游戏。周缇缇小身板坐得笔直，杜若蘅咳嗽了两声她都没动静，直到康宸推了推她："你妈妈来了哎。"

周缇缇正忙着吃掉前方的高能金币，头也不回地随口哦了一声，催促康宸说："你别停呀，停了我怎么办？哎呀！我要挂啦！"

康宸转头小声跟杜若蘅解释："我可不是故意要拖着你闺女堕落的，实在是我玩的时候她一定要抢我游戏手柄来着。"

周缇缇终于过了关，心满意足转身过来，说："那是因为你玩得太差。"

"我今天才刚玩好不好！"

周缇缇不以为然："那也差。"

杜若蘅打断两人对话："副总经理的位置还空着吗？"

"一直都在给你留着。"康宸瞬间收了不正经的态度，看了看她，一记挑眉，"终于想通了？"

杜若蘅想了想，说了一句："感谢总经理的栽培，以后我会更加努力工作。"

康宸笑着开口："那明天早上我就发人事任命通知。"

不久之后杜若蘅领着周缇缇出来，两人在电梯里的时候她问女儿："康叔叔对你好不好？"

周缇缇点点头。

"很喜欢他？"

周缇缇想了一下，又点点头。

杜若蘅柔声说："记不记得爸爸公司里有个叫康在成的人？有一次他送了你一只大的毛绒熊。康叔叔跟他是父子。"

周缇缇摇摇头，然后她忽然仰起脸望着杜若蘅："妈妈，我想爸爸了。"

父女两个这才只分开了半天，杜若蘅给周晏持拨电话的时候不免怨念。离婚后她跟周缇缇团聚的时刻远远少于周晏持，自然也就无法从女儿那里感受到这等待遇。

晚上杜若蘅给母亲打电话，问她是否收到了她预订的按摩椅。对方态度一般，漫不经心地哦了一声，说早已收到。接着语气为之一转，有些得意地告诉杜若蘅，上个月她去参加老友聚会之前周晏持碰巧送来了一串祖母绿项链，终于让她在聚会上的众人面前扬眉吐气。

杜若蘅觉得疲惫，不由自主学着周晏持捏眉心："我不是说过让您不要再收他的东西吗？"

"我不是也说过让你别跟晏持离婚？你就听过我的话了吗？"母亲

在电话里责备她，"如果不是晏持那串项链，我还不知道该怎么去参加聚会。大家问我女儿的近况，我都不好意思提你已经离了婚，简直让我抬不起头来。"

杜若蘅冷淡说："我上学的时候，每次填家庭情况的表格，我也不好意思说自己是单亲家庭。"

杜若蘅与母亲自小便有嫌隙。离婚后，这一裂缝便越来越大。杜母对她坚持离婚的行为十分失望，在离婚后她对待周晏持的态度甚至比对亲生女儿要好。有一次杜若蘅实在不平，她把周晏持不忠的事实告知杜母，然而杜母的反应大大出乎她的意料："他除了这一点之外还有哪里对你不好？这个世上凡事都不可能完美，你跟周晏持在一起，已经过得比这世上绝大多数的人都要好，你还有什么不满意的非要离婚？"

杜若蘅无法跟母亲沟通这个问题。两人的观念早已存在根深蒂固的冲突，不是一朝一夕可以改变得了的。

但让杜若蘅无言以对的是，周围拥有这样观念的人并不少。以财务部已经离职走人的吴经理来说，据说他在痛哭流涕举手发誓之后最终博得妻子原谅，然后两人在结婚纪念日那天买了一对比结婚时更为耀眼漂亮的钻戒，从此双方的生活便归于宁静。

有的时候杜若蘅被洗脑多了，简直要怀疑是不是自己才是行为出格的那一个。也许在外人看来她不够忍辱负重，她不够卧薪尝胆。她本该对周晏持风流倜傥的行为装聋作哑，继续做那个大方明理贤惠良淑的妻子和母亲，总归周晏持不会主动提出离婚，并且对她始终呵护温柔，抛开花心这点之外他作为丈夫无可挑剔，杜若蘅不应该仅仅为了这么一丁点虫害就放弃整片桃花林。

她如果转变了观念，从此认命，说不定真的会比现在过得好。然后等十几二十年过去，指不定周晏持有朝一日真的良心发现迷途知返，从此做一只让众人感慨万千、争相称赞的归鸟。那时她再站在门口笑着接纳包容他，不知能收获多少人的颂扬赞美。

可是杜若蘅想来想去，认为自己确实做不到。

她无法成为那样的圣人。终有一天她还是会忍无可忍地提出离婚。

杜母显然被她的态度气到，正要挂断，周缇缇从卧室跑了出来，抓过母亲的电话，冲着话筒软软地喊姥姥好。

　　杜母的口气为之一变，立刻热情开心地说哎呀是缇缇吗现在是不是已经四周岁啦在幼儿园待得如何啊。周缇缇乖巧地一一作答，一老一少聊了好一会儿，杜母又问今天是只有你和妈妈在一起吗爸爸呢。

　　周缇缇说爸爸在T市忙，过不来，但他一直都想着妈妈呢。

　　杜若蘅在一旁喝水，闻言咳嗽了一声，瞪向周缇缇。

　　小女孩恍若未闻，捧着电话说："姥姥，你什么时候来S市玩啊？我从周一到周七都在S市呢，妈妈和我都很想你的。"

　　杜母笑着说："什么周七啊，那叫礼拜天。"

　　周缇缇从善如流："那你礼拜天能过来吗？我好久好久没有见到过你了，我好想你哦。"

　　杜若蘅深切领会过周缇缇撒娇的功力，小女孩的调调可以喊得人酥掉骨头。杜母也无法抵挡这样的请求，几乎是忙不迭地答应："好好，姥姥也想你。姥姥这周末就去S市看你好不好？姥姥这就买机票！"

　　挂断电话后杜若蘅正视周缇缇良久，然后她缓了缓语气，柔声问："缇缇，实话告诉妈妈，为什么想让姥姥来S市？"

　　周缇缇咬着嘴唇沉默半晌，不答反问："妈妈，你跟爸爸离婚，是因为他有了别的女人吗？"

　　"……"

　　"如果他以后不再有别的女人了，你还会跟他再在一起吗？"

　　"……"

　　杜若蘅眼神复杂地看她半晌："谁告诉你这些的？"

　　周晏持在例会上公然走神。

　　他走神得很明显，斜倚在椅子内手撑着额角，目光微微遥远，压根没落在正慷慨激昂发表着反对意见的曹董事身上。这让后者顿时不知如何是好，讲完了站在那里很尴尬，不知所措地望向身后的康董事。康董事看了一眼正坐在周晏持身边的张雅然。张雅然立刻垂头，假装专心致志地记笔录，谁的什么动作她都没瞧见。

开玩笑，不过是走个神而已，反正曹董说的都是不可能被通过的计划。这都要让她提醒顶头上司魂游归来，她简直是活得不耐烦了。

康在成轻咳了一声，最终还是自己开口："周董，曹董的意思已经很清楚了，我和程董都觉得可行，你看呢？"

周晏持又花了半分钟才回过神，然后翻看手边计划书，扫了十几秒又干脆合上，手肘撑在办公桌上，言辞不留情面："半年时间就做出来这个？大家这两年是不是过得太好了，才想得出这种自寻死路的方案？明年要是按这东西行事，后年我们不如集体歇业去打秋风。"

说完直接宣布散会。康在成的脸色已经不足以用难看来形容。

走出会议室的时候张雅然紧跟在周晏持身后，跟他一项一项报备当天日程。前几天周晏持上班上得太过随意，天天忙着挂心前妻的后果就是这两天事务积压如山，让她身为一个秘书都觉得压力山大。周晏持听得面无表情，走到一半忽然停下脚步，问："今天周几了？"

"啊？"张雅然跟不上老板的脑回路，半天张了张口，"周，周四啊。"

周晏持的表情相当不耐烦："怎么这么慢。"

张雅然在一旁默默闭嘴，想着前天就订好的周日去S市的机票，心中腹诽，何苦来哉。有本事骂得了康董，有本事你当初别离婚啊。

两人一直走到楼上办公室，张雅然才来得及开始汇报私事。这本来也是周晏持日程中的重要一项，但近来周晏持仙风道骨，对那些莺莺燕燕罕见地没有什么兴趣，导致张雅然需要汇报的内容少了许多，只剩下比较重要的一件："……苏韵小姐打来电话，说她之前拜托您帮忙的那件事，不知您办得怎么样了。如果有时间的话，想请您吃饭以表感谢。"

周晏持沉默片刻，说："你打电话告诉她，就说这件事我帮不了，让她去找沈初。"

晚上有场同学聚会，周晏持席间喝得不少。包厢内气氛很热烈，话题更是生冷不忌。但周晏持没有兴致。他中途离席，司机正趴在方向盘上打哈欠，听见车门重重关上的声音吓了一跳。转头看向自家老板，周晏持揉着眉心靠在后面椅背上，轻轻吐出一口气："去机场。"

　　司机疑心自己听力不及格："……啊？"

　　在外面周晏持向来懒得将话重复第二遍。他抬起半只眼皮扫过去一眼，经验老到的司机下意识一个激灵，差点踩错了熟悉到不能再熟悉的刹车与油门。

　　三个小时后已经过了凌晨。杜若蘅还在整理前一任副总经理留下来的材料，忽然听到门铃声响。

　　一打开门便闻到一股酒气。杜若蘅皱着眉把周晏持让进来，看他在沙发上慢慢歪躺下，快要睡着的时候她踢了踢他的裤脚："去洗漱。"

　　周晏持掀开眼皮看了她一眼，还是去了浴室。一个小时后杜若蘅从书房出来，周晏持早已在沙发上睡着。初冬的S市颇有凉意，杜若蘅歪头瞧了他一会儿，还是从卧室抱了一床被子出来。她给他展平被角，将要起身的时候突然被轻轻拉住了手心。

　　她低头，周晏持没有睁眼，可他也不放手，话语轻缓，像是在睡梦中："我想见你。"

　　片刻后，杜若蘅板着脸问："想见女儿还是想见我？"

　　他轻声说："你。"

　　"如果我和女儿同时掉进水里，你打算救谁？"

　　他仍然没有犹豫："你。"

　　已是深夜，客厅的窗帘尚未拉上，外面早已漆黑寂静。唯一开着的是沙发旁的落地灯，光线柔和，就像温软细腻的一双手，将所有棱角都轻轻打磨。

　　杜若蘅半跪在沙发旁，看着他发呆。过了一会儿，她扭过脸，低声说："那你以后别再找其他女人了，行不行？"

有些话只适合在夜深人静的时候说出口。杜若蘅从未说过这样的话，她把尊严都放在了一边，几根手指扣在另一只手的手心上，最后压出隐隐血痕。

她一向寻求平稳静好，这大概是她这一辈子下过的最大的一场赌注。

彻底放下，重新开始。她在离婚之初有无数人这么安慰过，但旁人轻飘飘一句以后会更好，并不意味着他们就对此言论负有全责。假若未来惨遭不测，除了自己咬牙忍耐之外，没有人能够给予任何实质性帮助。

很难说杜若蘅现在对周晏持的感情能够压倒一切。事实上她的理智更为清醒。事情已经到了这种地步，已经不可能时光倒流重新彩排。她现在充其量不过是有三条路，一条永远的单身主义，一条选择回头复合，一条寻觅到新的好感异性。

任何的选择都是赌注。每一条都隐藏着巨大风险。尤其在她性格更偏向保守的时候，第三条路或许风景秀丽，可是如苏裘所言，假如你选择复合，你不能保证周晏持以后未必不会再给你"惊喜"，但假如你放弃他，你也不能保证下一个良人可以与你再如过去10年光阴那般的默契，即便是默契，也未必就可以如你所愿地理解和包容你，大家都已是三十岁左右的成年人，所有对陌生的付出都有预算，没有人肯不计较成本；即便假设下一个良人终有一天可以如周晏持那样包容和宽解你，你也不能保证你自己就有那一份信心和耐心等下去；即便你拥有信心和耐心，你也不能保证他不会再下一个十年变成第二个周晏持，同时你也不能保证你的女儿周缇缇可以悦纳他一如悦纳她的父亲。

所有的未来都是不确定的。杜若蘅唯一确定的是，她再也不能像多年前那样毫无保留地信任一个人。不管是周晏持，还是以后可能未知的任何一个。

如果说周晏持最近的改变没有令她动摇，那是假话。曾经交付得越多，也就越难以割舍。怨恨的理由也是来自这个。杜若蘅不能完全相信眼前这个人，可是仿佛目前为止，除了勉强相信他，她没有其他更好从阴影中解脱的办法。

或者哀莫大于心死，或者从此相敬如宾。周晏持最大的优点在于他十几年来始终兑现承诺。除此之外，他从未对她欺骗。若是重蹈覆辙，杜若蘅想，自己最糟糕的处境，大抵也仅仅是再比现在更差一点点。

她下定决心，走了这一步。前途未卜的同时心想，这一次不管周晏持再做什么，她都必定不会再给予百分之百的投入。

已经有过一次难堪的经历，即便是口头上同意，也会下意识开启基本的自我保护。

杜若蘅没有太指望周晏持能当场回应她。他今晚喝得微醺，大概连那两个"你"字都是醉话。她只是已经将这些想法酝酿了许久，今晚不慎脱口而出罢了。但她等了半晌不见周晏持有动静，看他躺在那里始终面容沉静五官恬淡，还是忍不住抽过抱枕向他砸了过去。

第二天清早杜若蘅起床，在客厅看到周晏持在给女儿梳头发。他做这个出奇的流畅，周缇缇发质黑亮顺滑，在他的手中居然也相当乖顺。杜若蘅看他不一会儿在周缇缇脑后编出两条麻花辫，再绑在一起，最后如同一只心形环甜美地戴在头上。

周缇缇手里正摆弄爸爸的移动电话，听到她的脚步声，心不在焉地喊妈妈。

周晏持终于把女儿弄得整齐漂亮，看到杜若蘅不掩讶异的表情，说："我也给你编一个？"

杜若蘅冷着脸："不用。"

周晏持再一次无故旷班，让秘书张雅然无语凝噎。她本来安排的满满日程被周晏持一句"我在S市待两天你看着办"轻描淡写过去，张雅然对着电话痛哭流涕："老板您不能这样啊老板！您这个月已经是无数次这样了！今天还有特地从国外赶来T市见您的刘先生！还有王部长的会面！这都推到第三次了！您撒手人寰哦不，撒手不管可让我怎么办啊，老板？"

周晏持嗯了一声，告诉她："你帮我找个漂亮的理由。"

张雅然盯着墙上一溜公司奖章，冲着电话视死如归地吼了一句："追前妻有整个远珩集团重要吗？早知道这样您当初做什么去了？！"

说完她就后悔到肝肠寸断，差点没有拿头抢地以死谢罪。听见电话那头安静了几秒钟，周晏持默不作声地把电话挂了。

张雅然后背惊出一身冷汗，在秘书室里绕着桌子团团转。忽然听见玻璃门被人轻敲了两下。她抬起头，董事会的元老级人物康在成站在门口，对着她笑了笑："小张，大老远就听见你说话，讲什么呢？"

张雅然立刻站直身体，恭恭敬敬说没讲什么啊。

康在成微笑："我在底下看见了王部长的司机，你们周总呢？"

张雅然说周总出去了。

"去哪儿了？"

张雅然神情茫然表示毫不知情。

康在成看她一眼，笑得慈眉善目："我来找你没什么事。只不过王部长这都过来了，周总居然不在，这事怎么说得过去，以后远珩还想不想拿招标了？"

"……"

康在成接着神色自然地开口："既然这样，正好我在，我就帮他把事儿谈了吧。你回头转告他就是。"

说完他就往外走，张雅然礼数周到地跟在他后面。等到康在成进了电梯，她才心急如焚地给周晏持再次拨电话，这一次却被告知对方已关机。张雅然根本无法阻拦，只能眼睁睁看着底下有辆车子缓缓停下，有人迈出来，康在成正好赶到一楼大厅，以客套殷勤的模样与对方握手笑谈。

杜若蘅年纪轻轻，又是女性，由康宸直接任命为一家五星级酒店的副总经理，同事中资历深厚的长辈们固然口头上不说，心中可想而知必定五味杂陈。

杜若蘅在任命书下发的当天就察觉出他们的违心敷衍。人与人之间的平衡一直相当微妙，善良也只限于一定的范围。杜若蘅没过多久便在酒店内部听说了有关自己的流言，比如与康宸之间的暧昧关系，与前夫在离婚后的纠缠，甚至还包括女儿周缇缇。

她的经历本来就大有谈资，如果有人乐意，将话题炒得风生水起也相当容易。让杜若蘅稍感心安的是汪菲菲，这个一向八卦的前台服务人员在面对杜若蘅的流言时却相当严肃，表示信任她的人品，并劝慰所有的传闻总有一天会过去的，不必过度在意。

杜若蘅倒是真的没有太在意这件事。离婚时她听过的传言足够猛烈，比现在区区一个酒店的指指点点要广泛和复杂得多。她早就因此练就了东风射马耳一笑而过的技能，现在她只是有些担忧自己能否驾驭这个职位，调遣她如今的下属、曾经的同事，那些比她大十几二十岁的威望长辈们。

康宸对她说："你看看我，半年酒店的工作经验，现在照样过得不是挺好。"

这话不具任何安抚效果。康宸兵不血刃的手段杜若蘅已经在这段时间深切体会过。财务部吴经理被踢出景曼只用了一周时间，中层管理者中的冗员辞退只用了半个月，自然有人背地里相当不满，但康宸是总部直接任命，并且与此同时他给每个基层员工以当月红包安抚，另外那张皮相在这个以女员工居多的酒店中不得不说也起了相当的镇静作用，怀柔政策与霹雳手段一样成功。

康总经理稳定大局的那些手段，参考意义基本为零，杜若蘅仍然如临大敌。

康宸又说："有人不想配合，这个短时间内肯定要有。我说两点。第一你不要觉得事情难办，副总经理不止你一个，再说你们解决不了还有我。第二，有些闲言碎语不可避免，但你自身不必觉得这是任人唯亲，其实不管从哪方面来看咱俩也不是很亲。你说对不对？"

杜若蘅看他一眼，康宸微笑说："真的。没有那么难。有些事咬一咬牙挺过去，回头看的时候会很有成就感。"

杜若蘅不知为什么，总觉得他话里有话。但康宸明明神情不变，他接着说："如果你仍然觉得棘手，这样，晚上加上另外两个副总，还有两三个中层，我们一起吃顿饭。交流一下感情和经验。"

到了晚上聚餐，一共七个人，只有杜若蘅与新上任的财务部经理是女性。自始至终气氛还算圆满。杜若蘅再一次见识了康宸的桃花手段，只是一颦一笑便倾国倾城，把年逾四旬的财务部经理弄得眼神乱扫小鹿乱撞。

宴席结束是在8点钟。杜若蘅刚刚从会馆出来便打了个寒战。康宸看她一眼，解下自己围巾来正要递给她，忽然听见一个响亮的声音："妈妈！"

杜若蘅抬头，周缇缇骑在爸爸的肩膀上，浑身裹成一团毛球的形状，正跟她兴奋地招手。

等两人走近了周缇缇才喊康叔叔。杜若蘅隔着帽子双手捧女儿的脸："在外面等了多久了？"

话音落下脖颈间已经被人圈了一条围巾。带着再熟悉不过的清淡气息，两只手也跟着被人攥住，周晏持顺手分别揣入口袋中。

周围的同事都在看，周缇缇也在一眨不眨地望着她。杜若蘅咬了一记牙，忍下去了想踹人的冲动。

周晏持淡淡开口："康总喝酒了？开车不便的话，不如我们顺路载你一程。"

康宸神色自如地把围巾重新系上，笑意微微："多谢，不必。马上有司机来接。"一边抱起周缇缇，柔声说，"叔叔前两天养了一条小狗，是白色的萨摩耶。想看吗？"

周缇缇果然眼前一亮："想！"

"只有不到三个月大，还没有取名字。回头你可以帮它取个好听的名字。"

周缇缇说："我也想养一只。"

"那就养啊。"

"可是爸爸不让啊，他对猫狗过敏的。"

康宸给她出主意："那就养在S市嘛。"

周缇缇看向杜若蘅，后者不置可否的态度让她神情明显动摇，隔了一会儿，又摇摇头："妈妈以后还要和我们回T市的，现在养了以后就没办法了，还是不要养好了。"

康宸停顿一瞬，摸了摸她的脑袋，笑着说："别难过，既然暂时不能养，先来叔叔家看狗狗也可以啊。"

把小女孩哄完康宸才又转向杜若蘅，言笑自然："我先走了。考虑一下今天下午我说的话。"

杜若蘅点头回应。康宸转身要走，周晏持突然出声请他留步。

等康宸回过头，他淡淡地说："听说阿蘅最近晋升了副总经理。如果有时间，大家不如一道吃一次饭。我们一家三口宴请康总，感谢你对阿蘅这段时间的照顾。"

康宸笑意微微，片刻后回应："不忙。所谓的一家三口，也要等周总复得了婚才行。"

回去的路上车子里一度很安静。

周缇缇敏锐地觉察出两个大人之间的暗流涌动，一直下意识紧闭着嘴巴。杜若蘅望向窗外，正好有时间考虑处于新职位后的人事关系。最后还是周晏持破坏了沉默："下午的时候康宸和你说了什么话？"

杜若蘅思路被打断，皱着眉从后面看他一眼："与你有什么关系？"

周晏持静了一会儿。"我不可以知道？"

"公事而已。"杜若蘅漫不经心地回答，"天天有那么多事情那么多话，我没必要跟你报备，你要搞清楚这一点。"

一字一字清晰复刻自离婚以前的周晏持。因果轮回。他半晌没有再回话。

周日上午，杜母果然对周缇缇兑现承诺，千里迢迢来到S市。

尽责为母亲接风洗尘的杜若蘅从接机的那一刻开始就不受待见。杜母远远走来候机大厅的时候，落在周缇缇身上的目光要比落在杜若蘅身上的慈爱千百倍。而等到发现杜若蘅两米之外还站着一个周晏持，杜母一瞬间静止在原地，随即流露出来的惊喜是见到杜若蘅的上万倍。

周晏持给足了前岳母的面子。他将家庭聚餐订在了一家菜色地道环境雅致的私人会馆，服务生端上来的每一道佳肴的价格，都足以抵得上景曼前台半个月的薪水。这样的行为果然令杜母满意，她与周晏持交谈甚欢，后者说的每一句话她都连连点头表示同意。

杜若蘅干脆从头到尾一言不发。直到杜母讲到今年年初一次生病住院的时候她才抬起头。

"您做摘除手术我怎么不知道？"

杜母眼皮都不抬一下："告诉你又没什么用。我给晏持打了个电话，不一会儿他就派人弄好了所有事。你能做到这些？再说我住院住得很舒服，比你亲自照顾我好上不知多少倍。"

周晏持给杜若蘅夹过来一只剥好的虾肉，她看都不看一眼，只觉得头疼："下次遇到这种事您好歹也告诉我一声行不行？说到底我才是你的亲生女儿，再怎么说我也应该享有知情权。"

杜母说："法律上没规定母女之间有这项权利。"

杜若蘅正好接到康宸的电话，她干脆站了起来："我出去一下。"

康宸只是来问她有关年终奖金发放的事宜，说了没两句便挂断了。杜若蘅不想回去包厢，在附近徘徊。她穿着高跟鞋，后来走得有点累了，干脆倚着走廊的墙壁仰头发呆。拐角处安静没有旁人，不知又过了多久，她的身上突然被披上了一件羊绒大衣。

周晏持站在她面前，柔和的灯光之下，衬得一张脸孔面如冠玉。

他的声音微微低沉，带着温柔："正餐吃得差不多了，大家在等饭后甜点。有你喜欢的松露布丁，回去吃一点？"

"你先回去。我再等5分钟。"

这种说辞对周晏持不具效用。他看她一眼，然后伸手，在大衣底下找到她的十根冰凉的手指，全部握在掌心。

他轻轻揉搓，动作仔细。可以看到他的深长睫毛，和微微垂着的眼神。面前的这个人拥有一张英俊脸庞，他心肠冷硬，待人傲慢而凉薄。可此时此刻他的眉宇间再是耐心不过，让她终于从指端渐渐传来温热。

这不是心血来潮的偶然为之，10年来的每一个冬天，他都这么做过。

周晏持慢慢揉搓到手腕。他的动作越来越轻，像是绒羽的撩拨。两人相知10年，让他熟记她最敏感的那些地方。杜若蘅终于有些受不住，她的声音不稳，叫他停下。

周晏持没有再继续。但他抬起头，遮挡住杜若蘅眼前视线的同时，一只手扣住了她的腰肢。

两人距离之近，她只看得到他的眼神。那里面温柔而炽热，又犹如海水一般深沉。周晏持无声地慢慢侧下头来，杜若蘅下意识要推开他，却被他不带力道地握住手心。

他柔声哄她："试一试，好不好？觉得真正恶心，再推开我。"

第八章 断念

他让她从未有过的难堪。简直让她觉得，之前她对他所做的那些心理挣扎，统统就是一场笑话。这个男人执迷不悟，他根本不具备道德观。

杜若蘅僵硬着身体，如临大敌一般。他在她的嘴角处反复辗转，将所有的情感压抑住，全部化作小心翼翼的试探。

　　杜若蘅的后背绷成一张弓，紧紧抿着唇，良久没有松口的打算。周晏持不敢强硬，低声唤她蘅蘅。一遍又一遍。

　　从十五岁的杜若蘅到现在，十几年的光阴交错，他出现在她身边的岁月，已经将近她人生的一半。

　　外人都认为他在离婚后应当更加自由顺意，可事实上却是他比她更难以对过去告别。杜若蘅离开T市的时候什么都没有带走，徒留下整个周宅内都是她的痕迹。从书桌上那些一家三口的相框，到周缇缇一点一滴的成长，所有都与她有关，一丝一毫于他而言都是回忆。

　　可是杜若蘅不曾怀念。两人从民政局走出来的时候她连告别都懒得。自离婚后，周晏持没有从她眼中找到过任何留恋的意味。有时候他会觉得，她是真的已经对他没有任何爱意。他在她面前出现与否，都没有太大的区别。极为偶然她对他的回应，或许仅仅是出于10年来两人相处养成的习惯。

　　他唯恐她有一天连这些习惯都戒掉。

　　他不断地轻声安抚，声音低沉缓缓，终于令她微微闭眼，睫毛簌簌颤抖。两人似有若无地相贴，慢慢十指相扣。有服务生经过这里，又识趣地放轻脚步退回去，所幸她没有察觉。足有天荒地老那么久的时间，他终于触碰到她的嘴唇。

杜若蘅的十根手指狠狠掐进他的手背，瞬间划出十缕红痕。他无所谓。偏头，更深一步，她的呜咽声消弭在两人的唇齿之际。

他的动作始终温柔细致，犹如双手捧起雪花。不敢过度深入，唯恐对方惊醒。不知过了多久，杜若蘅终于大力推开了他。

她迅速用手指抹掉眼角渗出的水渍，面无表情转身就走。

两人回到包厢，杜母正被外孙女哄得眉开眼笑。周缇缇眼尖看到周晏持手上的新伤痕，啊了一声："爸爸你的手！"

周晏持轻描淡写："没事。"

杜母看了一眼坐得相离老远的两人，跟杜若蘅说："我今天晚上住在哪里？"

"您住家里。"

"那晏持呢？"

"他今天晚上照顾缇缇，也住家里。"杜若蘅神色已经恢复了平静，"我今晚轮岗值班，要住景曼。"

杜母似笑非笑："真的值班还是假的值班？别是不想看见我故意这么说的吧？"

杜若蘅说："您想多了。"

两人气氛又开始紧张，周缇缇突然在一旁大声插话："姥姥，我要吃一个你那边的虾饺！"

杜母总算转移了注意力。

杜若蘅当晚确实不值班，她只是不想再跟另外两个大人共处一室下去。到了景曼酒店大堂，看见康宸正坐在休息区的沙发上，手里捏着一杯白水，两腿叠搭在一起，冲她笑着遥遥招手。

等她走过去，康宸指了指对面沙发，随口问她："今晚好像不该你轮岗的啊？"

"我有事加班。"杜若蘅说，"你一个人坐在这里？"

康宸从善如流："等你啊。"

杜若蘅看他一眼，康宸又立刻改口："顺便视察一下民情。"

"今晚好像也不是你值班的时间。"

康宸又是笑："家门口现在估计正被好几个人堵着呢，没办法，我有家难回。"

杜若蘅看过来，他轻描淡写地说下去："家里老爷子前两天过世了，不巧把遗产全给了我一个人。我上面还有个父亲你是知道的，他指望这点儿东西已经很多年了，这两天正琢磨着怎么让我自动放弃呢。"

杜若蘅张了张口，又闭上。康宸抿了一口水，观察她的表情，笑着说："你是不是还想问，我上面不是还有个兄长吗，我又不是长房长孙，哪里轮得到我呢？"

"……"

康宸口吻轻松："因为不管康在成怎么偏向他，归根究底他都只是一个私生子嘛。"

"……"

康家上一辈的恩怨比周家更复杂。康在成与妻子商业联姻，结婚后不久即夜不归宿。后来在一次聚会中遇到一名女子，两人情投意合。半年后这名女子怀孕，九个多月后生下康深，同时因大出血当场辞世。康夫人一年后得知此事，当时已身怀六甲，情绪激动之下最终导致早产，怀孕八个月康宸便已出生。

这些曲折杜若蘅听着就像是玄幻故事，半晌无言。康宸倒是笑容不减："其实有人误会也可以理解，毕竟我出生不久就跟着母亲长居国外，前几年才刚刚回国。康在成为了维护康深，这些年散播谣言惑众也可以理解。"

"那你为什么会来S市？"

康宸面不改色道："因为我回来之后，康在成跟康深都不能容我在T市待下去啊。"

杜若蘅默然半晌。这是别人的家务事，她无从评判。

杜若蘅在办公室里将就了一晚，第二天散了晨会后她叫住园林绿化部的付经理，以副总经理的身份客气地跟他索要工作总结。年过不惑身材矮胖的付经理哎呀了一声，拍了拍脑门儿："你看，我都给忘了。我这两天太忙了，眼看年尾了要进行各种绿地检查，还有市里有关部门来人查验，我这都还没来得及写呢。"

　　杜若蘅忍下各种情绪，温柔微笑："大前天的时候您就说最晚今天能交给我的。"

　　"可是计划赶不上变化嘛。你好歹也谅解一下。"

　　"如果这样，那么您打算具体什么时候交给我？"

　　付经理突然问："采购部的张经理交了吗？"

　　"……还没有。"

　　付经理笑着说："那等他交上的时候我一定交。这总可以了吧？"说完边拨着电话边离开了。

　　杜若蘅的愤怒无处可发，回办公室扯坏一只中性笔的塑料笔帽泄愤。她需要冷静，一上午没见任何人，把书架上那本《厚黑学》读到一半，下午突然付经理敲她办公室的门，手里拿着的恰恰是工作总结的相关材料。

　　杜若蘅实在惊讶。让她更惊讶的是，到了傍晚，采购部的张经理也给她上交了一份工作总结。甚至他的态度还算良好，一改这段时间阴阳怪气的语调。杜若蘅忍住各种问号送他到门口，不过一会儿康宸敲门，看到她手里拿着的材料，笑了："那几个老家伙终于肯听话了？"

　　杜若蘅听出了他的言外之意，跟他说了一声谢谢。

　　康宸说："工作状态下遇到这种人不可避免，不能对他们老是言辞客气，他们不会因此产生敬畏之心。一般是两种办法对付他们：一种是迂回求助于他们最信任的人，比如说配偶，父母。另一种则是找他们的上级直接压制，比如说，我。"

　　"那可真的谢谢你啊。"

康宸抱臂倚在门口，挑起眼尾看着她："你要是真的感谢我，那就索性帮我个忙。"

　　"什么？"

　　"康在成这两天派人来酒店监视我，你帮我避开他们离开景曼。"

　　半个小时后两人从酒店一处后门悄无声息地离开。康宸开车，专拣车流量大的街道拐弯。杜若蘅坐在副驾驶座上，从后视镜里果然看到有辆黑色车子始终在不远不近处尾随着。

　　她问他们究竟想做什么。

　　康宸仍是微笑："那就不知道了。也许是想谋财害命也说不定啊。怕不怕？"

　　话是这么说，到后来康宸还是成功甩脱。已经到了华灯初上的时候，两人商议找了一家养生餐馆吃饭。康宸去泊车的空当，杜若蘅接到了周晏持的电话。

　　在电话里他的语气平静，话也简短，只跟她说家里准备得差不多了，她现在就回家的话可以刚好赶上开饭。

　　杜若蘅直接跟他说我不回去了你们自己吃好了。

　　周晏持停顿了一会儿。问："你现在和康宸在一起？"

　　杜若蘅说这和你没关系吧，还有事没有，没事的话我挂了。

　　周晏持直接问了出来："你对康宸有好感？"

　　杜若蘅不置可否，连个声音都没回给他。她看着康宸推门进来，正打算挂断，听到那头开口："昨天晚上不是你值班，另外康宸也在景曼待了一整晚。"

　　杜若蘅的语气瞬间冷透："你跟踪我？"

　　"我不会跟踪你。"他沉默片刻，语气里带有一丝无奈，"只是康在成今天下午给我打了电话。"

　　杜若蘅摆弄着面前的茶杯，突然笑了笑："打电话说什么？还是你以为了什么？"

　　"你是不是想说，你觉得我跟康宸相处的时间久了，觉得他长得不错家世也不差，所以昨天晚上我不回家其实不是加班，只是为了要跟康宸约会一整个晚上？"

"……"

"还是你其实早就认定了我跟他在约会的事实，觉得整个晚上我们两个要是不做点擦枪走火的事简直就对不起我们自己了，是不是？"

"……"

杜若蘅冷冷开口："周晏持，不要说你现在没资格，就算我们没离婚，我做的事跟你做过的也没什么差别，你照样没理由来质问我。"

"身心分离，消遣而已。这难道不是你自己一直以来的观念吗？"

周晏持还握着电话，杜若蘅已经挂断。

窗外夜幕低垂，万家灯火。他站在阳台上，维持着挂电话的姿势半晌没动，直到周缇缇跑过来，拽他空着的那只手："爸爸，吃饭。"

周晏持低下头，看了女儿好一会儿，才下意识回应："好，吃饭。"

杜若蘅把手机收进包中，仰起头往上看。她的手指在微微颤抖，深深吸了一口气，尽力避免马上就要克制不住的失态。康宸在她对面落座，看过来一眼，笑着说："好好的怎么了？"

"没事。"

接下来她一直食不知味。康宸讲的话她基本没听进去，他抛来的问题她很难给出正确的回答。她也没有注意到餐桌上一道道端上来的菜色全部合她的口味，事实上到后面她干脆停下来，一手撑着额角，一手在餐盘中一下一下戳着筷子。康宸终于放弃逗她开心，他抬手叫来服务生："买单。"

这顿晚餐中杜若蘅第一次抬起头看向他，康宸冲着她笑了笑："你心情不好，我们去酒吧喝一杯？"

康宸找了一家环境安静的酒吧，杜若蘅仍然寡言。她的酒力平平，但她今晚叫了一杯后劲极强的鸡尾酒。康宸在她举起酒杯之前按住杯口："是我叫你来这里，但没想让你喝醉。"

他的目光在光线下格外柔和，杜若蘅直截了当问："我醉了之后你会不会把我安全送回家？"

康宸呛了一声："你让我想想。"

杜若蘅放下酒杯转身就走，康宸把她拽回到吧台边上，简直哭笑不得："会，一定会。你喝，我就在这陪着。我保证你第二天醒来的时候毫发无损，好了吧？"

杜若蘅果真默不作声坐回去，康宸在一旁只有苦笑的份。他很少做没有把握的事，也不会轻易甘居人后，不管是事业还是感情都是如此，但不管怎么说，此时此刻他扮演的角色确实不怎么乐观。

康宸两手捧着下巴，撑在吧台上，一双桃花眼望着杜若蘅，长长叹了一口气。

杜若蘅根本不理会他。她很安静，只顾小口小口地抿，不见停歇，因而一杯酒很快就见了底。然后她问酒保要第二杯和第三杯。康宸无法阻止，眼睁睁看她喝醉，眼睛渐渐闭上，最后趴在吧台边上，像是已经睡着了的模样。

他打发了两个上前假惺惺要帮忙的男子，把她扶起来，摸到了眼角一点水渍，再一看，杜若蘅满脸都是泪水。

康宸又是长长的一声叹息。

他把她扶进车子里，杜若蘅全程很配合。然后她在他给她系安全带的时候突然睁开眼睛，面无表情地警告："康宸，你敢乘人之危，我就杀你全家。"

口齿居然相当清晰，只是很快就又睡过去。康宸全身僵硬片刻，万般无奈地咳嗽了一声。

康宸没有把杜若蘅送回到她家中，也不方便送回景曼，车子在路上转了一圈，最后将她带到附近的一家酒店。

他在房间给她倒水的时候杜若蘅的电话响起，他给她拿出来，上面显示的是周晏持三个字。

康宸思忖了一下，接起，说了一句周总。

周晏持平静地警告："这是阿蘅的电话。"

康宸说："她酒醉睡着了，现在没办法接电话。周总有什么话，我等她醒过来帮忙转告也是可以的。"

"你们现在在哪？"

康宸礼貌回应："周总，不如我坦白说，她现在不想见到你。"

那边沉默片刻，声音低沉威严："别动她。"

康宸想到杜若蘅方才的警告，抚着额头再次无声叹息。再开口时语气却温和含笑："怎么做是我的自由，怎么选择也是杜若蘅的自由。周总，你们已经离婚，你不再适合插手。"

周晏持的声音犹如从十八层地狱中森冷捞起："康宸，你动不起。"

康宸微笑："我倒是想试试看。"

杜若蘅第二天醒来时头疼欲裂，条件反射去摸手机，查阅时间的时候发现已经关机。

她捂着额头坐起来，刚刚开机不过一分钟，杜母的电话便接了进来。

杜若蘅皱着眉头接起，那边几乎是气急败坏的口气："你一个晚上去哪里了？人影都不见半个，电话也打不通！你知不知道晏持今天清早就带着缇缇离开S市了？他走的时候脸色相当差，是不是你又跟他吵架了？"

杜若蘅终于意识到自己身处一家陌生的酒店，房间里装潢考究，只有她一个人，与此同时她身上的衣服完好无损。

杜若蘅停顿片刻才反应出杜母的意思，脸色当即沉下去，冷声回应："他走他的，跟我何干。"不再说话当即挂断。

周晏持在回T市的路上很沉默，连周缇缇都可以察觉出他的心不在焉。父女两人等在候机楼，周缇缇去摸他的额头，自言自语说爸爸是不是发烧了。

周晏持回过神来，抵着女儿的额头逗她开心，回应说爸爸没事。过了一会儿他接到苏韵电话，皱眉看了一眼没有接，等着电话自动挂断。

周缇缇眼尖地看到，问他："苏韵是谁？"

"爸爸的一个朋友。"

"女朋友吗？"

"女性朋友。"

"那你为什么不接呢？"

"……"

周缇缇突然问："你不会和除了妈妈之外的人结婚，对不对？"

周晏持说："对。"

周缇缇又问："你是不是昨天晚上和妈妈吵架了？"

"……"

周晏持跟她对视片刻，伸手把周缇缇的帽子拽到盖住眼睛，肃着声音说："大人的事，小孩子不要乱问。"

周缇缇自己挥着胳膊把帽子翻回去，跟他说："我知道妈妈为什么跟你吵架她不喜欢你找别的女人。"说完又补充，"我也不喜欢你找别的女人。"

周晏持看她半晌："妈妈告诉你的？"

"星期四她在卧室里跟苏裘阿姨通电话，我在外面听到的。"周缇缇说，"妈妈这么说，以前习睿辰也这么说。你是不是真的找了很多女人？妈妈是不是因为这个才跟你离婚？是不是都是爸爸你的错？"

"……"

"你为什么要找其他女人？"小孩子的眼神无辜又坦荡，始终仰头望着他，"我还听妈妈说，她不想亲你，因为觉得你不干净。她为什么会觉得你不干净？也是因为你找别的女人吗？"

接下来的路程周晏持始终面沉如水。他将周缇缇送回周宅回到远珩，张雅然远远打量到他的脸色就知道最近几天要难过了，可她还是不得不把话说出来："苏韵小姐来了。"

周晏持没有心情："就说我不在，把她打发走。"

"可她这几天每天都来，而且现在就等在您的办公室。"

周晏持停下脚步皱眉，扫过来的眼神几乎要把办事不力的女秘书当场革职。张雅然冷汗刷遍全身，听到苏韵从不远处柔柔传来的声音："晏持？"

片刻后两人在办公室会议区落座。周晏持坐在她对面，揉着眉心吩咐张雅然添茶。苏韵打量他的脸色，微笑开口："最近没睡好？你看着很疲惫。"

周晏持说最近忙。

苏韵说："忙吗？可我听你的秘书说，到处找你找不到人。"

周晏持又扫了张雅然一眼，后者双膝一软差点跪在地上。周晏持不置可否，问苏韵沈初帮的忙办得怎么样。

苏韵望着他，语气柔婉而楚楚可怜："不是很顺利。找的地方太偏僻了，至今还没真正定下来。如果有你在，应该能更好办一些。"

周晏持笑了笑："不用着急。你应该相信沈初的办事能力。"

不管问什么他都不动声色地回避过去，终于让苏韵默然无语。她垂着眼思索片刻，最后抬起头，看着他低声问："你是去见杜若蘅了？"

周晏持仍然不予回应。苏韵又说："她最近和康宸走得很近。"

过了半晌周晏持终于开口："我知道。"

"听说，"苏韵微微一抿唇，"她最近由康宸力保晋升为了景曼的副总经理。"

周晏持没什么表情，随手翻起茶几上一本杂志。苏韵终于忍不住："杜若蘅哪里好，值得你这样待她？她既然都已经移情别恋，你又何必想不开放不下？"

周晏持不带感情回应："苏韵，这是我的私事。"

"杜若蘅看不下你在外面对别的女人亲密，她不理解你只是逢场作戏。我知道你对那些女人没有动心过。只有我理解你的那些想法。"苏韵几根手指莹白，去捉他的袖口，"晏持，我们从小认识，我知道你也一直清楚我心里的想法。"

周晏持半晌不动，过了良久才回过神来，开口时低沉微缓："你也认为她是看不得我在外面同别的女人亲密？"

夜里凌晨一点，沈初值完夜班，刚刚推开茗都会馆二层的包厢门，差点没被里面翻江倒海的钢琴鬼奏震翻过去。

沈初一看便笑了："这是大半夜叫我来这儿听音乐会哪？"

周晏持终于把《蜂鸟》的乐谱丢到一边，倚着钢琴脚坐下来，揉着眉心指了指旁边："坐。"

"行。"沈初点头笑着说，"我发现你还真是自虐型，越心情不好越这样，有沙发不坐你非要坐地上。"

说完人还是跟着坐过去。旁边几瓶白兰地，两人合伙闷下去小半瓶，周晏持才开口："苏韵的事你上点心，帮她办完了事。"

"我就算给她把地段安排在市中心广场上她都不会满足的，我能怎么办？"沈初说，"她醉翁之意全在你身上，又不是那么容易就放弃的人，你把她推给我她能甘心？"

周晏持的神色很不耐烦。

沈初劝他："你又何必对她特别绝情呢。设身处地想想，以苏韵的性格，她看你对别的女人都挺宽容大方，偏偏就对她拒之千里。你让她怎么想？她本来就是抢不到手不算完的人，你当初能成功结婚就已经要感激她在婚礼上没往你俩身上泼硫酸了。"

周晏持说她们又不一样。

"怎么不一样了？我看都一样的嘛。"沈初笑着说，"反正你一个都不爱。"

"……"

"哎，你是不是心想，苏韵对你那是情感上的爱慕，结婚以前苏韵跟你有联系就已经让杜若蘅差点把房子都拆了，现在要是再给她帮忙，保不准杜若蘅能因为这个动手剥了你的皮？"

周晏持态度冷淡："你就不能好好说话？"

沈初委屈说："我这不是帮你分析问题呢嘛。你看，苏韵对你动了心，你就要避开她。不管是因为什么，反正你就是这么做了。那么其他女人呢，你也知道她们心思不单纯，双方就当是各取所需的交易，反正那些女人基本上都是乱七八糟的绯闻，酒会上聊个天都能传得有鼻子有眼。即使偶尔才有那么一次，这几年里只有那么两三回是真的，对你来说也只能算个点缀，对她们而言却是机会，两厢情愿皆大欢喜嘛。只要家里一直安安静静，你就没觉得这有错，反正你精神层面绝对忠贞，对杜若蘅也是无可挑剔的好，对吧？"

周晏持一张脸色冰寒，一言不发，隔了半晌才冷声开口："难道我对杜若蘅不够好？除了这一点之外我平时哪里没依着她？"

沈初啧了一声，感慨地说："所以我觉得杜若蘅小姐真是一位秀外慧中的女性，婚内一直没跟你谈这个问题是对的，知道谈了你也听不进去。干脆直接离婚。最妙的是离婚以后都不告诉你原因，让你那个猜啊，婚内装得大度得不得了，别的地方对你横挑鼻子竖挑眼，偏偏在这方面就跟真不在乎一样，让你离婚以后死活猜不着吧？说不定这些时间她一直心里想的都是，哎哟你猜去吧最好猜成满头白发，怎么就猜不死你呢。"

周晏持接连不断被戳到痛处，刮过来的眼神像是要剐掉沈初的一整张皮。

"瞪我干吗，有本事瞪你前妻去呀。"

"我之前就告诉过你，没有女人会对配偶的不忠真正宽容大度，不管是身还是心，根本就没什么区别。你偏不听我的。你真是我见过的人里面最固执己见的。"

沈初慢悠悠接着道："你要是真觉得有区别，那你别对杜若蘅跟康宸一夜不归的事耿耿于怀嘛。你们都离婚快两年了，你哪来的资格耿耿于怀。再说了，说不定杜若蘅对康宸也没感情，只不过是看中了他的皮相呢。跟你偶尔在外面消遣一下的行为也没分别嘛。"

周晏持回了公司，一个上午说过的话不超过十句。公司周一例会上，几个总监争执不下，他始终一言不发。直到两边快要打起来，他才抬起眼皮，随手把文件夹往办公桌上不轻不重地一甩。

众人全都噤声看他。周晏持站起来，面色平静："散会。"

周晏持一整天的工作状态极佳。他仿佛没有受到前一晚宿醉的影响，始终思路快速清晰，基本一天就将上一周拖下来的事务全都解决清楚。等他在下午打发完康在成离开，又在傍晚亲自送某合作项目的负责人步出大楼外，后者跟他握手，笑容诚恳："难得合作得这么愉快，不如晚上我们设宴，周总赏脸，大家一起喝一杯？"

周晏持思索片刻，没什么表情地表示首肯。

当晚宴请的地点设在茗都。这个只准成年人进入的场所，有酒的同时自然就有佳人。周晏持坐在主位上，手边美人的姿色是茗都中的佼佼者。对方眼波流转地敬来一杯酒，语意甜腻得恰到好处，他没有拒绝。合作项目的负责人坐在对面沙发上，笑着跟他聊天："听说周总目前单身？"

周晏持姿态模糊，没有否认。他始终不冷不热，对方有些捉摸不透他真正的意思，只有笑着迎合道："单身好，单身自由。要么——"语音长长一转，指着包厢里最漂亮的一名女子，"我们这位姚小姐是舞蹈学院的高材生，长得甜美，谈吐有礼，身材也好，周总你看呢？"

包厢里安静了几秒钟之后，这话仿佛终于博得了周晏持微微一笑："我相信你能看得上的，应该没有不好一说。"

包厢内但凡需要的都具备。美人，灯光，微醺的酒意，还有靡靡之音。周晏持既不热情，也不拒绝。9点的时候这场聚宴还未结束，他看了眼时间，下意识翻出手机，打开发送短消息的界面，熟悉的三个字还未敲上去，又回过神来。

周晏持对着手机屏幕思索了很长时间，最后重新将手机收起。

姚小姐含羞带怯地过来邀请跳舞，面颊微微粉红。周晏持看她一眼，平淡地回道："我不擅长这个。"

姚小姐脸红更甚，接下来安静乖巧地依在他身边。她微微垂着头的样子有些青涩，带着年轻的不知所措。周晏持看了她一眼，停了停，突然捏住了她的下巴。

她在他的动作下微微抬头，看到他幽深不见底的眼神。他的脸孔越来越近，她下意识地紧闭双眼，睫毛簌簌颤抖。

近到她几乎能感受到他的呼吸。不远处正揽着美人腰肢随音乐轻踩舞点的负责人突然笑着说："这就开始了？周总，1303号房，钥匙在桌上，要么您跟姚小姐现在上去？"

周晏持眼神恢复清明，将手里的人缓缓放开。片刻后素淡开口："不用。"

周晏持当晚10点钟回到家，周缇缇还没睡，但是已经困得快要睁不开眼。她抓着爸爸的衣角喃喃问："你今天晚上又去应酬了吗？"

"谁教给你这个词的？"

"管家。"

周晏持抚摸她的头发："下次不要再等这么晚了，你还没长大，爸爸已经是大人，作息是不一样的。你9点之前必须睡着。爸爸可以向你保证，一定一直都会安全回家。"

"可是管家说，以前妈妈就是这么等你的。现在她不在家嘛。"

周晏持沉默片刻，轻吻女儿的额头，最后说："妈妈也是大人。而你还没长大，你更需要睡觉长骨骼，嗯？"

张雅然觉得最近老板变了许多。

或者确切来说，可能正常了许多更贴切。这段时间以来周晏持的表现用勤政爱民来形容有些过分，但他确实开始着眼于公务。具体事项可以从他重新每天在远珩待上十个小时以上，对康在成连绵不断地打压，以及进一步推行远珩改革战略等等多方面加以体现。除此之外，更重要的是，周晏持一直到春节之前，都没有再去过S市一趟。

这实在是个相当值得研究的问题。秘书室里几个秘书早就讨论过无数次。但张雅然肯定不能蠢到跑去问他为什么。她只能从他的字里行间揣摩他的心思，但周晏持想要克制感情的时候实在是足够冷静，让她琢磨了很久都不能猜透这对离异夫妻究竟是一时的赌气还是从此真正的老死不相往来。

直到远珩到了年终结算的时候，张雅然照例优先整理出杜若蘅这一年的股东分红，然后她跑去敲办公室的门，兴冲冲跟上司报备，说老板你前妻，哦不杜若蘅小姐的那一份出来啦，你看我是现在通知她还是回头您通知她呀您给个指示吧。周晏持头也不抬道："以前怎么来就怎么来，这种事你跟我说做什么？"

自那晚通话后，杜若蘅有两个多月的时间和周晏持没有一丝联系。

他们之间的关联向来都是靠周晏持来维系，杜若蘅自从知晓他婚内不忠，便不再对他施以半分主动。现在他不肯将两人的绳子主动提起，那么一刀两断就变得很容易。

杜若蘅很难形容心中的滋味。说没有失落是假话，但同时又松了一口气。一个人如果能轻飘飘就改掉难移的本性，那一定是虚伪的谎言。杜若蘅一直秉持这样的观点，现在她终于得到了论证。

周晏持天性凉薄，大概她这一次终于触及了他的底线。

杜若蘅去跟苏裘泡温泉，两人趴在按摩室里做按摩，苏裘安慰她，说其实你哪来什么失落，你早就失望透顶了，现在只不过是未了的余情燃尽了最后那么一点点而已。或者还有就是，你只不过是平常依赖周晏持依赖惯了，他一向都有本事给你惊喜，这一次他终于没法再给你罢了。

杜若蘅停了一会儿，说不知道为什么总觉得哪里有那么一点不甘心。

苏裘说那是自然，周晏持既没有依照你的心愿醍醐灌顶对你痛哭流涕跪求你谅解，同时你也没有来得及理直气壮把他揍到头破血流纾解你心中的闷气，你就说了轻飘飘那么一句话，然后人家就不理你了，好比一拳打在棉花上，你当然不甘心了。

杜若蘅在一月份上旬回了一趟T市，因为周缇缇始终哭闹不休的请求。她刻意避开了周晏持，通过张雅然传达这项意愿，后者请示了老板之后回复说可以，然后表示要派人去接机。杜若蘅婉拒了她，从机场去幼儿园接到周缇缇，母女两人在酒店住了两天。周缇缇一直试图把她拽回周宅，杜若蘅蹲下身来，头一次对女儿展现出严肃的态度。

她跟她平视，说妈妈现在不想见到爸爸，你不要为难妈妈了，好不好？

周缇缇安静下来，乖乖说好，然后说你们是吵架了吗？

杜若蘅说没有。周缇缇追问，那是不是爸爸让你生气了？

杜若蘅想了想，最终将实话用温柔的语气说出了口："缇缇，妈妈和爸爸的观念不同，以后不能再生活在一起了。"

跟预想中的一样，杜若蘅收到了周缇缇的一场大哭。

她哭得撕心裂肺，任性地要跑出房间找爸爸。杜若蘅把她抱在怀里，周缇缇挣扎着要下地，撒泼又打滚。一个小时后她仍然哭得中气十足，一张小脸哭得不像话，杜若蘅解释什么她都不听。

周缇缇说她只要妈妈和爸爸在一起。

杜若蘅不擅长安抚受惊的小孩，她一直以来都很庆幸周缇缇的懂事和乖巧。今天晚上她对女儿没有办法，周缇缇不累她已经累了，想着自己为什么要先说出这样的话。明明该把责任全数推到周晏持的头上。他一手导演了这场好结局，凭什么让他比她更好受。

周缇缇一直哭闹到半夜，终于不甘不愿地睡着了。醒来以后小脸依然皱着，对杜若蘅不理不睬。杜若蘅没有办法，只有带着她出门逛街散心。两人在一家冰淇淋店坐下来，周缇缇刚吃了没两口，两条小腿突然一蹬，哧溜下地，头也不回地往外跑。

杜若蘅头疼地跟过去，在一家成衣店外抓住了周缇缇的胳膊。两人冲力太大，没能及时刹住，周缇缇的小身板一下子撞到一名女子的身上。

杜若蘅抬起头看见对方精致的妆容，觉得眼熟，大概是从哪里模糊见到过，但她确实又不认识，正要礼貌道歉，周缇缇已经先她开口，仰着脸唤对方道："张雅然阿姨。"

对方手里拎着各色珠宝与衣服的手提袋，脸上尴尬的神色一闪而逝。杜若蘅觉得诧异，还未开口，就见对方身后不远处，周晏持收了电话正从拐角处走过来。

杜若蘅回过神来的一瞬间，眼神像是要将周晏持千刀万剐。

她站在那里，一时没动。这已经不是尴尬可以解释得通的场面，她觉得被深深羞辱了。

她避了又避，离婚之前她就避免遇到这种场面。有一段时间她抑郁症发作严重，总是疑心出门便会看见周晏持同哪个女子待在一起。她一直以来受到的教育告诉她，对待这样的事要清高傲慢，可是如果一旦遇上，她无从知道哪种程度才算得上清高傲慢。事实上当现在的她避无可避地遇上这种场景，她的第一个和最后一个反应都是狠狠甩给周晏持两个耳光。

他让她从未有过的难堪。简直让她觉得，之前她对他所做的那些心理挣扎，统统就是一场笑话。

这个男人执迷不悟，他根本不具备道德观。

周晏持与她的视线对上，她看过来的眼神亮得不同寻常，同时脸色冷厉，微微抿着唇，这已经是杜若蘅极怒的前兆。然而不过片刻工夫，他还未有动作，她已经从他身上轻轻移开了目光，那一刻她的神情平静如水，不带一丝感情，犹如极致爆发过后的死寂。

周晏持看得晃神，下意识向前迈出一步，人已经被飞扑过来的周缇缇抱住大腿。她的眼里攒着两包泪，像是受了极大委屈一样，自下而上仰脸望着他，抽噎着喊爸爸。

杜若蘅连眼尾都没有再扫过来，她对着那名女子笑了笑，温婉问道："你就是张雅然？是那天从幼儿园接走缇缇的人？"

三个人六只眼睛盯着蓝玉柔，让她讷讷不知如何作答。杜若蘅接着开口："我是缇缇的母亲，姓杜。听说那天晚上张小姐你请了缇缇吃晚饭，现在正好也到了中午，作为回礼，不如我来请你一次午餐，顺便再问你几个问题。"

蓝玉柔立刻扭头望向周晏持，后者表情高深莫测，迟迟不予回应。她想拒绝，可是杜若蘅的态度虽柔婉，却不容拒绝，到头来蓝玉柔只能眼睁睁被动地跟着她走。四个人往商场顶楼的餐饮区去，周晏持一路肃着神色一言不发，周缇缇抱着他的脖子，跟他咬耳朵："爸爸，你怎么不说话？"

四人落座时，杜若蘅与周缇缇坐一边，剩下周晏持和蓝玉柔在对面并排挨着。杜若蘅首先彬彬有礼地邀请蓝玉柔点餐，后者像是受到了极大惊吓，僵硬着身体不知所措，最后求助地看向周晏持。后者接过菜单，随意点了两个，然后杜若蘅接过来，让周缇缇点了两个，最后打发服务生离开。

这样的四人组合，本来就没有什么话说。蓝玉柔完全是杜若蘅问一句她答一句，可以看得出来她竭力想保持镇定，却还是掩饰不住的心虚。周晏持吃得很少，话更是少，到后来他索性放下筷子，一直盯着杜若蘅。

全场只有杜若蘅一人谈笑风生。她神色自如，先是问出了蓝玉柔的职业，又得知了其刚刚跳槽到了索艺娱乐公司，接着又问蓝玉柔与周晏持相识了多久，如何相识，等等问题。蓝玉柔被盘问得终于受不了，她打断她，有些报复的成分问道："杜小姐和晏持因为什么而离婚的？"

杜若蘅放下餐巾，笑了笑："我嫌他脏。"

杜若蘅在当天下午离开T市。周缇缇要跟她一起去机场，杜若蘅柔声说你如果跟我去了机场那谁送你回来呢，周缇缇理所当然说有爸爸呀，杜若蘅正好在这空当接到康宸的电话，她避开父女二人接完电话回来，摸了摸周缇缇的后脑勺，哄着她说乖跟爸爸回家去吧。

自始至终她神色如常，没有往周晏持身上瞧一眼。只当他是空气，自然也就懒得理会他长久不散的铁青脸色。

杜若蘅在飞机上想了一路。她从S市机场直接回到景曼，正逢上康宸找她来抱怨。他说她不在的这两天，他帮她顶替副总职位期间不知受了多少气，不过就是几个小明星，因为一首歌偶然走红，经纪人跟他们的脸色就要甩到天上去，只在这里开演唱会住两天而已，就把总统套房的摆设装潢损得一文不值。最后他祝他们早日过气。

杜若蘅笑着请他消气，说要么晚上请你吃饭，还那晚酒醉的人情。

康宸说："行啊。你中午吃的什么？可不能跟中午吃重了。"

杜若蘅一一报上名来，康宸便说你这中午吃得不少晚上再吃大餐不好，要么咱们换个健康的方式，去健身房吧。

杜若蘅没有多加思索地同意，两人换了衣服一起去健身房。康宸看着斯文瘦削，力量与速度却不可小觑。他站在原地，杜若蘅从旁边变换着角度去绊他的小腿，半天都没有绊倒。最后她放弃，扭头要离开，康宸在后面说哎你别走啊，你再绊一下，说不定我立刻就倒了。不是还有个最后一根稻草的说法嘛，你这人怎么这么不坚持呢。

他说了两遍，杜若蘅被成功叫了回来。这回她只拿脚尖轻轻一碰，康宸应声而倒。

杜若蘅终于被逗得露出了一点笑容。两人跟着去跑步机上跑步，杜若蘅仍然不及康宸，只两公里就心跳剧烈，正好她接到了电话，一边停下跑步机一边接起来，喂了一声的时候仍然有些气喘吁吁。

康宸在一旁笑着说你这体力太差回头可以跟我一起好好锻炼。

电话另一头却一时没有讲话，杜若蘅又喂了一声。然后她终于察觉出不对劲，看了一眼来电人，显示的是周晏持三个字。

杜若蘅温言开口，问他有什么事。

周晏持在那头迟迟没有开口，又过了片刻，电话被他默不作声地挂断了。

一个小时后康宸送杜若蘅到她的公寓楼下，在下面看着她客厅的灯光亮起才离开。等在窗边目送他的车子远去，杜若蘅才重新把灯光关闭，房间里面漆黑一片，她一个人倚着沙发慢慢滑坐到地板上。一动不动，双手抱膝，始终安静。

过了一会儿，她没能压抑住喉咙里的一丝抽咽。又过了片刻，她终于捂着脸大哭出声。

第九章　告别

她的骨子里本来就有独立和倔强的因子，一旦环境适宜便破土而出，毫无顾忌就可以抛弃他远走高飞。

一直到进入年尾，周晏持都没有再在杜若蘅面前出现。她静下心神，与此同时将副总经理的位子坐得越来越顺畅。

她度过了一段时间的适应期，决定从此硬下心肠对待同事的时候，态度与当初的康宸同样坚决。这样的转变几乎是在一夜之间，确切来讲，是在那一晚将脸颊都哭肿之后。在那之前康宸也曾经建议过她转变处事手腕，杜若蘅始终不忍。她对他说，狠心冷面当然不是不可以，但与人为善是处事准则，她不想自己变成孤家寡人。

康宸微笑，说这话没错，但等你做得久了就会知道，不管与人为善还是与人为恶，你与下属的关系再和谐，你终究还是孤家寡人一个。真正的朋友不能来源于你的下属，除非他们升迁到了与你同等职位。

时隔不久就证明康宸所言无误。不管杜若蘅如何作为，也无法改变昔日同事成为下属的事实。因这一事实而拉开的人际距离绝对不可逆转，不是她以一人之力就左右得了的事。康宸听她感慨，又宽慰她说，哎，你不要只看他们啊，你试着结交结交我嘛，咱俩相依为命不是很好嘛？

杜若蘅在那晚过后的第二天请假，因为眼睛红肿不能见人。第三天回去上班时神色已经看不出异样。她在第二周请来了外面的审计事务所，对酒店财务状况进行仔细审核，最后查出的漏洞以园林绿化部最为严重，负责人付经理无可避免地被撤职。

前前后后加起来也不过半个月，酒店上下不少人暗暗咋舌。甚至有骨干人员直接往总经理办公室进言。康宸只当耳边风，自始至终对杜若蘅的行为没有说一个不字。

两人相处的时间越来越多，既有工作上的合作，也有闲暇时的消遣。有一次苏裘过来拿东西，正好撞见康宸斜倚着杜若蘅的办公桌，手里晃悠着车钥匙跟她谈笑。苏裘背站着轻咳一声，两人的对话才戛然而止。

康宸跟苏裘客客气气打完招呼才离开，礼仪与风度无懈可击。苏裘的目光追着他走出门口，才回过头来跟杜若蘅说，哟，第二春哦。

杜若蘅说没。

苏裘说就算有也挺好的呀，真的，也许顺便还能治一治你那该死的感情洁癖。

苏裘一直说杜若蘅有死心眼儿的征兆。换句话说，杜若蘅现在总给人一种无欲无求的感觉。就算她对周晏持死心，也轻易不会再对别的男人动心。这是心理作用，旁人怎么开解都没有用。周晏持该是几辈子积来的福气，才能遇到这么个人。

但是杜若蘅不承认自己有感情洁癖。她跟苏裘说，她相信自己能再遇到一个更好的人。假如她能活六十岁，那么她现在才过了人生一半不到，她对自己的这点信心还是有的。

苏裘轻飘飘说我相信你理智上对你自己有信心，但情感上可就不一定了。

过了几天，康宸下发年终奖金，他给中高层管理人员一个个地派送红包，送到杜若蘅手上的时候她说了句谢谢老板。

康宸问元旦都过去了你许了新年愿望了没。

杜若蘅捏了捏红包的厚度，说我许了，我希望明年的年终奖能像苏裘一样达到十三个月薪水的数额。

康宸笑着说这个实话讲难度真的有点大，你就不考虑考虑你的姻缘转机。

杜若蘅终于直白地回答了这一问题。她说，我元气大伤，需要缓缓。

两人头一次谈及杜若蘅的婚姻。康宸此前一直小心，他避免触到她的伤口惹她不快，直到这一次杜若蘅主动提起。她轻描淡写地将自己与周晏持的十年过往与离婚原因说了说。康宸听罢不语，过了一会儿可怜巴巴说那我要怎么办呢，你看你不管离不离婚都不缺人追，钱说不定比我还多，我现在对于你还有什么吸引力，我自己想想都不容易啊，难不成真的只剩下近水楼台厚脸皮能用了。

杜若蘅说也对呀，听你这么一提，突然觉得我一个人过也挺好的。

康宸立刻说你别这样，你一个人过我可怎么办？我在元旦零点的时候是许了新年愿望的，希望四十岁之前能找着一个人。这个实现的可能性全寄托在你一人身上了。不如这样，我们做个约定怎么样，约定等到四十岁，你还未嫁我还未娶，我们就携手共度余生。

杜若蘅说这个事，再议吧。

康宸笑着说别再议了，你直接答应好了，我要是真耽误到那时候，就死乞白赖要求你负全责，就这么说定了啊。

杜若蘅在离婚后第一次好好审视了一番自己名下的财产。她把离婚时律师让她签的那些股权让渡书、财产转让协议等翻了出来，认真考虑如何理财。她在离婚时分走了周晏持的一半财产，这其中不仅包含数量可观的远珩股份，还有数额庞大的现金以及几处不动产。以前她对这些没有什么概念，离婚的时候也没有仔细看一眼，离婚后更是动也不曾动，结果当天晚上翻文件翻到半夜，满眼的数字都在无声地向她昭示周晏持庞大的身价。

杜若蘅决定不再亏待自己，她在第二天就用这些财产中的一部分给母亲买了大批珠宝和衣服，还给自己置办了一辆奢侈品牌的车子，拉风地去接苏裘下班。后者在一群同事艳羡的眼神下钻进跑车，跟她说恭喜啊，你终于开窍了啊。

杜若蘅一边启动车子一边问她去哪儿。

苏裘想都不想说去酒吧，夜色如妆，我们也去玩一玩男人嘛。

杜若蘅一直到进入酒吧，也没有发觉身后有人在跟随。事实上周晏持从她步出景曼花园酒店的那一刻起就跟在了她身后，他从今天上午就等在景曼对面的咖啡店里，隔着玻璃窗远远看她偶尔下来大堂视察，接着等到傍晚时候看着杜若蘅去接苏裘，又进入酒吧，在吧台边与上前搭讪的男子谈笑，这一天他始终保持在她的五百米之内。

他没能戒掉跟踪的习惯。距离上一次他来S市已有三个多月，连秘书张雅然都觉得两人已经从此后会无期，以至于她在前一天收到他要订飞机票去S市的命令时还忍不住看了他一眼，然后周晏持居高临下地俯视她："你看什么？"

张雅然哪里敢回话。

倒是管家对他的行为没什么惊讶，甚至他像是早就料到了这一点，不等周晏持吩咐就已经给他不知从哪儿拖来了一只行李箱，毕恭毕敬地问："您打算去几天？要是四天之内的话这里面的东西就够了。"

周晏持一言不发，耷着眼皮看他。管家跟着欠了欠身，说祝您早日心想事成。

周晏持终于发话，说你知道我心想的什么事成。

管家心说我就是随口一说你还当真了，你怎么可能事成，你弄成这样还能事成，太阳就该从西边出来了，一边愈发地语气温和，回说，不管什么您都一定能事成的。

周晏持在管家心口不一的祝福之下离开T市，他跟踪杜若蘅一整天，始终掩藏得很好，没有让她发现他。

他不想再体会一遍两人重新见面的场景，想都不用想一定不会有什么乐观结果。周晏持这些天将两人之前的每一次争吵都回顾了一遍，结合那天杜若蘅同蓝玉柔解释离婚原因的那四个字，导致的直接结果就是张雅然坐在办公室里，每天都能发现老板的脸色比前一天更加阴郁。

除此之外让人烦乱的还有沈初间歇性地跑来远珩办公室发出的聒噪。他问他究竟想通了没有，究竟是为了一棵树放弃一片森林，还是反过来。

周晏持不想向他回答这个问题，即使他心里已经隐隐动摇。沈初于是继续自顾自地聒噪下去，说想想也对，杜若蘅有什么好的，这世上比她年轻漂亮的女人又不是没有，比她可心温婉的女人也不是没有，她想散，你就让她散嘛，大不了你再找一个就是了。

周晏持根本听不得这样的话，他叫来张雅然要把人请出去，沈初一把骨头在沙发上躺得老神在在，说我说的可都是实话。

周晏持揉着眉心，说你知不知道就算撇去别的不谈，我跟她之间还有过去十年的回忆。

沈初啊了一声，极为惊讶的语气，说是吗，可她就是不要你怎么办啊，难不成你还要再开发个有回忆存储功能的机器人？

沈初说的每个字都有意戳周晏持的心窝。他这些天已经足够不畅快，沈初的言辞无异于火上浇油。而他今天来到S市也不能感到轻松半分，他甚至烦闷更甚。

周晏持在僻静处的一张沙发上坐着，看苏裘同杜若蘅喝得不多，与前来搭讪的异性言笑晏晏。三男两女挨得越来越近，一伸手指就可以触得到对方衣袖的距离。过了一个多小时两人终于要走，苏裘说都喝酒了可怎么开车，几个异性立刻表示可以由他们来负责亲自送回家。

周晏持垂着的眼中眸色如墨。

苏裘说谢谢不用，等打发了人离开，她对杜若蘅说不如让康宸过来表现一下，一边已经伸手去掏她的手机。在杜若蘅抢夺的空当电话被接通，苏裘说是康宸嘛，杜若蘅现在在邂逅酒吧，喝了点酒无法开车，你能不能过来一下？

不过二十分钟，酒吧的门被推开，一道人影立在门口，修长而挺拔。康宸迈进来，灯光下映出的面孔清俊带有笑意，跟摆手的苏裘礼貌致意。

苏裘说康总辛苦了，从哪里来的？

康宸态度相当好，说从景曼打车过来的。

苏裘又说杜若蘅不太好意思所以我帮打了，麻烦到你很抱歉啊。

康宸回道她一直都是这脾气，我懂。

三人一起往外走，没有人注意门口拐角处背对着的半个人影。周晏持坐着始终不动，面色清冷。过了足有半个小时，他才抬手，叫来服务生买单。

已经临近年关，到处都是喜庆氛围。从机场回远珩的路上，连广告牌都是恭贺新年的中国红。张雅然大清早来接机，从后视镜里看到自家老板眉心紧锁的神色。车子里热风打得很足，她都冒汗，可周晏持却仿佛仍然觉得冷，在后座严严实实地披着黑色羊绒大衣，眼底因疲惫而微青，合着眼没什么兴致的模样。

想到他一把年纪为情所困，张雅然就生出一点"想不到您也有今天"的感慨。

年底总有各种躲不过去的活动，与各方的联络是其中之一。周缇缇同桌的父亲习先生是周晏持多年的合作伙伴，平时联系一般，到了年底却是一定要拜访的对象。尤其对方去年出国游玩没能会面，今年周晏持挑了个周末，带着张雅然和礼物亲自登门看望。

习先生正在陪儿子在院里玩踢球，一副休闲打扮。黄色的皮球不慎滚到周晏持脚边，习睿辰跑过来从他手里接过皮球，小绅士派头地说了一声谢谢叔叔。

片刻后，几个大人在客厅落座。习夫人给客人倒茶，浅笑间不施粉黛依然明丽动人，与两年前周晏持见到的没有分别。若是按照沈初的说法，这是婚后女人足够幸福才能有的温润模样。她无名指上戴着一颗钻戒，不大，却十足耀眼，周晏持只瞥过去眼角的余光，就立刻不声不响地别开了视线。

他近来心理脆弱，格外看不得这些和睦与融洽。不得不说这是嫉妒心理作祟，偏偏习先生不了解他的处境，礼貌地指着旁边的张雅然，跟周晏持询问说这位是……

周晏持简洁回答："我的秘书。"

习先生笑着说："怎么不见周太太？我上一次见到她还是在三年多以前，但是到现在都还记得那时她在聚会上字字珠玑，温婉聪慧。听说周先生和妻子是彼此初恋，十年多相濡以沫的感情是不是？这是天大的福气，旁人羡慕都来不及。"

周晏持不想继续这个话题，然而对方接着说："正好令爱与睿辰还是同桌，也算缘分，不如借着年关，我们两家聚一聚。"

周晏持到了不得不开口的境地。他轻描淡写："我已经离婚两年了。"

习先生挑眉啊了一声，看他片刻，说对不住。

周晏持从习家告辞，进入车子的时候脸色比天色还阴沉。他最近心情降至级点，没有人能让他有什么好脸色，连副总办成了事兴冲冲来跟他邀功，也没能博得这位老总展颜一笑。而方才那位习先生偕夫人送他们到门口，无意间说的一句话更是让周晏持心情不佳。

他说："请周总帮忙转告，就说睿辰跟我们都很欢迎周缇缇在有空的时候到家里来玩。"然后又笑着补充道，"如果以后能有机缘，结成儿女亲家也不错。"

这话在以往任何时候对周晏持都很有舒缓效果，只除了最近几天。就贴身秘书张雅然所知，周晏持最近屋漏逢连夜雨，两个他最重视的女性都在跟他闹不愉快。前妻杜若蘅直接是与他老死不相往来的架势，周缇缇则因为母亲的缘故，对他这位父亲大加讨伐。

她只有四岁，尚不能完全理解两个大人波折的离婚过程，只从旁人的闲言碎语中拼凑出了结果，周晏持因为别的女人与母亲离了婚，并且将母亲赶到了S市。不管周晏持如何解释她都不信。杜若蘅态度明显地排斥周晏持是周缇缇看在眼里的事实，这比周晏持的说辞更有说服力。

周缇缇已经放了寒假，本来有大把的时间陪伴父亲，可现在她对他不理不睬。除此之外，她还威胁周晏持，说既然妈妈不再回来，那么她就要离家出走。甚至她居然真的这么做了，一天大清早周晏持正在楼下吃早餐，就看见周缇缇背着一个小书包从楼上下来，看也不看他一眼直接路过，雄赳赳气昂昂地迈着小腿往外走。周晏持眼明手快抓住她，为此招致了好一顿踢打，周缇缇愤怒表示她要走着去S市找妈妈。

无法掌握主动权让周晏持难以高兴得起来，尤其对手是他一向溺爱到没边的小女儿。从某种程度上说周晏持处理人际关系上的棘手问题时方法很简单，便是顺者昌逆者亡，他已经应用这条法则多年，十分熟练，相对地也就对其他办法不甚熟练，面对突然叛逆的周缇缇，他变得毫无办法。

张雅然开车送周晏持回家，从后视镜里又看见老板揉着眉心的动作。这两天他频频做出这个举止，都有快要把鼻根揉塌的趋势。路过一家糕点店的时候周晏持叫她停车，张雅然隔着玻璃窗看他进入店中，仔细为周缇缇挑选她最合口味的蛋糕，一口气拿了三个。张雅然心想，不知一会儿周缇缇是像昨天那样一口气扔三个，还是像前天那样只把松露口味的留下然后扔两个。总之不管怎样，周晏持势必都是要眼睁睁看着女儿把他的爱心蛋糕扔进垃圾桶里的。

这么看起来她一贯傲慢不可一世的老板突然有了一丝被同情的意味。这个可怜的父亲目前看起来已经无计可施，只剩下物质一条途径来讨好女儿了。

离新年还剩下一周左右的时间，周晏持去了国外W市接父母回T市过春节。他事先没有通知，事实上，他是当天早上才决定做这件事的。

前年这个时候的周宅尽管气氛欠佳，却到底还有一家三口。去年这个时候周晏持正和周缇缇两人一起打扫周宅，为杜若蘅时隔半年后第一次回来周宅紧张做准备。那时杜若蘅是看在周缇缇的面子上才肯回T市过春节，今年连周缇缇也无法具有足够的说服力，杜若蘅在电话里跟女儿说，妈妈除夕夜可能无法回去T市，酒店加班，她要值班至少四天。

周缇缇为此伤心了一个晚上，在睡着的前一秒还在踢打周晏持说一定都是怪你。然后第二天早晨她起床后，站在餐桌旁跟周晏持一脸郑重地发通知，说她要去S市陪妈妈过春节，她不要跟爸爸一起过节。

周晏持早餐只喝了小半杯牛奶，剩下的一口也没吃下去。

周晏持抵达W市已是深夜。深冬寒冷，他敲了半天的门才有人来应，周父对他千里迢迢深夜造访的行为没什么太好的反应，甚至不满地说你来之前怎么也不通知一下。周母态度倒是好一些，给他找鞋子找洗漱用具，末了告诉他今晚他只能睡沙发因为客房有若蘅在睡。

周晏持疑心自己听错，半晌才问道："谁？"

"若蘅来了啊。你不知道啊？"周母轻声告诉他，"那你俩真够巧了。她今天下午才过来这边，说过年前来探望探望我们两个老人。"

周晏持一个晚上没有睡好。沙发太松软，还有时差问题，此外他又惦记着许多事，导致合眼都困难。到了第二天早上快七点，他听见客房门把手有轻轻被转动的声音，才重新闭上眼。

杜若蘅看见他也超出预料。她这回飞来W市，其实存了最后一次从此路人的想法。她随行带了很多贵重礼物，若是单纯以价格计，已经超出周家二老曾经给她的那些礼物的十倍。她其实是想凭借这些补偿周家二老曾经待她的那些情意，并打算在最后告诉他们，这可能会是她对他们的最后一次拜访。

她没想到会在这里遇见周晏持。他乡遇故知不应当是这么个方式，她并不乐见。周晏持来W市的概率实在太小，却偏偏碰上。这样的巧合让她无言以对。

杜若蘅在原地静滞了片刻，周晏持闭着眼，却几乎可以察觉出她扫过来的视线。他身上的毛毯有大半掉在沙发下，她看过来，最终又收回目光，转身离开。

两人一直到坐在同一张餐桌前用早餐，都没有相互打一声招呼。他们坐在最远的斜对角上，甚至相互看都不看一眼。周父往周晏持身上扔了一记白眼，抖着报纸重重地哼了一声。气氛冷到角落的鹦鹉都难受，在那边低嘎地叫了一句"恭喜发财"。

周母终于打破沉默，跟杜若蘅说晏持这次回来W市其实是打算接我们去T市过春节，不如你也跟着我们一起去。

自十五岁出国留学后，杜若蘅便很少再与杜家父母一起过春节。她虽被判给与母亲一起生活，然而杜母身边不乏爱慕者，春节往往是她与旁人一起出国度假的时候。杜若蘅幼年时往往与父亲在一起过年，但他在她十岁后组建了自己的家庭，杜若蘅待在父亲家里总有种外人的感觉。因而自从她与周晏持结婚，春节便全都是在周宅过。

杜若蘅隔了一会儿，温声说今年就不回去T市了，不方便。

周晏持终于开口了。他说："缇缇很想你。"

"我知道。她给我打了电话，说要来S市跟我一起过春节。"杜若蘅回应，"如果你们同意，就让她过来。如果你们不同意的话，就让缇缇陪着你们。"

她的态度温婉而坚决，眼神平静，是无论如何都不肯回去T市的意思，听不出转圜余地。周母给她夹菜，末了轻叹一口气。

早饭过后周晏持被周父叫去书房。父子俩已经很久没有过正式的对话，一对上就是满满的火药味。周父敲着桌子说你挺行啊，把康在成曹宜春全弄去M市那种破地方，你是不是不把远珩拆成破烂不算完？

周晏持坐在沙发上翻报纸，随口说现在远珩我说了算，您既然已经到国外来享清福了，就别再插手我的事了行不行？

周父大怒："我不插手？我像你这么大可没离婚！你看你现在像什么话，妻离子散这像是三十多岁男人该有的成就？下一步你可就打算家破人亡了？你还让我享什么清福，你没把我气死我都该谢谢你啊！"

周晏持动作停了停，然后漫不经心道，这种话您都讲得出口，为老不尊啊您。

周父气得拼命往后仰头，颤抖指着他："我是不是还管不了你了！这是你来接我跟你妈回去过年的态度？！"

周晏持揉着眉心心烦意乱，他说："您不是早就管不住我了吗？"

书房极好的隔音将两人的争执消弭于无形。周晏持从书房出来，耳根都被周父吼得隐隐作痛，客厅里却安谧静好。杜若蘅正陪着周母坐在窗边看刺绣的走针，单手托腮的模样古典恬静，让人联想到古代的仕女图。

杜若蘅性格宜动宜静。周晏持这些年见过她无数的模样，或刁钻娇蛮，或无情冷淡，也有热情似火、甜美如桃的时候，更有冷若冰霜拒人于千里之外的一面。每一面都真实得美丽，让他怀念。

这世上只有她拿捏得住他的骨头。杜若蘅最懂得什么时候让他熨帖，若是她乐意，一句话就足以令人心花怒放。同时也最有本事让他着急，上一刻他还身处天堂，下一秒已入地狱。

他曾经在不动声色中养成让她仰仗的习惯。可没有他的时候，杜若蘅照样也可以过得很好。她的骨子里本来就有独立和倔强的因子，一旦环境适宜便破土而出，毫无顾忌就可以抛弃他远走高飞。

这么多年过去了，他觉得他需要她的程度已经甚于她依赖他。

她会害怕，同时也会勇敢。第一次正式拜见周家二老的前一夜，杜若蘅紧张得半夜睡不着，第二天却照样表现得很好。后来两人在教堂中举办婚礼，曾举手郑重发誓不离不弃。他给她套上结婚戒指的时候，她在微微颤抖，下一瞬她抬起眼眸，盈盈有泪，却冲他笑得璀璨甜美。

周晏持微微出神的空当，周母已经看见他："站在那里做什么，去给我们倒杯茶来。"

周晏持依言从厨房倒了两杯茶回来。一杯递到周母手上，一杯向杜若蘅递过去。后者没有看他，也没有接过，与他不冷不热地僵持。过了片刻，周晏持首先将茶杯轻轻放在桌几上。

周母仿似没看见这一幕，问周晏持在这里要待几天。

周晏持说后天早上走。

母子两个也没什么话说。周晏持生性与人冷漠疏远，对待父母也习惯礼貌多于亲情。周母与他长年沟通不良，吹着茶思索了一会儿，突然转向杜若蘅，问她是不是还在生周晏持的气。

"哪里生气就讲出来，"她说，"别人的他都不听，包括我们，他只听你的。你讲出来，他会改正的。"

杜若蘅垂着眼安静片刻，笑着答："您让我怎么回答才好呢？我总不可能生气一辈子。再者说，我现在过得很好，他现在过得也很好，这就可以了。您觉得呢？"

"你们之间毕竟还有缇缇。"

杜若蘅动了动唇，最终笑而不答。

下午两个长辈坚持出门去超市采购，把杜若蘅跟周晏持留在家中。后者去厨房洗了一点水果出来，就听见杜若蘅在窗边接电话，对方是康宸。

那头说话声音不大，可客厅安静，还是可以勉强听得到。康宸问杜若蘅究竟什么时候才回来，末了说，哎哟，你知道嘛这才两天不见我就有点儿想你了。

周晏持端着果盘，没察觉自己的脚步早已停下，因为对方那种撒娇又哀怨的口吻狠狠地皱眉。杜若蘅说，越洋电话很贵，你好好讲话。

康宸回答得行云流水："我就知道你要这么说，所以我刚刚帮你充了话费。"

"……"

他在那头笑了一声："我刚才突然想到，你既然今年准备在S市过春节，正好我也没法回去T市，不如就咱们两个孤零零的人凑一起过年好了。除夕夜一起值班的时候顺便吃顿年夜饭，就当是开开心心过完年了，你看怎么样？"

杜若蘅停顿半晌，最后说，这样好像也不算是个差主意。

她难得能同意得这么干脆，对于康宸来说是意外之喜。他笑说那就这么定了，然后问她年夜饭是想在酒店吃还是自己在家做。

杜若蘅一切随意："你看着办就好，怎样都可以。"

最后敲定是在家里做，康宸挂电话之前的最后一句话是告诉杜若蘅他今天下班后就去挑排骨。客厅重新恢复安静以后杜若蘅在离周晏持很远的地方坐下来，根本不理会他。

她随手按遥控器，神色冷淡，也不碰他洗的水果。最后是周晏持先出声："要不要下棋？"

以前杜若蘅很爱国际象棋，这一度是在周晏持有闲的时候陪她玩得最多的活动。后来渐渐疏懒，就像两人之间的感情。现在旁边就放着副棋盘，周晏持看着她的目光有隐隐的温柔，可是他心里根本没底。

杜若蘅拒绝他已经成为一种习惯。况且现在她对他大概早已没有感情。她对这世上任何人的容忍度都大于对他，这样的事实让周晏持不适，而想到方才电话中的对话，他对康宸的嫉妒之情瞬间达到无以复加。

杜若蘅回应他以无可无不可的态度，两人最后摆出棋盘。杜若蘅下得心不在焉，周晏持则是小心翼翼。他尽力避免过快地走完一局。事实上他希望这一局能下到天黑甚至天亮。

两人对弈，再远也还是有些近的距离，周晏持恍惚能感受到她身上的香水气息，带着温暖体温，有种让人悸动的熟悉。

从某种程度上说，离婚后他需要她的程度与日俱增。这不仅仅是望梅就可以止渴的范畴。那一晚在会馆，两年多来他第一次能亲吻她，没人知道当时的情绪，是三十多年来少有的剧烈波动。

他抱有很多想法，却束手无策。眼睁睁看着康宸近水楼台，在周晏持的眼里，他们之间俨然已亲密如恋人。而他如今连跟她对一句话都要想办法。

这么多年的时间慢慢流逝，两人居然到了现在这种地步。

黄昏透过窗子，映得人脸庞线条分外柔和。周晏持抬头去看她，杜若蘅低着头正思考棋局，他甚至可以看清楚她发际上的一点绒发。

他下意识想要伸手，还未动作又收回去。半晌，他终于还是出声问："康宸与你进展到什么程度了？"

杜若蘅抬眼瞥他一眼，又低下去，没有要回应的意思。

周晏持斟酌着词句开口："康宸在外面的风评算不错，比他父亲康在成和兄长康深好一些。为人比较可靠，做事也还算有分寸。他以前只交往过一个女朋友，还是在五六年前，两人交往时间不长，断得也很干净，在这一点上你可以放心。但他是康家二公子，又继承了祖父的遗产，未来野心不小，注定不会在景曼做得长久。总之不管怎么说，你如果有意向，可以与他相处试试。"

　　杜若蘅抬手下了一步棋，就跟没听见一样。

　　隔了片刻，周晏持又说："但是有一点，除非他对待你比我要好得多，并且肯持之以恒，否则没必要太轻易答应他的要求。只有时间才是检验真相的标准，他毕竟是个半路出来的陌生人。"

　　杜若蘅不咸不淡地说："你说这话就没觉得也在讽刺自己？"

　　周晏持长久不答，室内一片安寂。杜若蘅下棋下得无趣，打算起身离开，突然听到他语气缓慢地开口："之前是你说得对。这些年我不应该那样做。"

　　她停下动作，抬头看向他。周晏持避开了她的眼神。他的语气艰难，但最终还是完整说了出来："老实说我嫉妒康宸。但走到今天这一步，你已经不想再忍受我，这也是我自己造成的后果。我不再奢望你还能像以前一样跟我毫无芥蒂，你做什么都是应当。我只希望以后你能过得好一些。"

　　让他讲到这种地步不算容易。周晏持郑重承认错误本就少有，更何况现在他服软的事不是一时的失误，周晏持在扭转他几十年塑成的道德观。没人知道这些天他做了什么心理活动，也可能他仅仅是妥协，或者其他，但无论如何，他确实在用他的方式跟她道歉。

　　杜若蘅觉得自己本该有一点激动。不可否认她确实希望有这样一天。从知晓周晏持婚内不忠的那一刻开始，她就已经抱有此时此刻这一幕的想法。她曾经出离愤怒，心脏冰冷仿佛灵魂抽离，急切需要这样想象中的一幕来稍以缓解。可是等了这么久，现在周晏持终于说出来，并且是主动提及，她又觉得已经不太重要了。

所有事都有保质期。若是周晏持说得再早一些，至少是在那晚黑暗中她断念大哭以前，她可能就不会像现在这么反应平淡，整个人都没什么波动，就像是与她无关。

隔了半晌她才开口："你不出现我就能过得很好。"

周晏持停留一瞬，说："我知道。"

两个人都不想说话。室内长久静寂，只有光线在平转，最后一丝残阳血红耀眼，在地平线边缘拼命一挣，终于沉降下去。

昏暗里彼此低垂着的眉眼氤氲一半。周晏持不知想了些什么，最后他轻声问她："有多喜欢康宸？"

杜若蘅不想给他想听的答案，也没心情撒谎，索性不说话。

过了片刻，周晏持说："康宸看着慈眉善目，所作所为却能看出是个征服欲很强的人。最近他凭着祖父那点遗产，正试图插手远珩董事会。康深已经被他弄得一蹶不振，下一步他的目标应该是康成。不知道他有没有和你提过这些。但对于康宸这种人，吊着他比顺着他更好。"

他的唠叨本性又发作了，杜若蘅冷淡说："你刚才不是还夸他？"

周晏持不予回应，抬手走了一步棋。他总不能说他再装得宽宏大量，也还是忍不住深深嫉妒。这种话以周晏持的性格说不出第二遍，他差不多已经濒临极限。

杜若蘅没有兴致咄咄逼人，也跟着走棋。棋盘上两方没什么明显胜负，都是半死不活的残局。一旦对峙就是这样，不会有两全其美的局面，要么你死我活，要么两败俱伤。

周晏持突然说："有多恨我？"

杜若蘅捏着棋子发怔半响，最终说了实话："离婚以前很恨，巴不得你下地狱。现在只要你不出现，就想不到这回事。"

双方走到这一步，算是真正告别。激烈的争吵乃至打骂两人之前不知进行过多少次，到了现在反倒比较心平气和。第二天一早，杜若蘅离开，周晏持去送机，他一直送到候机楼，两人始终默默无语。最后他把行李递还给她，轻声说："一路平安。"

杜若蘅用鼻音嗯了一声，低着头接过行李。周晏持却又没有放开，他思量着说出口："以后如果有解决不了的事，还是可以给我打电话。"

　　杜若蘅抿着嘴唇，听完之后转身离开。她步伐很快，没有回头，因而也就没有看见周晏持一直跟着的眼神。

第十章　车祸

"他要是已经死了，我会去出席他的葬礼。"

杜若蘅静静说，"他如果还活着，请您不要再给我打电话。"

最终，周晏持独自回到T市。周父对他在书房中的态度格外不满意，拉着周母态度坚决地不肯回去。周晏持揉着眉心一个人从机场回到周宅，管家像是见到救星一样地跑出来，跟他报告："缇缇非要去S市找杜小姐。"

周晏持在院子里就听见周缇缇响亮的哭声。她坐在客厅的地板上，小脸因为泪水一塌糊涂，旁边全是摔坏的玩具，见到周晏持，毫不犹豫地往他身上丢皮球。

周晏持顺手接过扔到一边，蹲下身来对她微笑："宝贝怎么了？"

他要抱她，被周缇缇大力推搡开。她视他如仇人的模样，指着他控诉："你是坏人！你是坏人！爸爸是坏蛋！"

"爸爸为什么是坏蛋？"

"你把妈妈赶走不让她回家！我不要跟你住在一起！我要去找妈妈！"周缇缇大哭着说，"我要去S市找妈妈！我不要和你住在一起了！我讨厌你！你是坏蛋！"

周晏持按下耐性哄了她半个多小时，可是周缇缇不讲道理。她彻底倔强起来，在地上打滚，塞住耳朵说不听。他停下来看她一会儿，最后放弃。他说："好，你去找妈妈吧。"

张雅然当天晚上接到了指令，第二天上午她负责把周缇缇送去S市。

春节时期机票难求，她问周缇缇的返程日期。周晏持歪在办公椅里一脸疲惫，揉着眉心说回头再议。周缇缇穿着小花袄，中气十足地告诉他："我不会回来了！再见！我以后都要和妈妈一起住！你是个坏蛋！"

张雅然抬头望天花板，假装什么都没听见，过了一会儿才低下头来，问周晏持可有什么话带给杜小姐。

周晏持冷着脸一言不发，只跟她这么一摆手。张雅然只好就这么奉命而去。

离春节剩下没两天，飘荡的人们各自忙于归巢。张雅然在腊月二十九晚上七点结束了当年的最后一项工作，打算拖着行李箱直接去机场，临行前她去跟老板告别，提前预祝周晏持春节快乐合家团圆。她说这话的时候一脸兴奋的神色不加掩饰。周晏持从无聊透顶的扫雷游戏里抬头瞟了她一眼，语气寒冷地说，你故意摆这种脸色给我看是不是？

张雅然委屈说，这不都过年了嘛，谁不开心，然后壮着胆子说，您也该给我们一个好脸色看的呀。

她边说边拿一种渴望与祈求的眼神凝望着他，周晏持揉着眉心又开始烦，挥手叫她赶紧走。

除夕夜的时候周宅里帮工的人都放假了。外面鞭炮声噼里啪啦响得吵人，周宅里面安安静静，只剩下周晏持跟老管家面面相觑。平日里倒是比这时候热闹一些。这种冷清寂寥的气氛让管家都想哭，然后他跑去院子里转了两圈，结果除了天上别人家的烟花以外一个能活动的物体都没发现。

他回到客厅，跟周晏持申请说少爷要么我们明年养条狗吧。

周晏持碰巧今天早上开始得重感冒，盖着毛毯一副昏昏欲睡的模样，有气无力说养那东西做什么？

管家心说我这还不是为了你，现在家里两个镇宅之宝都飞了，你一天说的话又不超过五根手指头，要是再不养条活物，平常宅子里安静得能撞见鬼了。

他憋着一肚子话，抬起眼皮看见周晏持又失眠又感冒又伤心因而一脸憔悴疲惫的样子，最后还是一个字没说出口。毕竟是从小看护到大的人，老管家叹了口气，末尾话还是落到"劝"字上："今天除夕，您也别想太多。年夜饭一口都没吃，要么我现在给您热一下？是青菜馒头还是金丝血燕还是别的，您想吃什么？"

周晏持吃了两口小米粥，沈初打来电话。他笑着恭贺新春，周晏持清楚他的不怀好意，没什么好气地让他滚。

沈初不以为意，仍是笑容满面道："孤家寡人是吧？做什么呢？别看联欢晚会了，看了更伤心。要实在难受的话那你来我家过年？对了，周缇缇给你打电话了吗？怎么说也是你的掌心宝贝，再讨厌你也该给你挂个电话的吧？"

周晏持揉着眉心直接挂断，顺手把手边的小米粥也推了出去。宅子里暖气生得很热，管家就穿了个薄衫，可他却越发觉得冷。事实上周缇缇还没有给他打电话，已经晚上十点多了，他的手机短消息从上午就开始响个不停，却清一色全是生意伙伴与下属发来的约定俗成的恭贺语句。

周晏持等到凌晨两点多，也没有接到来自S市的半个电话。老管家已经睡了一觉，半夜起来的时候看见客厅仍然亮着灯。周晏持严严实实裹着毛毯在长沙发上，一手捂着鼻子一手撑着额角，半耷着眼皮要睡不睡。

老管家又叹一口气，劝他上楼。

周晏持说我还不困。

老管家顿了顿，说您这又何必，要实在想她们，明天去S市见一面不就好了。

周晏持默然不语。

周晏持在大年初一忍了一天，大年初二的时候还是去了S市。机票早已一售而空，他一个人千里迢迢开车过去。到达S市已经是晚上八九点钟，他的车子停在杜若蘅楼下不远处，隔着薄雾能看到那上面朦胧温暖的昏黄灯光。

窗户上有歪歪扭扭的红贴纸，可以想见是周缇缇的杰作。隔了一会儿那个小身板出现在窗边，仍然是活泼好动的模样，手里抱着只白色小狗，趴在窗户上看外面的烟花。又过片刻康宸也出现了，穿着轻薄舒适的浅色休闲装，把一人一狗托在肩膀上，陪着一起看天边。

杜若蘅最后出现在他的视线里，手里捏着只薄胎碗，仿佛眼梢微微含笑，喂给周缇缇一勺酒酿圆子。

周晏持趴在方向盘上休息了半晌。长途驾驶与重感冒让他觉得疲惫，但他已经不想再在原地待下去。他转动方向盘离开了，中途接到苏韵的来电，被他瞟了一眼，直接摁断。

外面的鞭炮声连绵不绝，小区门口挂着喜庆的红色中国结。有其他人出入小区，至少都是成双成对。周晏持在疲惫之余越发心不在焉，胸腔之中呼出的全是冷气。

他全是心事，开车回T市的速度缓慢。但一路夜车没有停顿，临近T市的时候他没有注意到自己已经在高速路上逆行很久，有汽车路过不停鸣笛，周晏持始终没有听见。直到他终于觉出困意，揉着眉心闭眼再睁开，才发现正前方有一辆车子朝着他急速撞过来。

沈初在半夜接到来自医院的电话。彼时他正在灵堂，周围都是白幕，他的祖父在过年的鞭炮声中走得安详，沈初作为传统意义上的长房长孙必须守夜。

但医院的电话不能不接，那头的小护士跟他语气紧张地报告医院送来个重症车祸的病人正在急救，沈初说这种事也值得你打给我？对方报上病人的名字，说叫周晏持。

院子里夜风寒凉，沈初无端打了个冷战。

医院的初步报告说病人颅内出血及多处骨折，除此之外肺部亦有阴影。沈初焦心，可他脱不开身。他叫来神经内科的主任医师听电话，措辞严厉地警告说人救不过来你们整个科室今年的职称一个别想拿。

医院里忙得人仰马翻，等在手术室外面的只有匆匆赶来的老管家一人。小护士要找人补签手术单，老管家不在家属之列，他给W市的周家二老打电话，一直关机无人接听。他一个人等得手足冰凉，一直到天蒙蒙亮，周晏持才被推出手术室，仍然是重症监护生死未卜的状态，直接转到ICU。

老管家不免替周晏持觉得凄凉。平日里翻手为云覆手为雨，人人恭敬乾坤独断，到了濒死边缘，却除了他区区一个管家外没人来看一眼。要真的有个万一不测，不知道是不是还得由他来收殓。

他坐在长椅上思量半晌，最后还是给杜若蘅打了个电话。

杜若蘅正在给周缇缇做早餐，无端觉得心神不宁，然后心脏莫名一抽，打碎了一只青花碗。

她在收拾碎片的时候跟着划破了手指，包扎的时候接到来自T市的电话。老管家语气罕见的凝重而恳切，跟她说您能不能来T市一趟，周先生他出了车祸，现在还在医院抢救。

杜若蘅身形一僵，下意识紧紧捂住嘴。

老管家的语气越发哀切，生怕她说出一个不字："周先生昨天开车去S市看您，回来的时候疲劳驾驶才出的车祸。现在颅内出血昏迷不醒，不知道还能不能醒过来。医院里如今就我一个人。您就当是看在您与他多年的夫妻情分上，能不能过来一趟看看他？"

杜若蘅没什么力气，摸索着找了把椅子坐下来。她迟迟不语，老管家说："现在是过年时候，我没必要连这种话都欺骗或者夸大，什么事在这种节骨眼上不能放一放吗？"

杜若蘅隔了半晌，才说："那他死了吗？"

"他要是已经死了，我会去出席他的葬礼。"杜若蘅静静地说，"他如果还活着，请您不要再给我打电话。"

周晏持在ICU里待了五天，期间两次从鬼门关边转回来。从昏迷中清醒后一天转入普通病房。他再醒来时视线模糊，眼前一个窈窕人影忙忙碌碌，周晏持张了张口，喉咙因干涩而费力，语气轻微："……蘅蘅。"

对方回过身来，陌生面孔之上戴着一顶护士帽，啊了一声："您醒了？我去叫人来。"

管家正跟医生询问病情，听见周晏持转醒的消息激动万分。可怜他一把老骨头还小跑着进了病房，扑在病床边老泪纵横："您可终于醒了！再不醒我也不知道怎么办了啊！您饿吗？想吃点什么？"

　　周晏持还处于回神状态，张口问阿蘅在不在。

　　管家沉默一下，才说："她还不知道您出了事呢。她现在在S市呢，您忘啦？您还记得以前的事吧？一百二十二乘以十一等于几啊？您还记得吗？"

　　周晏持的目光攒聚在管家脸上，终于慢慢清醒过来，分析能力也随之恢复，低缓说："你说的是谎话。她知道。"

　　管家于是改口，语气轻松说杜小姐也担心您呢，您出了事她怎么可能不着急。但不是还要照顾周缇缇嘛，所以就没过来这里。

　　周晏持耷着眼皮瞧他，吐出三个字："接着编。"

　　"……"

　　他因为长时间的卧床而显得疲惫，惯常里强势的气度却仍然没能被掩住："她说了些什么？我只听实话。"

　　管家没有办法，只得吞吞吐吐地把过程重复给他，对杜若蘅的话半点不敢隐瞒。说完后就看见周晏持脸色瞬间苍白如纸，身体微微摇晃，像是要重新休克过去。

　　管家手忙脚乱地按警报器，等终于恢复正常，周晏持闭着眼安静了好一会儿。他明明一动不动，表情却又像是隐含了千言万语。又过了良久，管家疑心他已睡过去，突然听见他淡淡出声："吴叔，我还从没像现在这么后悔过。"

　　老管家没回话。两人最终走到这一步，连他都觉得心酸。

　　杜若蘅在新年里值班四天，除此之外还要应对各项公关，没有多少时间带周缇缇。相比之下康宸反倒比她更尽责。事实上除了睡觉之外，康宸陪伴周缇缇的时间比杜若蘅要长。他跟小女孩一起逗小狗，两人在家玩拼图，他还给她买巧克力和花裙子，最后还有厚厚的压岁钱奉上。周缇缇对这个英俊叔叔毫无抵抗力，她每天都玩得很高兴，没什么时间想到T市她的父亲。何况就算偶尔她问起，也总是被大人含糊带过去。

T市始终没有再打来电话，这说明周晏持最后结局良好。杜若蘅慢慢将悬着的心落下来，终于能够认真做事。

她越发确定了一件事。周晏持若是因车祸死去，她可以为他毫无顾忌地大哭，从此记住的只剩下他曾经对她的那些好。但他还活着，她就永远无法对他完全释然。就算不再恨，她也仍然会耿耿于怀。人有些时候行为奇怪，以死谢罪这个词在一定程度上确实有用，死亡等同于一种格外的宽容。

正月初十的早上，杜若蘅跟周缇缇商量她回T市的日子。周缇缇到了幼儿园快要开学的时候，而且她从没离开周晏持这么久的时间。杜若蘅问她想不想爸爸，周缇缇咬着煎饼果断地说不想。

"为什么？"

周缇缇梗着脖子，一副不愿回答的模样。过了一会儿，她抬起头，突然眼睛晶亮地望着杜若蘅："妈妈，我以后都和你一起住好吗？"

杜若蘅长久地审视她，缓缓问："告诉妈妈，为什么突然会产生这样的想法？"

周缇缇倔强地不予回应。杜若蘅陪着她耗下去。小姑娘最终气性比耐性大，撒腿想跑，被杜若蘅拽回原地，她的口气冷淡，隐含警告："不准动不动就离家出走，这不是一个懂事的小孩该有的行为。告诉妈妈，你是不是觉得爸爸对不起妈妈，才讨厌他不想回T市？"

周缇缇被戳中心思，索性坐地大哭。杜若蘅袖着手等她哭够了，才和她讲道理："爸爸最爱你，与其他都没有关系。爸爸和妈妈确实有矛盾，但你不能因为这个矛盾就讨厌他，就像他没有因为这个矛盾就讨厌你一样。"

周缇缇哭着说："我不要听这些！我就要跟你住在一起！我再也不要见爸爸了！我才不回去呢！"

周缇缇的态度很坚定，杜若蘅最终也无法说服她理解大人之间的那些复杂情感。她毕竟还太小，只有四岁多，是只有黑白的年纪，字典里不存在灰色与妥协这样的词汇。

父女之间的疙瘩看来只有在未来一点点靠时间融化。周缇缇既然不想回T市，杜若蘅也无能为力。她最后只有告诉女儿，这样下去从此以后就真的是妈妈抚养你了，你再也不能住在周宅里，你的抚养权从此就要从爸爸那里转移到妈妈的手上了。

周缇缇很干脆地说好，你们转移吧。

杜若蘅只有给张雅然打电话。

张雅然这个时候正好在病房。她春节回来上班的第一天就收到这么个晴天霹雳，整个人震惊了两秒钟，然后抱着个大果篮疾驰到医院，看见周晏持的时候号啕大哭，说老板我护驾不力我对不住你啊。

周晏持当时都懒得理她。

张雅然对着屏幕发了一会儿，双手把电话捧到周晏持面前："……老板，是杜小姐哎。"

周晏持说："你接。"

张雅然望着天花板只当没听见。电话铃声叮叮咚咚一直响，病房里两个人都一动不动。过了十秒钟，周晏持把电话拿了过去，接通时低沉说了句"喂"。

杜若蘅反应过来后，说："我是杜若蘅。"

他说："我知道。"

她问："你怎么样了？"

他回："还好。"

杜若蘅一时不再讲话，也没有挂断。话筒里只有淡淡的呼吸声，周晏持了解这是她有些迟疑的意思。他询问的声调下意识更柔和："怎么了？"

杜若蘅终于开口："我有事跟你商量。"

"你说。"

杜若蘅平静地说："周缇缇说她不想再回T市，她的意思很明确，态度也很坚决，想要以后都跟着我一起住。我打电话来，是想跟你协商一下抚养权转移的事。"

张雅然作为不远处的旁观者，能充分看到周晏持表情在顷刻之间的细微变化。最后他完全沉静下来："你怎么想？"

"如果你肯的话，我愿意抚养她。"

周晏持说："好，我同意。"

杜若蘅没料到他能答应得这么顺畅，隔了片刻才说了个谢谢。

实话讲她自己都不知道为什么要道谢，只是下意识这么做。她以前对他没像现在这么客套过，她的表现一贯直接，喜欢的时候就是温存体贴柔情似水，愤怒的时候则言语讥讽暴力相加，总之不是现在这样的方式，像是对待陌生人。

半响之后周晏持才嗯了一声。

张雅然在一旁凝神屏息，看着老板挂断电话后一脸沉郁。能让周晏持这么挫败的人寥寥无几，杜若蘅是其中的一个。周晏持之所以被秘书室树为英明神武的代表，在于他永远有办法立于不败之地。一个女人能把这样一个人折腾到如今这副境地，无疑是一项本事。凭着这个张雅然也对杜若蘅肃然起敬。

但从秘书的角度来说张雅然又格外哀怨，她还有很重要的公事没有汇报完，可是周晏持明显受到了杜若蘅电话的影响，闭目养神一副不愿多谈的架势。

她最后鼓足勇气，小心翼翼怕惊魂一般："老板，您不在公司这几天，康副董背地里组织了部分董事会成员开会呢。他们表示希望在马上就要到来的董事会换届选举中添加一名新董事会成员，并且给出了两个候选人，分别叫康宸和付清至。这里有相关会议记录，您要看吗？"

她说了两遍周晏持都不理她。张雅然无法，只好讪讪地走了。

过了几天周晏持出院，有律师给他打电话，说是杜若蘅女士事多忙碌，全权委托他来代理周缇缇的抚养权变更事宜。沈初正好来周宅看望，听见之后说："哟，这是打定主意老死不相往来了啊。"

周晏持懒散地不予回应，连个表情都吝啬给。他最近失眠严重，食欲消退，加上话少得屈指可数，让老管家看在眼里忧心忡忡，说要不要给预约个心理咨询师开解看看。今天沈初过来也是应老管家的邀请而来。

过了一会儿那名律师上门，跟周晏持解释协议书的具体事宜，说了没两句，周晏持吐出了今天的第一句话："拿来。"

"……"律师犹豫片刻，最终慑于其威严，乖乖地把变更协议书递了过去。

周晏持捏着钢笔在签字页上滞留良久，最后签字的时候力透纸背。上一次他如此耗尽心神是在离婚那天，那次他丢掉了婚姻，这一次他失去了女儿。

律师走的时候他连眼皮都没抬，态度十分傲慢。等到人一走才合眼，神情像是一瞬间老了十岁。

沈初本来存了一肚子话想奚落他，看到这副神态终是不落忍。不能不说是周晏持一手导演了这么个最糟糕的结局。本来事情曾有转机，却被他最终丢掉机缘。从哪方面看杜若蘅都已经对前夫死心绝望，既然连死都不能挽回，那就只能分道扬镳。

若是真正凭良心说，沈初也不能确定周晏持能否彻底改观。从某种程度上说周晏持的脾气用唯我独尊四个字来形容也不为过，他自己的主见十分坚定，不是能轻易动摇的人。尤其对于这种问题，除非自己大彻大悟，旁人劝说对于周晏持也没太大作用。只是不知道他能不能真正领会，杜若蘅的离去、周缇缇的叛变、他的车祸无人理睬，以及所有其他伤心事，都是一系列的多米诺骨牌效应，最根源都或多或少联系着他的婚内不忠。

而其实就算假设周晏持从此真的收敛，行为干净，也无人能保证他就是真的知错就改。或许他仅仅是对于事实的妥协，因为若不是这样，他会过得很不愉快。但被动让步不意味着意识上的主动积极，这就像是被高压鞭策工作与乐观爱好工作的区别。

最棘手的是，他人只能检验行动，不能检验心理。就算真正到了那一天，终其一生旁人可能也无法得知，周晏持究竟是真的纠正了道德观，还是仅仅徒其表的和解。

沈初看他一副沧桑模样，清了清嗓子说："你也别太当回事。我看杜若蘅就是把不忠这档子事太当回事了，出轨的人那么多，男男女女都有，个个要都像她那样，中国的离婚率还不得翻一番不止。她既然下定决心从此跟你撇清关系，你就也尝试着慢慢淡忘她嘛，以后你肯定会找到比她更好的，更可心身材更好更漂亮，结婚啊生子啊都不在话下。"

说完他心想要是周晏持再敢点一个头，从此他就致力于拆散周晏持婚姻一辈子了，免得他再败坏人家清白好姑娘。

结果隔了一会儿周晏持说："你要么就滚，要么就说人话。"

沈初顿时轻松许多，说："你既然不同意这种做法，那不如趁这段时间好好想想，别人家离婚的也不是没有，那个习先生不就是其中之一嘛，但人家始终一心一意，现在复了婚不照样家庭美满？实话说为个离婚伤筋动骨成你这样的也罕见，估计全市整个圈子里就你独一份，你还是好好体味体味这中荣耀吧。"

周晏持说："你还是滚吧。"

沈初站起来伸了个懒腰，接着说："另外你也可以想想，你是让杜若蘅忍耐到什么地步了她才会跟你提离婚，又是忍到什么地步了连你快死了她都不想看你一眼。你一定是做了什么对于她来说属于十恶不赦的事。对了你让她哭过吗？大哭过吗？依我的经验，这世上有一种女人，你千万不能让她哭，她只要哭一次，跟着就会绝情十分。以后是再也不会回头的，我看杜若蘅挺像这种女人。"

周晏持说："滚。"

沈初终于滚了。周晏持却仍然觉得不好受。他眯着眼，觉得心脏绞痛。与此同时，从内而外的骨冷。

杜若蘅曾给予他繁花锦簇。到如今，又将这一切收走得决绝干净，不留给他一丝念想。

两年前即使离婚，周晏持在一定程度上仍然觉得镇定。他甚至没有现在一半的心悸。他一直认为杜若蘅会回来，这种笃信来源莫名并且持久，让他觉得自己并未失去所有。直至最近，这样的感觉才荡然无存。

他一度认为他们两个身心契合，会永不分离。有了周缇缇之后，这样的想法更甚。到了如今才发现自己根本不了解杜若蘅这个人。他所认为的那些理所当然，大概都是在杜若蘅肯配合他的前提下。若是她突然不想继续，他就变得毫无办法。

她直白而尖锐地告诉他，我觉得你脏，你让我觉得恶心。

两人四年夫妻，十三年的相处，到最后她却怨恨他到只愿意参加他的葬礼。

事实赤裸裸摆在眼前，由不得周晏持再编出任何谎言自我欺骗。

冬季的日光不凉不热，显得有些畏缩，照进偌大一个客厅，只有他一人裹着毛毯蜷在沙发上的身影。

空旷，而且清冷。

第十一章

经年

感情就是一笔糊涂账，经不起仔细推敲。算得越清，也就腐朽得越快。

三年后。

春光正好的星期天早上，七岁的周缇缇礼仪端庄地坐在餐桌前，用英语向对面她的母亲询问这个暑假能否再去香港玩一趟。

去年这个时候一家两口加上康宸三人正在香港。周缇缇在康宸的纵容下买了大批好吃好玩的东西，又在迪士尼玩得不亦乐乎，以至于乘航班离港时抱着玩具熊仍然回头遥望恋恋不舍。康宸向她允诺今年仍然会带她来玩，杜若蘅当时没有听见，可是周缇缇已经心心念念地记了一年。

周缇缇满怀渴望地望着杜若蘅，后者却咬着面包有些神思不属。周缇缇对母亲的反应有小小不满，可她仍然听话地吃完了早餐，没有再继续这个话题，然后自己换好衣服等着母亲收拾完毕带她去逛街。

然而杜若蘅没有如期行动，她坐在沙发上叫周缇缇过去，神情有点严肃，然后告诉女儿要跟她商量一件事情。

然后杜若蘅说："缇缇，假如妈妈和康宸叔叔结婚，你会不会同意？"

周缇缇猛然安静了几秒钟，脸上出现的更多是一些诧异，然后说："康宸叔叔向你求婚了吗？"

"是的。"

"什么时候？"

"昨天晚上。"

"你答应了？"

"妈妈还在考虑，没有下最后决定。"

周缇缇抿着唇又安静下去。她垂下眼睛，没什么表情。最后她抬起脸，望着杜若蘅："我的意见很重要吗？"

"如果你反对的话，妈妈不会结婚。"

"那么如果我不反对的话，你就要结婚了是吗？"

杜若蘅柔声说："妈妈现在想先问你的意见，并不一定就答应。而且就算是真的结婚，也必须是你百分之百愿意了才行。"

周缇缇良久没有回应。她的一张小脸随着年龄增长而越来越漂亮，眉眼之间也越来越像她的父亲。脾气秉性也是一样。明明这三年来她与亲生父亲相处的时间加起来不超过两个月，可仍然隐隐沿袭了他处世的态度，极富有主见，小孔雀一般的傲慢，并且执拗。

周缇缇最后抬起头，她像个小大人一样望着杜若蘅："我不知道。我需要想一想。"

这条消息在几天之后传到T市时就走了样。沈初受人之托请周晏持帮忙办事，主客加上中间人三个一起打球，并且约定了一杆十万起的赌注。沈初在开头就输了周晏持三杆，白花花的三十万让他肉疼不止，眼看周晏持又要挥杆，他清了清嗓子，说："我听说远珩又要董事会换届选举了？"

周晏持随口嗯了一声。

沈初笑着道："康宸进入董事会，还不如康在成那个老家伙好嚼吧？"

周晏持不想理会他，银灰色球杆已经抵在高尔夫球的边缘，正要挥出去，沈初袖着手，望着树上一只喜鹊说："我听说杜若蘅跟康宸订婚了哎。"

周晏持的白色小球滴溜溜滚了出去，在球洞旁边打了几个旋儿，最后不负所望地停在了草丛里。

杜若蘅找了个时间约苏裘喝咖啡，中间用漫不经心的语气告诉她康宸已经求婚。苏裘一口咖啡呛出来，咳嗽了半天才说你们俩至于多这一道程序嘛，反正结不结婚不都是一样过。

杜若蘅笑说："于是你总算找着机会诠释你的不婚主义了吗？"

苏裘说："这跟我没关系好吧。主要是你们俩连情侣都不像，还夫妻呢。"停了停，问，"他怎么会突然想起跟你求婚？"

杜若蘅也认为康宸的求婚有些突然。从心底说她并不准备迎接一场新的婚姻，这是从她离婚之初就隐隐有过的想法，在三年前变得更加坚定。她曾跟康宸聊过这个话题，那时候他们还没成为男女朋友。

康宸在去年夏天晋升为杜若蘅的男友。但是按照苏裘的话说，杜若蘅之所以同意，很大部分是觉得对康宸心有歉意，认为蹉跎了他的岁月太久才会答应。因为按照苏裘的观察，身为康宸女友的杜若蘅与自由单身的杜若蘅并没有什么不同，两人的相处还是那么微妙。

该独立不该独立的地方她都一样独立，有些需要商量的事她要理智告诉自己一遍之后才能想起要跟康宸提及。苏裘常常说，康宸之于杜若蘅的作用就跟送货员差不多，也就提一袋大米或者食用油的时候才能想起。

杜若蘅缺乏激情来点燃一段新的恋情。工作的忙碌与对周缇缇的照料给这种现象找到了借口，然而杜若蘅心知肚明这不是全部理由。她仍然留有阴影。不管康宸如何温存体贴，她对待他的态度一直不温不火。不会排斥，但也不想特别亲近。康宸影响力一般，从一定程度上说他还不能改变她的某些习惯，比如遇到棘手问题时的第一反应不是求助而是自己解决。

杜若蘅为此对康宸心有愧疚。康宸越大度与表现得不在意，她就越愧疚。但无济于事。杜若蘅已经离婚五年仍是这样，苏裘说她的精神洁癖愈演愈烈，已经达到了令人发指的程度。

杜若蘅撑着下巴笑着说："你说他是不是看上我手里的钱了？"

苏裘挺正经地回答道："比起你的姿色，那确实更有可能。"

杜若蘅笑而不语。苏裘说："那你究竟想不想答应给个准话啊。"

隔了一会儿，杜若蘅才说："我本来以为周缇缇会喜欢这个变化，这两年来她看起来对康宸很有好感。"

"但是？"

母亲准确揣摩到了女儿的心理："虽然不知道究竟是因为什么，但比起惊喜来说，她好像更惊讶。"

杜若蘅临近傍晚的时候接到电话，曾经负责治疗她抑郁症的那位初中同学告诉她，现在她正在S市参加一项会议，正好住在景曼花园酒店附近，不知是否有空见上一面。

杜若蘅赶到一楼大堂，对方正在休息区等着她。看到她后打量全身，最后笑着说："看样子气色还不错。"

杜若蘅说："全是托你的福才对。"

两人一起吃晚饭，聊了各自的近况，对方突然问她："你和周晏持还有联系吗？"

杜若蘅静了静，她已经有太久时间没有听到过这个名字，需要回想才能说出答案："没有了。"

对方看了看她的脸色，沉吟着问道："那你还想知道他的近况吗？"

杜若蘅不假思索，笑着说："都成路人了，哪还有这个必要。"

晚上，杜若蘅回到景曼，在电梯口碰见了康宸。

他今天依然穿得妥帖，但不如昨晚烛光晚餐时那样衣着精细。其实现在回想，昨晚的求婚有很多迹象，却都被杜若蘅忽略掉。他们聚在一起吃饭的时候很多，但真正浪漫而精致的晚餐却通常是在某些节日的时候。昨天恰好是康宸的生日，但往年康宸不会在意这种时候，今年他却特意将周缇缇避开，安排两个大人在旋转餐厅单独相处。

他问她对未来的规划，又聊了一些工作上的事。中间夹杂讲的笑话让杜若蘅很放松。从某种意义上说，康宸对于杜若蘅最重要的意义便是这里。在杜若蘅现今相处的人中，没有人比得上康宸更能让她身心轻松。他们在工作上很合拍，生活上互相帮助，康宸是除去周缇缇之外与杜若蘅相处最多的人，也只有他最能把握住两人之间那条不可捉摸的界限。

康宸求婚的时候有小提琴手在一旁伴奏，他的手中不知何时多出来一枚钻戒，很耀眼，但他的眼神很温柔，语意款款地问她，能否考虑嫁给他。

杜若蘅下意识用双手捂住口，她一时回不过神来，但确实称不上惊喜。最后她说，她需要时间考虑。

康宸风度尤佳地说好。

从情感上来说，杜若蘅无疑更偏向于现在两人维持的状态。然而从理智上讲，似乎嫁给康宸也是一种不错的选择。他已经很有耐心地陪伴她三年多，从未给过她任何压力。她对他也并非没有好感，甚至在他面前可以很坦白地直言心中某些爱恨。除此之外，周缇缇也喜欢他。

最后，假如再加上越发深厚的愧疚心理，杜若蘅有那么一瞬间觉得如果是十年前的自己，那确实可以以身相许了。

这两天杜若蘅都绕着康宸可能出没的地方走，因此在电梯口两人碰上的时候她有一丝尴尬。

电梯门缓缓合上的时候，杜若蘅看着地面说了句总经理晚上好。

康宸笑了一声，说咱们不至于这样吧。就算你拒绝了我，尴尬的人也该是我好吗。

隔了片刻杜若蘅终于抬起头，望着康宸的眼神很真诚："我还是觉得太快了。"

康宸嗯了一句，苦笑一声："那看来我还是犯了跟表白那会儿一样的毛病。"

杜若蘅愧疚心情愈甚，下意识地给他微微欠身致歉："哪里。都是我的错。"

康宸也跟着给她弯身，比她语气更诚挚："哪里。是我考虑不周太心急。"

杜若蘅接着鞠躬："不。是我太不争气了。"

康宸干脆四十五度弓腰："不。是我做得还不够好。"

两人此起彼伏这般客套，一直到顶楼电梯门缓缓打开才为止。除了当事人基本没人知道这个过程，事后连苏裘也不知晓。只除了坐在监控室里本来昏昏欲睡的保安，在摄像头里看到这一幕时瞬间清醒，并且差点没被惊掉了下巴。

周晏持在打完高尔夫球的第二天上午，由老管家担当司机，去了一家心理诊所。

他已经到这种地方来过一次，连同这一次均不属于他自愿的行为。他会这样做完全是由于沈初与老管家还有周家二老的强行劝说。他们一致认为，他这两年寡言懒散与阴郁的程度已经到了不太合理的阶段，深切怀疑他得了抑郁症之类的心理疾病，需要干预治疗才行。

周母为此在周晏持面前心疼地哭了一天，周晏持只有揉着眉心敷衍从命。但他认为他们的想法可笑。他看起来阴郁一些只是因为没有遇上什么太值得高兴与太有成就感的事，他并不是真的情绪消沉。而所谓的寡言懒散则是因为他觉得跟这些人没什么可交流的东西，比起谈天他宁可休息。他在商业谈判中照样侃侃而谈，才辩无双，不曾有过半分沉默与退让的迹象。

对于最后一点，身为首席秘书的张雅然体会得最为深刻。三年前的周晏持就已经有本事把秘书室和董事会折磨得苦不堪言，三年之后这一情况更是变本加厉。

以前的周晏持有杜若蘅周缇缇以及环肥燕瘦的牵绊，总会在工作上有所分神。现在这几样全都不具备，尤其自从他的绯闻在一年半之前全部肃清之后，周晏持就将全部目光关注在了远珩的未来发展上。再加上他这两年失眠严重，每天只睡五六个小时，其他时候全在公司，也就直接导致了贴身助理张雅然如今一周工作的时间跟着延长到了九十个小时以上。

周晏持发给她再多的薪水也弥补不了她想为此号啕大哭的忧伤。

然而对于周晏持来说，不管远珩近两年的发展如何让业界人士歆羡，他仍然没感觉得有什么成就感。

三年前他在董事会上遭遇的一场变故，让他至今都无法真正畅快。康在成趁着他因车祸休养在家的空当联合了其他九名股东，成功将被提名的康宸选入董事会。等周晏持回到公司主持当天的董事会成员换届选举时，事情已经成为定局。

票选结果出来后周晏持跟康宸握手表示祝贺。他神情冷淡，两人握手的时间很长，康宸的指关节差点没被他当场捏断。

尽管康宸长居S市，缺席董事会会议的次数却很少。这也就意味着周晏持时常能见到他。他的出没无疑让周晏持横竖看不顺眼，但他偶尔告假不出现又让周晏持更加心情不悦。在S市居住的不止康宸一人，他是死是活周晏持都没兴趣，却无法对另外两人做到真正不在意。

去年夏天康宸缺席董事会三个月一次的例行会议，康在成代为请假，说他去了港澳地区。等到再出现的时候康宸心情好得出奇，眉眼之间都是清浅的笑意。有董事在会前多嘴询问，他笑着答："因为最近脱单了啊。"

很快周晏持得到了更为确定的答案。康宸的电话在散会之后适时响起，他正走过周晏持的旁边，因而周晏持也就能轻易看见他手机上的照片。那里面阳光大好，海水碧蓝，有轻风拂面的模样。康宸把周缇缇托在肩膀上，杜若蘅将吹散的头发拢在耳后，微微歪头依在身旁。照片上三张面孔皆是带笑，再温馨不过的一个场面。

周晏持对康宸的印象全是负面的。尽管他性情傲慢专断，但很少对人予以全部否定，唯独康宸令他百般看不顺眼。

他比周晏持年轻两岁，因为自小的生活经历而城府深厚。在康家那种家庭成长出来的人，不是太懦弱，就是心思足够缜密。康宸在三年前能哄得祖父最后改遗嘱，将遗产全数转移给他，这样的人无疑属于后一种。而他在远珩换届选举中又成功胁迫康在成帮他进入董事会，此外还把兄长踢到国外，这个人的手段远远比他表面看起来更婉转玲珑。

周晏持在远珩执掌多年，因为总是一手把持最后决断而让董事会形同虚设，早已引起诸多董事背地里不满。康宸的出现就像是一泓清泉，他在例会上的发言往往敏锐周到，处事也妥帖，最重要的是肯听取他人意见。单是这最后一点，就已经让许多董事会成员感激涕零，巴不得他立刻取代周晏持坐在例会主席的位置上。

几个月之后再次董事会换届选举，周晏持想都不用想也能知道那群墙头草在打什么主意。

但让他最在意的不是这些。康宸每次所流露出的幸福感才真切让周晏持如鲠在喉。前两个月几个董事在一家私人会馆聚餐，临别的时候康宸走在最后，问服务生额外打包了一份黑森林的甜品。其他人没有多加在意，唯独周晏持知道他的目的。他也曾做过同样的事，在他和杜若蘅的相处还算和睦的时候，每次路过这家会馆，他也总会记得买一份相同的甜品带回家。

如果说周晏持没有产生过"你拥有的一切都曾是我的"想法，那必定是假话。

他简直妒忌死了康宸。

沈初差不多每回碰见他都要问一句是否后悔，周晏持从未给予回答。但他的日常行为无疑泄露了他的想法——如果他能心安，就不会这三年来一直失眠。

周晏持进了诊所，坐在沙发上。上一次他来这里的时候在同样的位置只坐了五分钟就睡着了，这一次还未等他采取动作，对方先开口："周先生，不如这次我们各自做一个自我介绍。"

周晏持盯了对方一会儿，眼神和姿态都很强势，对方不避不让。他最后问："你叫什么名字？"

"聂立薇。"

"哪里人？"

"我是本地人。"对方微笑说，"既然周先生这么喜欢审问户口，我直接坦白不是更方便？我的小学是T市一小，初中就读阆水中学，高中是……"

她还未说完，已经被周晏持打断。他的眼神收敛了一些锐利，平铺直叙道："我的前妻初中也是在阔水中学。"

"事实上我与若蘅是曾经的初中同学，我们两个还做过一年的同桌。"聂立薇说，"你们决定结婚的时候我知道后很高兴，只可惜当时还在国外读博，没能赶上你们的婚礼。"

周晏持有稍微失神，隔了片刻才说："那你们应该有两三年没有见过面了。"

他的语气已经很平静，彻底收敛了方才的傲慢与不屑。聂立薇说："我上周去S市开会，见到了她。"

周晏持终于再次拿正眼看她。过了一会儿，他说："她现在怎么样？"

聂立薇说："她很好。看起来有要订婚的意向。"

周晏持陷入沉默。聂立薇看墙上的钟表，过了十几分钟他才重新开口，平淡说："我有没有心理疾病自己很清楚。如果这就算是抑郁，这世上有一大半的人都会不正常。"

"每一个现代人都或多或少有一些心理上的问题。这其实是正常的。"聂立薇说，"抑郁症也并不罕见，说不定它就发生在您熟识的人身上。您究竟有没有这方面的问题，要仔细做过一系列测试才能确定。听您的管家说，您已经失眠三年了。其实从某种程度上说，失眠就是抑郁症的表现之一。除此之外，情绪持续低落、焦躁、莫名就对人不理不睬发脾气、喜欢一个人独居、不喜欢碰触和疏远亲人，都属于抑郁症病人的症状。"

她客观陈述，周晏持却像是受到了某种触动。他盯着她思索，过了一会儿，突然说："杜若蘅来过你这里？"

"她确实来过。在诊所开业的时候她曾经到场庆贺。"

"后来呢？"

聂立薇微笑说："周先生，我已经将我能告知的全都说了出来。不管您是谁，我都不能再透露更多与过去有关的事。这可能会涉及某位或者某些顾客的隐私。"

本周周六是周缇缇独自一人从S市飞来看望周晏持的时间。

她戴着黑色小礼帽在接机大厅出现，周晏持早已等候许久。近一年来她一直这么独自乘机，只有空乘人员陪伴身旁，已然习惯。

前两年她每次过来，都是由康宸亲自送到T市机场。每次都是康宸看着周家的司机负责将周缇缇接走，他再返回候机楼重新赶回S市。直至一年前周缇缇宣称自己已经独立，她态度倔强地要求独自乘机，杜若蘅不同意，她干脆拿出了自己的压岁钱。最后杜若蘅拗不过她，顺着她第一次，紧跟着便有了第二次。

经过三年时间，周缇缇对待父亲的态度总算有所缓和。三年前杜若蘅与周晏持的关系僵至冰点的时候，周缇缇也对父亲极端仇视。每次沈初都笑说这是周晏持的报应。那时候周缇缇格外不情愿回T市，杜若蘅却不再像其他事情那样好商量，她对周缇缇进行了长时间耐心而严厉的教育，周缇缇再哭闹不休她都没有心软，此外还抓着周缇缇的胳膊防止她逃跑。

周晏持对那段时间的周缇缇印象深刻。她每次看到他要撅着嘴背过身去，跟他说，我不要你，你不是我爸爸，我只要妈妈。

周晏持花费了很长时间和很多心思才让周缇缇勉强回心转意。她很像杜父口中小时候的杜若蘅，心里的事不会轻易讲出来，但每一次伤害都会记在心上。就算愈合，也会有伤疤。

他很难再让周缇缇对他毫无芥蒂，可能是旁人对她父母离婚一事的闲言碎语，甚至可能还会有同学的羞辱，但不管如何，终究导致至今周缇缇都对他怀有怨气。可以看出她仍然喜欢父亲宠爱她的那些方式，那些她身为小公主的权利。她也会跟周晏持分享同一支松露口味的冰淇淋，周缇缇很懂事，已经懂得体谅人，但很少会再跟他主动撒娇，主动提出要抱他的脖子骑肩膀。

周晏持不免怀念以前的周缇缇。那时两岁多的小女孩学习下楼梯台阶，高度让她害怕，因为父亲不断的鼓励才肯迈出一步，接着又是一步，却最终颤颤巍巍地停住。她转过小身子，黑亮的眼睛里蓄满泪水望向他，最后冲着周晏持张开手臂，软软地憋出一个字："抱。"

是他一手酿成如今这结局。

周缇缇情绪不佳，一路上耷拉着脑袋不说话。周晏持问她怎么了，周缇缇抿嘴半晌，最后还是闷闷说了出来："康宸叔叔跟妈妈求婚了。"

今天T市的天气不好，阴沉而闷热。周晏持开车，不动声色地问："你不喜欢？"

周缇缇又开始不说话。她坐在后座上，让他看不到表情。隔了一会儿，周缇缇突然说："你不如康宸叔叔会讲笑话。"

"爸爸知道。"

"你就只是知道，你都不改的。"

"爸爸会向着这个目标努力的。"

周缇缇又说："你也不会像康宸叔叔那样高兴地笑。就算你比他好看，你也比不上他。"

周晏持冷着脸回应："就是因为他没我好看，所以他只能靠笑吸引注意。"

周缇缇瞪着他："可是康宸叔叔从来不会让妈妈不高兴，更不会让妈妈哭，他只会想办法哄妈妈更高兴。"

周晏持重新陷入沉默。这是他防御最薄弱的地方，每一次都是这样。可是周缇缇仍然不想原谅他，她就像个小炮弹一样接连轰炸："我喜欢康宸叔叔，我讨厌你。妈妈也喜欢康宸叔叔，妈妈也讨厌你！"

周晏持终于开口："爸爸知道。"

"可是，"车子里安静了一会儿，周缇缇突然有了一丝哭腔，她有点惶然地望着周晏持，"就算是这样，我还是不想让他们结婚，怎么办？"

周晏持在周二上午重新造访了聂立薇的心理诊所。他没有事先预约，聂立薇不在，只有助理接待了他。

周晏持穿着深色大衣，背着光线，显得身长玉立。加上一张蛊惑人心的面孔，聂立薇的年轻小助理很快有点脸红。周晏持问聂立薇什么时候回来，助理说大概要到中午，周晏持说没关系，我就在这里等她。

助理要拨电话，被他制止住："你不用催她。"

周晏持耐心等待。桌几上放着几本杂志，被他随手拿起来翻阅。过了一会儿助理静悄悄地退了出去。等窗外的人影看不见了，周晏持站起身，走到角落一排放着心理咨询手记的玻璃柜前。

他花费了一点时间找到备用钥匙，然后打开柜子。心理医生经手过的病人往往都是长期跟踪治疗，记录上每一例病案的治疗文字都密密麻麻。他从七年前找起，翻了许久，在已经有些灰尘的一页上看到了三个字——杜若蘅。

那上面很详细地写着杜若蘅当时已婚的婚姻状况。还有年龄等其他基本信息。然后是病情主诉，聂立薇的字迹清晰明了，只有简单一句话：中度抑郁，情绪焦虑并悲观绝望，偶有自杀倾向。

周晏持把那份咨询手记来回看了多遍，从病因到治疗过程，在聂立薇回来之前他已经离开。他无法集中精神开车，只好打电话给司机，叫他过来接。

司机奉命赶到的时候周晏持神色倦怠，司机小心翼翼问他要去哪里，问了两遍周晏持都没听见。直到将车子开到远珩楼下，周晏持揉着眉心低低吐出两个字："回家。"

于是只好又回周宅。管家看见他的脸色时吓了一跳，结结巴巴说您怎么了，出了什么问题。周晏持根本不理会，他上楼的时候面沉如水，接着将卧房反锁，跟管家说任何人不准打扰。

老管家趴在门板上偷听，但听不见一丝声响，到了深夜他悬提着一颗心去睡觉。第二天清早听见院子里有咔嚓咔嚓的声音。他心神一凛，睡衣都没换就跑出去，看见晨光沐浴之下，周晏持弯着腰，手里一把花枝剪，正挨个给墙边的芍药修剪枝条。

他的动作挺优雅，但这举止在大清早出现着实诡异。老管家张张嘴："……您这是在做什么？"别是受了什么刺激脑子出问题了吧？

周晏持没什么表情，也不讲话，兀自拿着剪刀继续咔嚓咔嚓。

清明节过后，杜若蘅与康宸因公事一起回了一趟T市。

周缇缇对康宸的好感大多数都来自对比。杜若蘅对周缇缇的教育并不像周晏持那样过度宠溺，相对来说她仍是一个比较严厉的母亲。在一些原则问题上她很少向女儿妥协，这让在父亲那里受宠惯了的周缇缇有时候很不高兴。母女两人不和的时候，康宸一般就会扮演红脸的角色。他会在周缇缇开始大哭抹眼泪的时候抱她出门，带她去吃冰淇淋，哄着她将刚才的事情都忘记。

比较之下，在周缇缇眼里，自然是康宸比母亲更为和蔼可亲。

苏裘这样替康宸的行为解释："你要知道想要升格做后爸也是很不容易的一件事嘛。周缇缇是你的心头肉，康宸打不得骂不得，那就只有哄着。他还有点理智就明白只能这么办。周晏持能打周缇缇屁股，康宸敢打一下试试。你还不得心疼死。"

杜若蘅试想了一下那样的情景，说："他如果真的这么做其实我也不是很心疼。"

苏裘咬着吸管不怀好意地笑："这种话你跟康宸诚心诚意说一万遍他都不敢信。你死心好了，以你俩的性格，不花上十几二十年，是不会相互信任到一定份儿上的。"

杜若蘅必须承认她说的正确。事实上苏裘每次的发言都更像是预言。她言语犀利，但每每精准。也许正是因为她实在太清醒，才让她一直以来都难以真正喜欢上一个人。感情就是一笔糊涂账，经不起仔细推敲。算得越清，也就腐朽得越快。

杜若蘅与康宸参加的是T市一家酒店供应商所举办的活动。本来这种事轮不到两个人一起，康宸却一定要跟来。

既然有康宸在，杜若蘅就不必再想尽办法滴酒不沾。她在行政岗位待了三年多，经历过的棘手事比任客房部经理时有增无减，最让人头疼的还是酒桌文化。她是女士，身量柔弱，浅笑间嫣然动人，是某些宴请方最偏爱灌酒的对象。以前杜若蘅从来不需要应付这种事，这三年来终于体味够了个中滋味。

大多数时候她还可以不动声色地挡回去，有些时候则很难和气地推拒掉。半个多月之前杜若蘅便遭遇了一场险情。那天康宸不在S市，另外一位副总因事提前离席，留下她与一位男下属单薄地应付全场。最后酒宴散去，那位来头颇大的客人试图将她拖去楼上，他的手向着她的面颊伸过来，在剩下半根手指头距离的地方，被杜若蘅一杯酒泼在脸上。

这场意外的直接后果便是景曼丢掉了一笔本来说好要签五年的高昂订单。除此之外，那位客人还扬言要将整个酒店集团都加入黑名单。他这样做的目的无非是让当场拂面的杜若蘅不好过，而事实上杜若蘅也确实不够好过。很快总部就问责下来，措辞严厉惩罚苛刻，如果不是康宸说情，她已经被直接免去职位。

这件事到现在甚至都还没有了结。那位客人仍然不依不饶，康宸已经准备回去S市之后两个人一同飞去M市亲自登门道歉。

有的时候杜若蘅会隐约有放弃的心理。她从来没有喜欢过这类工作，三年前会答应这个行政岗位是觉得自己戴的面具差不多足够坚硬，事实证明她高估了自己。康宸一直认为她坚强而利落，处理起事情来大方得体极具亲和力，只有杜若蘅自己清楚自己究竟会想些什么。

她心里一直有某些东西固执地不肯低头，不管康宸如何给她灌输各种长袖善舞的手段，她都仍然不是那种能够做到左右逢源之人。

有康宸在，杜若蘅大多数时候都在专注于品尝眼前那道松鼠桂鱼。她已经多年没有来过这家私家菜馆了，这里菜品的味道令她怀念。直到后来有人递东西的时候不小心碰到她，杜若蘅没有防备，半勺深色的鱼汁便眼睁睁浇在了她的白色衣袖上。

她只好去洗手间。走廊内灯光微暗，映着脚下深红色的地毯花纹。杜若蘅在拐弯处与其他客人差点撞上。她立刻致歉，先看到眼前对方的深色风衣，手指骨节修长，露出小半截衬衫的雪白袖口，莫名的冷漠与傲慢，然后再向上，便看到了一张熟悉的脸。

两个人乍一碰上，都有些恍惚。周晏持身后的张雅然更是睁大了眼，然后她迅速低头，假装若无其事地数着地上的花纹圈圈。

周晏持低头看着她。他不说话，眼神深邃幽沉。杜若蘅在双方的安静之下先动作，她跟他点头致意，脸上有点微笑，然后打算就此别过，但很快便被周晏持叫住："什么时候回来的？"

杜若蘅快速思索片刻，最后转过身来，说："今天上午。"

"是来T市出差？"

她点了点头。

周晏持看着她，又问："袖口怎么了？"

她下意识把袖子抬起来，然后又放下去，轻描淡写地说："吃饭的时候被鱼汁溅到，弄脏了。"

"那应该洗不干净了，不如现在去买一件。"

"不用，没事。"

"让张雅然陪着你一起。"

"不必这么麻烦，等回到酒店会有备用的。"

接下来就没什么话可说。两人一别三年，对于杜若蘅来说，各种感情都像是池塘里的水，已经被蒸发殆尽。她对待陌生人的时候一般都很客气，对待周晏持也是一样。她跟他表示告辞，周晏持又一次叫住她。

他看了她一会儿，突然开口："我前两天去了聂立薇那里。"

杜若蘅终于抬起头看了他两秒钟以上的时间。他接着说："我知道了六七年前发生的事。"

杜若蘅有些恍然，垂头不语。周晏持看着她，他目光里的感情很浓，但大部分又很快被克制住。他说："我应该向你道歉。"

杜若蘅不说话。隔了很久她才开口，有些心不在焉："你看我现在不是很好。既然已经是很多年以前的事，就不用再提起了。"

他仍然看着她，眼睛停驻很久，轻声说："我不能就这么忘记。"

杜若蘅嗯了一声，她有点生出烦躁的意味，拧起眉毛说："那随你好了。"

杜若蘅回到包厢时已经临近酒宴结尾。宾主尽欢，走出私家菜馆的时候康宸有微醉的迹象。两方分别后，他由杜若蘅挽着走去泊车位，一半重量都倚在杜若蘅的身上。

杜若蘅把他安置在副驾驶的位置上，给他系好安全带，说你太重了，该减肥了。

康宸口齿还很清晰，说我才七十三公斤，根本就是标准的美男子身材好不好。

他一边说一边歪头，离得杜若蘅越来越近。车内开着一盏小灯，他的目光含情脉脉，最后两人几乎近到鼻梁贴着鼻梁。

康宸突然说："这么近看上去你也好漂亮啊。"

杜若蘅没什么表情："提醒你一下，你现在这样只能从我的眼里看到你自己。"

康宸说："我是从你的眼里的我的眼里看到的你。"

"你视力可真是好。"

康宸不再讲话，他微微垂下眼睛看她，视线慢慢落在她的嘴唇上。他跟她柔声商量："这里，嗯？"

"……"

"喝酒了，嫌不嫌弃？"

"……"

杜若蘅有点绷着脸，不是很想配合的模样。康宸声音温柔："闭眼睛。"

过了片刻，她还是犹豫着一点一点闭上眼。眼前黑暗，感觉他的手指轻抚面颊，像花瓣一样温柔。又隔了很久，听见他低叹一声，轻吻落下来，鼻尖处轻轻温软。

第十二章

底线

杜若蘅突然笑起来，她仍然闭着眼：“康宸，我们还是做普通朋友吧。做朋友最轻松，你跟我都不累。”

周晏持半夜回到家，把墙边的芍药又给折腾了一遍。这两天他天天倒腾院子里这些花，本来都快要到抽花苞的时候了，被他乱七八糟一顿作孽，全给弄成了枯枝败叶。管家看得好生心疼，周晏持这副样子不用想都能知道肯定又跟杜若蘅相关，这让他相当无奈，都已经劝了三年，老管家早就到了词穷的地步了。

　　等周晏持终于消停回到客厅，管家说您晚上在外面吃得好吗？要不要我给您去熬碗小米粥？

　　周晏持突然问他："你说我是不是老了？"

　　"……您别胡思乱想。"

　　"我今天看见她，她跟三年前没两样。从里到外都没怎么变，柔婉漂亮。"周晏持揉着眉心说得缓慢，到后面越来越有点伤感的意味，"但是看见我的时候就跟看个陌生人没什么区别。估计现在她看大街上一只流浪猫都比看我要温柔。"

　　管家心说那是自然，人家流浪猫可没像您那样三心二意，但口头上还是得宽慰："这也未必不是好现象。听您这意思，杜小姐现在对您没什么感情，但也不像以前那么恨您了。您往好处想啊，这说明您还是有机会的。"

　　隔了一会儿，周晏持开口："她都跟康宸订婚了，哪来的什么机会。"

管家在心里叹一口气，表面仍然还得宽解这位一家之主，即便如今这家里其实也就只剩下一个人："沈初先生不是澄清过了嘛，只是打算订婚过，但最终也没订婚。依我看您不如找个时间跟杜小姐好好谈一谈，至少要让杜小姐知道您真正是怎么想的才行。"

杜若蘅从T市回去后就一直忙碌。她和康宸一起去M市拜访那位气焰嚣张的陶姓客人，对方将他们从天亮晾到天黑，最后又叫秘书转告他们，说他今天太忙请他们隔日再来。

两人从办公大楼里出来的时候脸色都不太好看。康宸在华灯初上的夜晚将太阳镜戴在脸上，说："有点饿了，去吃点东西好了。"

于是找了家店随意点了几个菜，两人都没怎么动筷。康宸在中途拨了几个电话，几句客套之后询问那位陶先生的私人感情状况。最后他收了线，跟她说："这个人与结发妻子的感情状况一般，这两个月他有一个比较亲密的情人，住在利南区一座别墅里。我有个朋友正好认识这位女士，明天下午经他牵线去拜访一趟，应该会比直接当面道歉要容易一些。"

杜若蘅沉默了一会儿，说好。

康宸看了看她，说："对这种事觉得不太舒服？"

杜若蘅笑了笑，隔了片刻才说："已经折腾这么长时间，能比较妥善地解决就算不错了。"

他给她夹菜，宽解她："只要跟人打交道，总能遇到一些不顺心的事。有些事你蹚过去之后，都不想回头再看一眼。对付这种人就是这样，过程从一定意义上来说其实并不重要，目的达到就好。"

杜若蘅安静地听完，半晌不答，然后说："归根到底是我的过失。早先再忍一忍，也不会有现在这些事。"

康宸不置可否："刘副总也有错，无论如何他不该早走，只留下你一个人应付。"又笑着说，"你一直大方明理，这种事你做得出来其实我还挺惊讶。没事，人总要吃一堑长一智的嘛。"

最后一句话让杜若蘅接下来吃得不太顺，但她掩饰得很好。回到酒店苏裘打来电话，汇报周缇缇一天的活动，末了突然跟她说："我听说下个月底有远珩集团的董事会换届选举。"

杜若蘅心不在焉嗯了一声，说三年一届这不是很正常吗。

"就算你上回是弃权，今年你怎么能这么不关心这件事？"苏裘说，"听说你的前夫跟你的现男友很可能会有一场很精彩的对决啊杜小姐。"

"……"

"我是今天听同事闲谈才知道，远珩好像有不少股东都受不了周晏持多年的专权作风，打算这回选举的时候直接把他票选淘汰出董事会来着。就算失败，不是紧跟着还有个董事推举董事长吗。康宸现在在远珩是民心所向，不少老董事都挺喜欢他，说不定就给直接推举成远珩的新一任董事长了呢。"苏裘说，"这么让人期待的事你都没跟我说过，你不厚道啊亲爱的。"

"……"

杜若蘅在这边一直没回话，苏裘总算琢磨出不对劲："康宸没跟你提过这回事？"

杜若蘅托着下巴看了半晌外面的夜空，漫不经心说可能他觉得这事我不参与比较好。

苏裘张了张嘴，良久幽幽地说："利益当头，小心火烛啊。"

次日下午康宸去了利南区，到了傍晚却无功而返。耐心如康宸也有些撑不住，揉着太阳穴不想说话。杜若蘅反过来安抚他，给他倒水的时候闻到了他身上一点似有若无的女性香水气息，除此之外她还从他的衬衫衣领上看见了一点没有被抹干净的红色痕迹。

两个人连夜飞回S市，一路上各怀心思，都没怎么交流。事情到这一地步，只有坐等总部关于杜若蘅被降职的通知文件。然而第二天中午那位陶先生却突然主动给杜若蘅打了电话，他的口吻格外客气，说前两天确实是太忙，对不住亲自过去M市的杜若蘅，如果有空的话不如晚上一起吃顿饭，权当是迟来的接风洗尘。

杜若蘅为他的态度所惊诧，过了片刻才回过神来，说不用麻烦了，他们已经回了S市。

陶先生啊了一声，操着浓重的M市口音热情地说："那就下次。下次杜小姐过来M市的时候一定告诉我一声，我做东，保管杜小姐玩得顺心如意。"

杜若蘅随口应付了他几句，然后试探问："是康宸总经理昨天下午见到您了吗？"

"什么康宸总经理？杜小姐来头这么大，哪还用得着提什么外人。"陶先生在电话那头恭维道，"以我跟周董的交情，杜小姐要是早说一句与周董的渊源，我们之间哪里用得着这么麻烦。现在这不是大水冲了龙王庙吗，您说对不对？"

挂断电话后杜若蘅在办公室站定良久，然后她咬着手指头开始来回转圈。汪菲菲从前台打来的电话她都没听见。直到汪菲菲找到她办公室，敲门说："若蘅姐，大堂有位律师找你。"

杜若蘅跟着她下楼，在休息区只看见了沈初，除此之外没有其他人。他穿得西装革履，手边一份文件，站起来跟杜若蘅握手："杜小姐，很久不见。"

"前台说有律师找我。"

"啊，我就是。"沈初拢了拢西装前襟，慢条斯理说，"我受周晏持先生委托，特地来S市负责代理他与您之间的财产转让事宜。周晏持先生打算把T市两处湖边别墅转让给杜小姐，此外还有部分股份与现金。这是财产转让协议，他作为甲方转让方已经签字，您是乙方，劳烦您把名字签在这里。"

杜若蘅没有接："做什么？"

"我是有律师资格证的，这份财产转让协议也是真的，这两点你不要怀疑。"沈初说，"周晏持坚持这么做，具体原因我也不知道。但他说如果你问起来，就让我代替回答给你三个字——聂立薇。他说你懂。"

杜若蘅眼神冷淡地看着那几张白底黑字的协议纸，最后说："这有什么意思。"

"确实没什么意思。我虽然不知道你们两个又有了什么矛盾，但我猜大概就是周晏持又挖掘出以前哪里对不住你了，他觉得抱歉乃至愧疚。可是从另一方面，我不得不说，周晏持现在除了给你这些来补偿以外，他也没什么其他别的办法。"沈初说，"他现在是孤家寡人一个，周缇缇由你来抚养，他有的你也不想再要，年纪还又大了。除了还能赚点钱以外，周晏持也没剩下别的本事了。我知道你挺讨厌他这么做，但他其实也没别的意思，也是无奈之举。我也不是为他特地讲好话，只是希望这点内情你能了解一下。"

杜若蘅听完，垂手不动。沈初劝她："其实签了也没事，大不了你回头再全捐出去嘛，也算是积德一桩。"

杜若蘅瞥了他一眼。沈初面不改色接着道："更何况，就算你现在不签，回头等他百年之后死了，遗嘱里的财产反正也全是你跟周缇缇的，其实都是迟早的事。"

杜若蘅面无表情转身走了，回到办公室她就给周晏持拨了电话，那边很快接起来，声音低沉地一声"喂"。

"你究竟想做什么？"

"你指哪一件？"

"你也知道不止一件！"

周晏持等她的呼吸声稍微安静下去，才说："你不要生气。我也没有什么别的想法，只是觉得对不住你。"

杜若蘅的火气还没压下去，又被他挑起来："你对不住哪里了？你也没有很对不住嘛，以前最有理的人不一直都是你？"

周晏持沉默了好一会儿，最后他说："以前全都是我的过错，也没有指望你能有一天全谅解。我只不过希望你的生活能够尽可能过得更好一些。还有……"他停了停，"希望我们之间的关系能稍微缓和一些，不要再像以前那么僵。"

他求和的口气格外软。杜若蘅冷静下来，她想起了拨这通电话的真正目的，冷声警告："心理诊所的事你不准告诉别人，不能有第四个人知道，沈初跟周缇缇也不行。"

他说："不会。"

这件事说完，也就没了再通话下去的必要。杜若蘅停了一下，然后打算挂断，周晏持突然问："康宸这几年对你怎么样？"

"似乎这跟你没有太大关系。"

"我只是问一问，也没有想要阻碍你们的意思。"周晏持揉着眉心，求和的意味愈发明显，"问了你这么多问题，你就好好回答一个都不行吗？"

周晏持说这话的时候也没指望杜若蘅就听他的。从一定意义上说她戳他心肺的概率基本就是百分之百，周晏持再不想接受也只有形成习惯。他一直等着她挂断，却始终没有听到那个低低的标志声响。杜若蘅不动作，也不说话。那边只传来淡淡的呼吸声。

过了一会儿，他柔声问："前几天怎么没有订婚？"

杜若蘅沉默片刻，冷淡地说："还不到时候。"

"那有没有别的计划？"周晏持停了停，低声问出来，"比如说，以后什么时候结婚。"

杜若蘅又是沉默，这一次时间格外长久，最后回答："目前没有。"

周晏持一颗心差点没化开。他现在要求特别低，经不得杜若蘅稍微半分好颜色。她肯开口跟他对两句话已经让他感激不尽，连她是什么语气都不在意，半晌才嗯了一声，然后违心说："你们以后时间还长，慢慢来。"

杜若蘅冷淡回应："这件事你做完了，我只能谢谢你，但是以后你别再插手我的事了。"

"如果为了类似这么一点小事就被免职，你也会觉得不甘心，对不对？"他说，"只是一个小忙而已，你不要放在心上。"

杜若蘅凉凉地说："过去这么久了，周总还是这么喜欢把自己的意志强加在别人头上。"

周晏持捏眉心的力道越来越重："好好，你不想让我插手，我以后就不插手。只要你别再说这种话行不行？"

杜若蘅又说："还有，乱七八糟的东西以后少再让我签。我一样都不会签字的，就算是你的遗嘱也是一样。"

周晏持停了停，最后说："我也只剩下这些东西了。不管你签不签，将来都会是你跟缇缇的。周宅里以后也不会有其他女主人再出现。"

杜若蘅温柔道："周总不要将话说得太满。以后哪天要是您反悔了想收回去，我算计不过您的。我也不想大家闹到法庭上见。"

那头静了片刻，声音十分无奈："你如果想的话，我的所有都可以给你，以后也不会收回来，我说过的话一向作准。"

杜若蘅盯着天上的一点星光，绷着脸不说话，过了一会儿："给我做什么。不是还有蓝玉柔、温怀、张如如吗？那些女人个个都年轻漂亮，你随便招一招手，甘愿跑过来的女人不但有一沓，还每一个都能嫩得掐出水来。你不是最喜欢那些款吗，随便娶一个，下半生都比现在过得要好。"

周晏持微微吸气，眉心拧得很紧："我们不说这个行不行？"

"为什么不说，我可是真心实意在帮你做打算。"

"我谢谢你这么帮我，我宁可你别帮我做打算！"

杜若蘅静静发呆了一会儿，把电话挂了。

过了不久康宸来敲门，杜若蘅办公室的门半开，正好看见她双手托腮坐在办公桌前，微微皱眉的神游表情。这个样子看着有点罕见，也有点可爱，康宸抬起来的手又收回去，静悄悄走到面前，在她眼前晃了晃手。

杜若蘅回过神来，康宸手里拎着一只看起来颇有食欲的黑森林蛋糕，放到她的桌上，笑说："还在为调令发愁？特意来告诉你一个好消息，刚才接到总部的通知，那个陶立兴已经跟景曼达成一致，不准备再追究这件事。"

杜若蘅还有点若有所思的意思，半晌才哦了一声。

"这算什么反应？我还以为你会大松一口气。"康宸仍是嘴角含笑地看她，"刚才在想什么？瞧着挺出神。"

"周缇缇念念不忘去年的港澳游，很想今年再去一次，我还在想怎样让她打消念头。"

康宸说:"也不一定非要让她打消念头,既然去年我都答应了她,总要兑现承诺。这段时间远珩董事会选举,大概会比较忙,等到她暑假的时候应该能清闲下来。就当去度假,三个人在那边待段时间也不错。"

这是他第一次提及远珩董事会选举的事。杜若蘅想了想,还是问出来:"什么时候重新选举?"

康宸看了看她,说:"下个月底,还有四十天。"

"以你持有的股份,进董事会的风险应该不大。"

康宸仔细看她的神情,片刻过后微微一笑:"先不提这个。今天周五,打算晚上带缇缇去哪里玩?"

每个周五是杜若蘅与康宸一起去接周缇缇放学的时间,三人一起在外面吃丰盛晚餐,再去游乐场或者电影院玩一趟,这已经成为惯例。周缇缇一向期待这一天,因为她的康宸叔叔总是会纵容她,让她能得到平时杜若蘅不会同意买的东西。然而最近这段时间她却反常地收敛,康宸每回问她想要什么,她给出的回答都是摇头。

那天杜若蘅告诉周缇缇她暂时不准备与康宸结婚之后,周缇缇沉思了一会儿,说:"你们不结婚是因为我吗?"

"不完全是。"

周缇缇又说:"如果是我的原因比较大,那其实没关系,我也可以同意。"

杜若蘅一边给她编麻花辫,一边说:"大部分原因其实在妈妈这里,妈妈还没有准备好要和一个人结婚。"

"为什么没有准备好呢?"

杜若蘅柔声说:"可能是觉得,有缇缇在我身边就够了。"

周缇缇回过身抱住她,脸埋在她的衣服里,过了一会儿声音闷闷地传出来:"可是这样的话,康宸叔叔是不是会很伤心?"

还没等杜若蘅回话,小女孩又接着说:"他如果伤心了,会不会对待妈妈就不像以前那么好了?"

杜若蘅心里一跳,莫名觉得一阵眼酸。她紧紧抱住女儿,亲着她又黑又滑的头发。周缇缇还不到八岁，已经有了这么重的心思。她想到的未必比一个大人少，已经懂得小心翼翼地掩饰情绪，敏感而又早熟。除此之外，从那次母女交谈之后，她再没有从康宸那里接受过任何一份礼物。

两个大人在晚饭前先带周缇缇去景曼附近的公园玩了一圈。康宸去买饮料，杜若蘅停下来给女儿整理她被风吹乱的头发。有位中年女子走过来，衣着华贵保养良好，向她们礼貌询问景曼怎么走。

周缇缇抢答，很认真地给她指路。说完对方笑了笑："听起来离得不太远，可我不太认识，能否请你们和我一起走一段？我知道这样很冒昧，但是麻烦了。"

杜若蘅看了看她脚下纤尘不染的黑色高跟鞋，还未回答，后面传来康宸的声音："妈，你怎么在这里？"

杜若蘅下意识抬头，康夫人拢了拢头发，笑容清浅："来看看你。"然后视线落在杜若蘅身上，"还有你的女朋友。"

四个人头一次一起吃晚餐，杜若蘅异常被动。倒是康夫人始终热情有加，她在点餐时询问杜若蘅与周缇缇的口味，然后拿出两只碧绿欲滴的玉镯作为见面礼。杜若蘅不肯接受，康夫人笑着说："你们都已经交往一年，听说康宸前两天还向你求婚来着，是不是？既然他已经喜欢你到这份儿上，这两只镯子也就没什么了。"

杜若蘅犹豫，最后仍然婉拒了。康夫人深深看着她，慢慢又说："听说杜小姐也是身家殷厚得很，是觉得这两只镯子成色不够好吗？"

康宸在一旁插话："妈，你哪能这样说话。"

杜若蘅只有和周缇缇一起道谢接下，然后说："您来得有些突然，我没有准备，实在很抱歉。"

周缇缇的眼睛滴溜溜在大人之间乱转，一直抿嘴不说话。康夫人眼神爱怜地抚摸她头发，跟杜若蘅说："确实是我做事突然，你不用这么客气。我今天从德国过来S市，是觉得康宸最近这段时间似乎心情很不好。我作为母亲，不免有些担心。"

康宸说："您想多了，我只不过是最近不太顺而已，没什么不好的地方。既然已经来了这里，我这两天就陪您好好逛逛这边，其他话等回头再说，可以吧？"

康夫人看他一眼，打住话题，微笑说好。

与康夫人的热络相比，杜若蘅在晚上以沉默居多。她没有想过以这样的方式面见长辈，这样的场景出乎她的预计，并且让她觉得一些尴尬。回到家后她给周缇缇铺床，小女孩拽着她衣角，突然问："妈妈，这三年里你有没有想过爸爸？"

杜若蘅低下头看她，哄道："宝贝该睡觉了。"

"可是我想知道。"

杜若蘅温柔地说："可是我不想回答。不要为难妈妈，好吗？"

周缇缇很乖巧，马上闭眼睡觉，不再追问。等杜若蘅起身给她关灯，周缇缇突然说话："我只希望妈妈能开开心心，不管跟谁在一起。可是今天晚上你看起来并不开心。"

杜若蘅重新坐回床边，深深地看着周缇缇。她突然问："跟妈妈住在一起的时候，有没有想过爸爸？"

过了片刻，周缇缇小声回答："很想。"

"康宸叔叔与爸爸，你更喜欢哪一个？"

周缇缇看杜若蘅的脸色，一时抿嘴不说话。杜若蘅补充道："要诚实回答。"

又过了片刻，周缇缇说："爸爸。"

杜若蘅垂下眼，抚摸周缇缇的面颊。小女孩望着她，说："可是爸爸做错了事，妈妈是更可怜的那一个。如果你们两个不能在一起，我得偏向妈妈，所以我陪着妈妈。"

等到周缇缇睡着，康宸给杜若蘅打来电话，他跟她解释确实不知道康夫人过来的事，让她不要介怀。

两人闲聊几句，杜若蘅问："你最近哪些地方不顺心？我没有听你提起过。"

康宸温声说："我不想让你为难。"

杜若蘅安静片刻："其实没有关系，本来也是我的疏忽。我应该早点想到你是因为远珩董事会换届的事。我跟T市三年没联系，没有什么为难不为难一说。你说说看。"

康宸停了停，还是开口："远珩一共十三位董事，这一次换届选举，周晏持打算联合其他几名股东把其中两位淘汰出董事会。究竟能不能做到，与股东支持的票数相关。我不得不说，我与他并不是十分和气。他打算淘汰出去的那两位董事，于我支持，于他对立。"

杜若蘅出神半晌，慢慢地说："你是想让我不再保持中立，对不对？"

"我确实不想让你为难。"康宸声音低缓，"于我的私心而言，我不能违心说，我不希望你帮我，这是假话。但我也不能因为我的缘故打破你的原则，你想保持中立，这是很自然的事，完全可以理解。"

杜若蘅微微一声喟叹。康宸又说："我一直没有和你提起过，是不希望让这件事影响到我们的以后。"

杜若蘅垂了垂眼，说："其实你应该早一些把这事告诉我。"

次日，杜若蘅审查酒店的季度报表。康夫人打来电话，说想单独见面喝茶，不知她方不方便。

杜若蘅赴了约。康夫人妆容精致，看见她后和蔼一笑。她的面貌保养得很好，可以隐约窥见年轻时的美人风韵。康夫人说："我想避开康宸跟你聊聊天，如有冒昧，还请见谅。"

杜若蘅双手给她斟茶："您直说就好。"

康夫人微微一笑，徐徐道："其实我在三年前就知道有你这么一个女孩子的存在。那时候我生了一场病，国外的医疗技术还不如国内先进，就回国来休养。康宸去T市看我，在床前做孝子照顾我的时候老是出神。他以前没这样过，我就知道他肯定是有了喜欢的心上人。"

"但他一直老不承认，后来承认了还拒不说出名字。他在感情方面其实有点紧张，或者直白一点说就是羞涩，不是十拿九稳的时候很少会跟人讲出来。我是直到去年才见到你的照片。"

杜若蘅笑了笑，等着她接着往下说。

康夫人接着说："坦白讲，我在知道是你的时候有些惊讶。康宸常年在国外，他以前不认识你。但是你与周晏持周总的婚礼我是参加过的，我作为宾客你也许不记得，但我记得你的样子，结婚的时候很漂亮。我不知道你们两个这么巧，你离婚后也带着女儿来到了S市，还是在同一家酒店工作。"

杜若蘅听完，垂着眼思索片刻，说："您不希望康宸与我交往？"

"你有所误会，我没有这方面的意思。"康夫人慢条斯理道，"我隐约听人说过你离婚的传闻，但不知真假。不过不管怎样，既然康宸觉得离异与小孩都不是大问题，他肯接纳你，我作为长辈也就没什么可说的。我相信他的眼光，他说你聪慧温柔，口碑很好，最重要的是很识大体，况且周缇缇长得可爱，性格也不错，我相信我们以后会是和睦的一家人。"

杜若蘅又是笑了笑，低头抿了口红茶。

康夫人看着她，最后说："我知道离婚后有的女人会有心理阴影，处理感情的时候偏向保守，这也无可厚非。但我作为一个过来人，其实还是希望你跟康宸之间能够尽量坦诚，不管是男女朋友还是夫妻，都需要相互扶持才能走得下去。尤其是在对方遇到一些困难的时候，顺手帮一把本是应该的事情，你说呢？"

隔了半晌，杜若蘅微笑："您说得对。"

晚上，杜若蘅在电话里同苏裘提起这回事。苏裘想了一会儿，说最近你哪来这么多糟心事，谈个恋爱等于给自己找麻烦找罪受呢。

"我在跟你说正经事。"

"还能怎么正经。"苏裘说，"于理康宸是你的现任男友，光明正大，他现在需要帮忙，你不帮就说不过去。再说只是作为股东投个票而已，又不是股份转让，大家都在投，多少乱七八糟数不清的人情都在里面，不差你这一票。"

"……"

"远珩那边的事其实才是真的跟你没关系。不管是周晏持在位还是康宸上台，又有什么关系？大家八仙过海各凭本事嘛，周晏持他就算最后当真输了也轮不到怪在你头上。再退一步说，假如你不帮，康宸是你男朋友哎，就算口口声声说不会芥蒂，但你换位思考一下，谁不会芥蒂？大家都是成熟理性的成年人，再说什么谈一场清清纯纯风花雪月的爱情那就太假了。成年人的感情都是很脆弱的，需要双方经营。"

杜若蘅说："于情呢？"

"于情就是你单纯不想帮他嘛。你觉得你们两个的相处有问题，观念不一致，而且他可能还有利用你的嫌疑。"苏裘说，"这就要看你怎么想了。你不帮他，我说句作孽的，你俩迟早都得分。你帮他投票，以后你俩在一起了，也就减少了一个隐形炸弹。你俩要是没在一起，他待你这三年其实也不算太差，你给了他想要的，分的时候也好散。"

杜若蘅沉吟不语。苏裘鼻音里哼了声："最近周晏持跟你碰面了吧。他又弄出什么幺蛾子了？"

杜若蘅说没有。

苏裘不信，说："肯定有，周晏持一定又对你摆出一副情圣态度了，否则你不能这样。要我说，周晏持那双眼你千万别对上，对上就死定了。说话也别听，一听就容易发昏。他做什么你都别可怜他，他哪有那么可怜，他真的改邪归正了吗？就算现在改邪归正了以后就真的不再犯了吗？这些谁能保证。说不定现在他全是故意的。"

"再况且，你其实早就已经不需要他了。这三年没有他你不是照样过得风平浪静。"苏裘居高临下道，"这世上长得好看的男人要多少没有，比周晏持年轻的更是一茬接一茬，何必非要可怜那么个年老色衰的，尤其他还是根早就不新鲜的老黄瓜。"

杜若蘅一口水噗的呛了半身。

五月份下旬，康宸与杜若蘅一同飞往T市。

股东大会要在月底的最后一天才召开，康宸提前一周过去，主要是进行最后的接洽与联络，偶尔必要的时候会偕同杜若蘅一起。大多数时候杜若蘅没有陪伴，她带着周缇缇去逛T市的商场，买完两件衣服，周缇缇突然说想去远珩那边找爸爸。

杜若蘅说路途太远。周缇缇认真地说："不远的。爸爸以前带我从这里去过远珩，只隔了两条街。"

杜若蘅无言。周缇缇转身就跑到路边拦计程车，杜若蘅一个错眼，她已经一溜烟钻进了车子里。

两人花了没几分钟到远珩，在车子里正好远远瞧见周晏持带着秘书亲自送客人下楼。他神情平淡，穿着件深色衬衫，袖管挽起来，整个人骨架匀称气度自如。杜若蘅想起那天苏裘形容周晏持的话语——年老色衰。

其实相距甚远。

等他送走客人，周缇缇先打开车门跳了下去，站在花坛边上清脆地喊："爸爸！"

周晏持应声回头。看见周缇缇的刹那一个挑眉，神色顿时缓和下来。他唇角微微含笑，看她一路朝着他小跑过来，张开双臂，将周缇缇稳稳接在怀里。

他蹲下来，给她抚平被风拂乱的头发，一边说："怎么突然来了？怎么也不提前说一声？从机场自己一个人过来的吗？不管你如何胆量大，也不可以一个人乘车，这很危险，再也不准这样做了。"

周缇缇不耐烦他的唠叨，一只手捂住他嘴巴，另一只手往身后遥遥一指。周晏持把她的手捉下来，正要说话，看见付完车费正下车的杜若蘅，整个人定在原地。

他看着杜若蘅走过来，站起身又上下打量片刻，才说："怎么想起要过来？"

杜若蘅淡淡说："缇缇想你，我送她过来。既然已经平安，那我就离开了。"

她脚下还没动，已经被周缇缇抓着衣角，眼巴巴地望着她。那种眼神无法让大人不心软，同时周晏持也挽留她："来都来了，喝点东西再走吧。"

三个人找了家附近的咖啡店。周晏持跟杜若蘅面对面，旁边还坐着个不停戳蛋糕的小不点。周晏持看着杜若蘅的一举一动，轻声问："今天才来的T市？"

周缇缇在一旁插话："我们来了三天了，还有康宸叔叔一起。"

这话让周晏持收敛眼神沉默片刻。他说："那么你康宸叔叔人呢？"

周缇缇回答："早上就走了，据说今天有很重要的人要见面。"

周晏持抬起头来，看向杜若蘅："你这次来T市，是为了后天的股东大会？"

杜若蘅不想隐瞒："是。"

"你打算投票支持他？"

杜若蘅看他一眼，点了点头："对。"

周晏持脸色变得微沉，揉着眉心不再说话。过了一会儿周缇缇打破沉默："为什么要支持康宸叔叔？"

杜若蘅揉她的头发："因为你康宸叔叔比较需要。"

周缇缇说："那爸爸就不需要了吗？"

"你爸爸他无所不能，自己一个人做得来所有事，他不需要。"

"虽然你这么说我很高兴。"周晏持仍然揉着眉心，疲惫开口，"但我如果一个人做得来所有事，康宸也不会现在都还是你的男朋友。"

杜若蘅看他一眼。周晏持语气平淡："你投票给他，可以理解。他是你现在的男友，这是情理之中的事，我不能说什么。但如果康宸想娶你，他痴心做梦。我会让他有朝一日穷困潦倒远在天边，从此看不见你一眼。"

杜若蘅有一瞬间想说话，最后仍是一言不发。周缇缇在一旁举着黏糊糊的手开口："爸爸，这个三明治我吃不完。"

周晏持给她擦完手指，把剩下半块接过来，慢慢吃了下去。

夜色渐浓的时候周缇缇跟随父亲回了周宅，杜若蘅一人回到酒店。她在附近的超市里买了一点蔬菜和肉类，打算做几道流程复杂的菜色以得心静。她从远珩回来的路上一直走神，手机还差点落在了计程车里。

结果在切东西的时候她不小心弄破了手指，指腹上顿时涌出许多血。杜若蘅找到创可贴裹上，再回到厨房时，发现里面被自己弄得杯盘狼藉。她深呼吸，一样样地整理，还没弄完听到有人敲门。

康宸站在外面，脸色透着微微疲惫，走进来的时候跟她笑了笑："做什么呢？"

"在做椒盐羊排，还有点儿茄子……"杜若蘅看他揉着胃，"你饿了？这才刚开始做。"

康宸已经走到厨房，看到里面一堆半成品食材，桌板上还有没切完的瓜丝。他的眉毛几不可见地皱了皱，杜若蘅看到，转口说："这些东西弄完还要好一会儿。要么我们出去吃？"

康宸回过头："好，出去吃。"

两人随便进了附近一家饭店，康宸点了几道菜，结果到最后谁都没有吃多少。康宸显然神思不属，杜若蘅问他今天是否不够顺利。

"是不算顺。"康宸撑着额角，半晌缓缓吐出一口气，"我慢了一步。"

周晏持在T市经营十余年，虽然为人独断且性格傲慢，人脉网络却仍然比只有四五年的康宸要广泛深厚一些。两人目的一致手段相似，可以比较出上下的便只有出手的速度与前瞻性。商场上是利益相争，康宸想到的周晏持未必想不到，可以做出的许诺却不尽相同。除了固定几个周晏持的坚定反对者，其余的人想要拉拢总要付出一番工夫。

杜若蘅的伤口切在右手中指上，用筷子的时候因按压觉得疼痛。她微微皱眉，改为喝汤。见康宸一直是沉思的状态，她宽慰他几句，然后问有没有能帮上忙的事情。

康宸思索了一会儿，说："大的事情没有，有件小事。明天要见一个人，对方有女伴，可能会有逛商场的时候，你知道的，我对这种事不熟。"

杜若蘅笑了笑："我知道了。明天几点？"

杜若蘅大体知道康宸轻描淡写之下的意思。这种事两人不需多谈，一点即通。他最近为董事会的事忙碌，与人约谈的时候，对方是客人，康宸自身却无法以真正的主人身份自居。换句话说，而应当是尽可能地投对方所好才对。这样的人情请求是常事，杜若蘅离婚这三年来遇到不止一次。她确实不喜欢这样与人相处，但从另一方面，现在这种情况，也不能让康宸一人面对。

她在第二天化了很仔细的妆容，与康宸一起前往约定地点。见到对方的时候杜若蘅眼皮一跳。

谢晨鑫看见她也是一愣。他手里挽着一位如花似玉的女子，跟康宸握完手，目光便转到了她的身上，别有深意地笑道："原来是杜小姐嘛，好久不见。"

康宸在一旁说："两位认识？"

"何止是认识。"谢晨鑫瞥向她，目光意味深长，"当初在景曼花园酒店，杜小姐还担任客房部经理的时候，我们两个可是因为一件被洗坏的西装结的缘啦。"

杜若蘅暗里咬了一记牙，露出一个适度的微笑："谢总记忆力真好，还记得当年的事。我在这里向您赔罪好不好？今天若是有时间，我们陪着您再去买一件，您看呢？"

谢晨鑫轻不可闻地哼了一声。杜若蘅便知道今天不会好过。

康宸陪着谢晨鑫打球，杜若蘅知道康宸球技很好，此刻对着谢晨鑫显然有所放水。杜若蘅在一旁遮阳处陪着谢晨鑫的女伴聊天，后者说："杜小姐这条裙子很好看。"

杜若蘅笑了笑，用好似真心诚意的口吻说："可惜我身材一般。不管什么裙子穿在吴小姐身上，应当都会比我更好看。"

对方果然面露得色。

杜若蘅有点回想起以前的自己，曾经她对这类的恭维很不习惯，既不屑于听别人说出来，也不屑于自己说出口。她不是不知道所谓人情，只是一直下意识排斥，而周晏持也给了她一个相对自由的环境。

这几年她每次回首，都要对自己的变化感到感慨。时至现在，她已经可以眼也不眨地就将漂亮的违心话说出来，即使内心已经问候了对方十万遍。

到了晚上四人一起吃饭，谢晨鑫对康宸一整天的暗示都恍若未闻，只说些无关的闲谈。晚上吃饭的时候康宸明显已经有些烦心，最后他索性直接说了出来："关于这两天的远珩股东大会，谢总既然来了T市，应当不会袖手不管。"

谢晨鑫笑着说："康董急什么呢，先吃饭吃饭。你看这对虾摆得多漂亮。"

杜若蘅出去接了个电话，回来推门的时候听见里面谢晨鑫的声音："康董看上杜小姐什么了？是看上她的貌，还是看上她的钱呢？"

康宸冷淡回答："若蘅温柔大方，更重要的是她处事明理懂得进退，其他都只是次要的。"

谢晨鑫仍是笑："康董说的这些太深奥了，我这种粗人听不懂。要是我说，女朋友嘛，只要漂亮就够了。我倒是觉得杜小姐挺好看，既然康董不知道欣赏，不如今天晚上你就把她让给我，我在股东大会上保证投你一票，你看怎么样？"

康宸轻描淡写地说："谢总又在开什么玩笑。"

谢晨鑫跟着大笑："我这哪是在开玩笑，我可是认真在跟康董商量问题。要么这样，既然康董舍不得，今晚就让杜小姐陪我喝下五杯白酒，我就同意了你的提议。这总不亏吧？"

康宸沉吟良久，慢慢说："若蘅酒量不好，是一杯就倒的人，谢总何必这样为难她。不如我来替酒，喝多少您指定，我全满上，您随意。"

谢晨鑫坚决说："那可不行。就按我说的办，也不是很难嘛，你说呢？"

康宸没有再讲话。

一个小时后四人分开，杜若蘅脚步不稳，并且觉得太阳穴跳得生疼。趁康宸去取车的空当，谢晨鑫跟她握手，迟迟都不肯松开。他笑着低声说："杜小姐，风水轮流转这个词，今天晚上想必体会得很深刻。"

杜若蘅神情冷淡地抽回了自己的手。

两人一起回到酒店。杜若蘅觉得自己眼前飘忽，应该是已经醉了，可是神志却又很清醒。她问康宸："董事会选举之后，你还有没有进一步的打算？"

隔了半晌，康宸说："你指什么？"

杜若蘅平铺直叙："跟周晏持竞争远珩董事长的位子。"

又隔了半晌，康宸开口："有这个打算。"

杜若蘅轻飘飘地问："打算多久了呢？"

康宸停顿了一会儿："一年半。"

杜若蘅突然想笑，又觉得笑不出来。她闭着眼，不再说话。红灯的时候康宸停下车子转头看她，说："这个打算与我追求你没有什么关联。"

杜若蘅不置可否，只说："你不告诉我你的打算，是认为我会把这些都告诉给周晏持，你觉得不安全？"

"……我没这么想过。"

"康宸，我们互相诚实一点。"杜若蘅觉得脑袋变得有些昏沉，她费力地说出来，"你不想主动告诉我你的打算，我在第一次问你的时候你也没有全部说出来，你只说你需要在股东大会上的投票支持，没有提起进一步会怎么办。你是出于哪方面的考虑想要这么做呢？"

康宸没有回答。

杜若蘅接着说："我跟你一起来T市，也就默认了我会给你投票。你觉得我温柔大方懂事明理，所以带我一起出席今天这种场合。谢晨鑫是什么为人我相信你比我更清楚，但你为了目的可以跟谢晨鑫这种人达成一致。"

康宸说："你醉了，该睡一睡。"

杜若蘅突然笑起来，仍然闭着眼："康宸，我们还是做普通朋友吧。做朋友最轻松，你跟我都不累。"

康宸静默半晌。最后他说："我确实一直很喜欢你。"

杜若蘅想起那天康夫人的话，不知为什么愈发觉得好笑。她没想到有朝一日她能这么成功，居然可以瞒得过所有人："你可能只是觉得我懂事明理，你觉得省心罢了。"

　　康宸轻轻吐出一口气，他说："并不是你说的这样。"

　　杜若蘅摇头："我们之间不合适，我们之间的底线不一致。就像今晚，挡不回去，只能我来喝酒。这是不得已而为之，大部分人都这么理解。大概你觉得这也是无可奈何之下很自然的事。但你难道不觉得我们这样相处，不像是情侣，更像是合作伙伴吗？"

　　"大概合作伙伴比我们之间还要更信任一些。你昨晚问我缇缇去了哪里，我回答你去了周晏持那里的时候，你有没有一瞬间想过我可能会跟周晏持见面，告诉他你的消息？如果你从没有过这种念头，何必有意不告诉我你的真实想法呢？"杜若蘅静静地说，"你看，我们认识四年，只信任到这地步。"

　　康宸彻底静默，过了一会儿低声说："这一年里，你没有动过一丝一毫要跟周晏持复合的想法？"

　　杜若蘅说得很快："没有。"

　　康宸淡淡说："那么拿我跟周晏持相比的念头，你总会有。若蘅，我们交往一年，你甚至不情愿我们有比较亲密的动作，这不是正常情侣之间应该发生的事。你说我们不像情侣像合作伙伴，从某种意义上说，确实是这样。"

　　车子内停滞许久。杜若蘅苦笑："看来我们本该一直做普通朋友，结局一定比现在好。"

第十三章

不忘

他斟酌着说出口，从头到尾仿佛都很艰难：

"这三年里，我没有再找过别的女人。"

转过一天便是远珩的股东大会，康宸却没有来敲门。他前一晚扶她回房间，风度依然很好，给她关上房门的时候看了她一眼，最后按照惯例，道了一句晚安。

　　杜若蘅闭着眼，装作已经睡着。今晚她说的心里话太多，比过去三年都要多，这让她很难再回应给他相同的两个字。

　　杜若蘅的酒醉真正漫上来，很快就沉沉睡去，再醒来已是中午。她在蒙眬里摸到手机，才发觉她委托的律师给她拨了无数个电话。

　　杜若蘅顿时清醒。

　　她在来到T市之后找到一位律师，两人签订了授权委托书。这个律师以杜若蘅全权授权的名义参加股东大会，行使表决权。杜若蘅同意帮忙，却不想出现在股东大会上。

　　那里应该会有不少熟悉的面孔，皆是以前的旧人。她不想出现。在昨晚之前她与律师的决定一直没有变动，昨天晚上她在酒醉之后与康宸挑明，却将这件事全部忘记了。

　　杜若蘅把电话拨过去，那边传达过来的消息果然跟预想的一样："杜小姐，我已经按照你的意思给相应的董事投了票。"

　　杜若蘅一直不说话，终于令对方觉出不安稳。他试探地问："杜小姐？"

杜若蘅回过神来，按着隐隐作痛的太阳穴："我知道了，没什么事，今天麻烦你了。"

她收拾行李去了机场，买了回S市的机票。

杜若蘅在候机楼一边等待登机，一边敲着辞职报告。苏裘在去年得知杜若蘅与康宸开始尝试交往的时候曾经建议她跳槽，她的理由很直接："这样很容易公私不分。上司与下属，男朋友与女朋友，你当是夫妻小卖部，可以分得那么清楚的？说句让人不高兴的，万一哪天因为私事闹了矛盾，你俩连上司跟下属都很难做。"

但是康宸当时不同意。他的理由只有一句话："我就是喜欢公私不分。"

那时候他眼神款款地望着她，里面全是淡淡的笑意。康宸能说出这种话，无疑有情人之间甜言蜜语的意味，除此之外应当也有对未来自信的成分。那时候他们相处得很和谐，在处理酒店事务的时候一向步调一致。但最终还是走到这一步。

如果说没有伤心，那是假话。

再无关紧要的一个人，朝夕相处四年，也会在心底留下痕迹，更何况杜若蘅曾经是真心实意想要接纳的一个人。

他们彼此给过安慰，也共同解决过一些困难，还曾经一起在医院陪护生病发烧的周缇缇。这三年里康宸给过她很多轻松愉悦的感觉。假如没有一场换届选举，也许两人可以继续风平浪静地相处下去。

有时候成年人的感情固执而又世故，经不得试探。再情意款款，也很难一往情深。并不能说这场分手就全是康宸一人的过错。很多事情都能够消弭原有的甜蜜的感情，杜若蘅若从一个与己无关的角度来看，她能够理解康宸的利益在先感情在后，这是很多男人在这种时候都会有的选择。

也很难因此说康宸就是个不折不扣的坏人，只能说他们不是一路人，也没有那么长久的时间可以慢慢磨合成一致。杜若蘅的出现比康宸精心几十年的谋划要晚，她在一定程度上令他动心，可是对于康宸来说，大概事业才更像是他刻骨铭心的初恋。

飞机抬升进入云层的时候，杜若蘅看了看舷窗外的云朵。她揣摩了一下自己的心情，觉得很空，同时又比当初与周晏持离婚时来得平静。

远珩股东大会的投票进入收尾阶段。选举投票结果公示时，张雅然都不太敢去瞧周晏持的脸色。

董事会成员十三名，周晏持推举的一位候选人在名单上。除此之外，周晏持最想剔除出去的两个人也赫然在列。有人过来跟周晏持握手，他微微一点头，脸色很平淡。

不远处康宸笑得温和，正在跟过去庆贺的人一一握手言欢。轮到杜若蘅的委托律师，两人接耳说了几句话。康宸微微一怔，随即笑得更深。

最后是康宸走过来与周晏持握手。他看着没什么胜利的骄矜感，笑容还是很谦和，伸出右手，说："周总恭喜。"

周晏持格外冷淡地看了他一眼，不予回应。

康宸若无其事将手收了回来，笑了笑，低声说："承让。"

张雅然对康宸第一眼的印象并不算差，毕竟他比远珩其他大多数董事会成员都多了年轻美貌这一条，而相较于她的老板来说又多了千倍百倍的和蔼可亲。这样一位绅士味道十足的男子甚至还在她差一点崴脚摔倒的时候及时扶住了她，张雅然若单纯从一个女性角度来讲，对康宸的印象更好。

但对于周晏持来说康宸就是眼中钉肉中刺一样的存在。康宸在三年之前借周晏持车祸的机会以总票数第五的结果进入董事会，随即受到了其他成员的热烈欢迎。他不露锋芒，尊重长辈，办事妥帖有亲和力，不管从哪方面看都是周晏持的反义词。而与周晏持相同的是他一样富有决断力与前瞻性。康宸的出现简直就像是一缕清风，迅速聚拢起人心，董事会成员纷纷倒戈，恨不能立刻拥立新王纾解多年以来的积怨。

最重要的是，康宸还追到了一个女朋友，名字叫杜若蘅。

张雅然觉得，如果没有最后一条，周晏持虽然厌恶康宸，也不至于产生要把他追杀到天涯海角的想法。

三年前康宸进入董事会，后来又跟杜若蘅成为一对。沈初当时这样劝郁郁寡欢的周晏持："把你的身段降一降，脾气收一收，康宸怎么可能有机会。你这些年遇到的挫折全都是因为这个，你就没想过？"

周晏持冷淡开口："我遇到的最大挫折是离婚。离婚的原因不是这个。"

沈初慢悠悠回道："没关系。我早就跟你提过杜姑娘肯定在意你在外面消遣，你偏不信。你要是早听进去劝，也不至于到现在这地步。"

周晏持终于不发话。

接下来有一段时间周晏持确实尝试做改变。他在董事会会议上尽量尊重其他元老的意见，以前董事会只用半个小时就开完，那次周晏持忍着听了两个小时的废话连篇也没打断；然后他在接受员工尊敬打招呼的时候反常地停下了脚步，尽管仍然居高临下，但还是微微额了额首。最后连张雅然也受到了礼遇，周晏持那天态度和蔼地把她叫到办公室，问她最近忙不忙累不累，有没有生活上的问题需要公司帮忙解决。

张雅然对周晏持的转变完全不适应，差点没活见鬼一样跑出办公室。她痛哭流涕说老板我做错什么了我改行不行您别拿这话吓我啊，您是不是看上哪个新的活泼漂亮的年轻小秘书了想辞退我啊？

周晏持开始揉眉心，说你乱七八糟说些什么，我好心好意问你，你快点儿回答。

张雅然哆哆嗦嗦说我没什么需要组织帮忙的，我自立自强着呢。

周晏持说给你最后一次机会。

张雅然望着天花板想了半晌，周晏持终于等得没耐性："你究竟还说不说？"

那态度根本不像解决问题，倒是挺像刑事审讯。张雅然小腿肚一软扒着桌沿差点跪下，泪眼汪汪反过来跟周晏持哀求，说老板我真的没什么要帮忙的啊您别逼我了行不行。

周晏持终于拧起眉心，他稍一抬手，跟她吐出一个字："滚。"

于是张雅然滚了，带上办公室门的同时确定了江山易改本性难移这八个字。周晏持连这点耐性都懒得施舍，他肯定不是真心想改。

果然过了没半个月，张雅然就听说了周晏持在董事会临时会议上动怒的事。他将康宸的提案批得体无完肤，中间还不容康宸插一句话。周晏持在会议上说了二十分钟，全是他自己对公司未来发展的意向，然后直接宣布散会。

沈初对周晏持的劝告最终证明没什么效果，相反改变得越多反弹得也就越大，说到底远珩还是周晏持自己的一言堂。

所以张雅然偷闲下来的时候忍不住揣测，周晏持这一年半来所谓肃清了花花草草，究竟是真的打算金盆洗手改邪归正了，还是他修炼的手段更进一阶，已经臻于众人皆不能察觉的化境了。

若是就张雅然目前所掌握的线索，从周晏持一年半前彻底断绝绯闻到现在，他确实没有再跟任何女性有过什么亲密行为。

三年前周晏持出的那场车祸在被人陆陆续续知道后，张雅然曾经代为接听过无数个红颜女子的电话。其中有苏韵有温怀有蓝玉柔，还有连张雅然都不曾听过名字的各路女子。张秘书尽着本职责任把这些名字全记在了小本本上，后来她把这些女子的名字一一说给周晏持听，后者只等她念了两三个就摆手叫打住。那会儿已经是春分，大地嫩芽抽绿，可周宅里还供着热得熏人的暖气。张雅然穿着薄薄的毛衣进屋，顿时就是一额头的汗。周晏持合目歪在沙发上，唇色发白好多天也不见血色，周身裹着密不透风的厚厚毛毯。

张雅然都替他热，周晏持却滴汗未出。他慢慢告诉她："以后这种事别再跟我提起。"

张雅然觉得有点不太敢相信，她怀疑是不是自己没把握住老板的准确心意，所以她站在那里迟迟没走，片刻后小心翼翼地问："您说的这种事……是专门特指打电话这一件事，还是从此以后这些女人您都不想理会啦？"

周晏持拧着眉瞥她一眼，眼神充满鄙视，连一个滚字都懒得回她。

回头张雅然自己分析了一下午，没什么信心地觉得周晏持指的应该是前一种。但事实证明周晏持践行的却仿佛是第二种。周晏持从车祸中彻底恢复是在三个多月后，从那开始张雅然就没再见过周晏持身边有其他女子。沈初曾经叫周晏持一起去茗都，连着几次全被他拒绝了。

沈初也终于觉察出他的变化，笑问哪里出了毛病？是不是他元气还没恢复。

他没什么正经道："茗都有美人美色美不胜收，你哪里不顺了保管给你舒舒服服地打通筋骨。你多久没去过了？难道就不想念啊？"

周晏持说："我把张雅然叫来，你当着她的面再说一遍。"

沈初闭嘴。

过了一会儿，仍然不太敢相信的问到："你当真打算从今往后清心寡欲了？"

持有怀疑看法的不止这两人。周围一圈朋友都对周晏持的行为觉得诧异。对他们而言他的态度无疑转变得有些快，周晏持像是一夜之间突然收敛，对所有的声色场合都不再前往，连发小聚会也是一样。

但他不迎合，照样有一些女子主动。没有声色场合，总还有其他地点。周晏持的口碑中一直带有似有若无的暧昧，没有几个人相信他真的从此就坐怀不乱。说不定他只是一时良心发现，又或者是其他原因，总之过不了多久周晏持必定还会恢复原状。

张雅然确认周晏持彻底断绝掉绯闻是在又过了多半年之后。那天张雅然与一个年轻姑娘聊天，对方提起周晏持反常一脸敬畏，张雅然问了很久她才吞吞吐吐地说出口："听说你们周总对主动上前的女孩子厌恶至极？"

张雅然觉得在听笑话："……啊？"

"我们公司有个姓杨的同事嘛，长得很漂亮，前两天在饭局上认识了周总。就给他发了几条短信而已，结果昨天不知怎么脸哭得肿成桃子，还被突然辞退了。"

张雅然跟周晏持的二秘讨论过这个问题，结果因为都觉得没什么信心，赌约只好作罢。她们一致认为江山易改本性难移这句话对于周晏持来说是条普适的理论，傲慢专断的脾气他改不掉，招惹花草的本性也就没多少可能彻底改掉。不管表面上做什么都是一样。

越是克制越是反弹，就算已经过去这么长时间，秘书室集体认为的这一想法还是不太敢动摇。

杜若蘅回到景曼，把平时相处最融洽的财务部经理叫到办公室，细细交代事情。说了半天对方终于觉察到不对劲："杜经理这是什么意思？你要离职？"

杜若蘅微微一笑："是有这个打算。不过还没办理离职手续，先别说出去。"

对方睁大眼呆滞半晌："……为什么？！"

杜若蘅轻描淡写："在一个工作地点待得久了，就想换个环境。你有没有做行政岗位的意向？你的工作能力很强，我可以试着帮你引荐。"

对方摇了摇头："我可做不来这个。你觉得我工作能力很强？"

"能沉得下心来对付那些财务报表，人际关系处理得也挺好。"杜若蘅笑言，"这样的工作能力还算不强？"

对方突然说："强什么强，我那都是不得已。这已经是极限了，你再让我做行政岗还不如要我辞职。"又说，"你已经有了新东家？"

"我是裸辞。"

对方又是呆滞半晌，最后说："那太可惜了，你比其他几位副总经理更适合坐这个职位。"

杜若蘅笑着说："因为我耐心细致懂事明理识大体？"

对方重重点头。杜若蘅双手托腮看她半晌，嘴角弧度越来越大，最后终于笑不可抑。

到了傍晚，杜若蘅想着T市的股东大会投票应该已经告一段落，便在离开景曼之前把辞职邮件给康宸发了过去。没过多久她就接到电话，康宸那头背景略略嘈杂，有开怀大笑的声音，还有人隐约说着恭喜康董之类的话。隔了一会儿那边才安静下来，康宸走到僻静处，跟她说："你不必这样。"

杜若蘅正在开车，轻声回答："还是辞职比较好。"

康宸停顿片刻："你如果很喜欢这个职位，我可以提出辞职，向总部推荐你做总经理。以你的处事能力和工作经验，足以把一家酒店管理得井井有条。"

杜若蘅说："没事，就这样很好。"

晚上杜若蘅跟周缇缇打电话，跟女儿商量接她回S市的时间。周缇缇正在玩堆木房子的游戏，随口说康宸叔叔什么时候走我就什么时候走。

杜若蘅柔声说："妈妈去接你，定在周日晚上好不好？周一你还要去上学的。"

"为什么不是康宸叔叔接？他已经回S市了吗？"

"他有他的事情，妈妈去接你。"

周缇缇想了想，突然说："妈妈，我可不可以在T市再待几天？"

"为什么？"

"爸爸这两天心情好像不太好。今天晚上回来之后他就进了书房，晚饭都没吃多少。"周缇缇说，"吴爷爷刚才跟我说如果我走了，他会更难受的。"

杜若蘅沉默了一会儿，说："叫管家爷爷听电话。"

过了片刻有人将话筒接了过去，却是声音低沉的一声喂。

杜若蘅停了停："我想问问管家这两天缇缇表现得怎么样。"

"她很好，吃得好睡得好玩得也很好。"周晏持说，"周末跟管家出去还碰见了幼儿园时候的前桌，两人互相认出来，玩了一整天，最后分开的时候还很不舍。"

杜若蘅停了一会儿，说："你怎么样？"

周晏持沉默片刻，淡淡开口："不是很好。"

周晏持的打算本来十分明朗。三年前如果没有那场车祸波及，康在成早已被他从董事会上剔除出去，同样康宸也不会进入董事会。这么多年远珩都一直朝着周晏持谋划的方向在走，直到三年前发生变故。

如果康宸不出现，远珩对于周晏持来说就是河清海晏的状态。康宸出现后，各方面的表现都让周晏持十分不痛快。

今天尤甚。

杜若蘅想了半晌，突然说："对不住。本来已经不想投给康宸了，转过眼忘了，今天醒过来的时候受委托的律师已经投完了选票。"

周晏持没怎么听见她后面说的话，他全部的注意力都被吸引在杜若蘅的那句对不住上。这简直就是天方夜谭一样。杜若蘅多少年没给过他好脸色，今天晚上却跟他道歉。

周晏持难得愣怔半晌，半天才想起来杜若蘅刚才说了什么。他很快问她跟康宸怎么了。

杜若蘅平淡开口："吵架了。"

周晏持把声音压低，就像哄一岁时候的周缇缇别哭一样："因为什么吵架了？"

"观念有冲突，想法不一致，性格不合。"

"哪方面的性格不合？"

杜若蘅终于不耐烦起来："你哪来这么多问题？"

如果真是一对心平气和的普通朋友，这时候大概会说一句"情侣之间哪能不吵架，过段时间自然而然就和好"之类的话，但现在要周晏持这么说一句简直能要了他的命。这是他今天听到的唯一一个好消息，他只差没脱口一句"吵得好"。

周晏持沉思了半晌，说了一句别生气。

"周缇缇想在T市再多待两天，但是她的学习课程不能再耽搁，马上就要期中考试。"杜若蘅转移了话题，"我在周日晚上带她回S市。"

周晏持说："康宸做了什么事让你生气？你们两个吵架跟这次董事会选举有没有关系？"

"你有没有听见我说的话？"

周晏持琢磨了一会儿："你在股东大会上投票，是康宸跟你主动要求的？"

杜若蘅冷淡地说："再说一句这个挂了。"

周晏持转口道："好，不提。"

两人都安静了一会儿，杜若蘅先低声开口："今天的投票结果对你的影响很大？"

她少有的平心静气，周晏持不可能打破这一氛围，最后他轻声回答："不是很大。"

"说实话。"

周晏持还是那句话："确实不是很大。"

"那么你现在的位置会受影响？"

"不会。"

杜若蘅又安静了一会儿，忽然说："我也没有很对不住你。投票给谁本来就是个人自由。"

"我知道。我也没有这么想过。"周晏持柔声说，"如果从我自己的角度来说，当然我不鼓励。但是从你的角度来说，我能理解。"

杜若蘅说话很少颠三倒四逻辑不通，如果变成这样，总会有特别缘由。她只要肯开口跟他搭话周晏持就有一定办法，就像现在，他隐约能觉出她心里在苦恼。

他让她思考，等她开口，听见那边有树梢隐隐拂动的声音。周晏持说："你在阳台上？"

杜若蘅恍若未闻，突然轻飘飘说道："没什么好理解的，已经分手了。"

周晏持怀疑是自己没听清楚的缘故，下意识反问了一句，杜若蘅没有回话。周晏持停了好半晌，仍然觉得是自己的问题，又重新问了一遍："你跟康宸分手了？"

杜若蘅无声回应，表示默认。

"真的分手了？"周晏持问道，"怎么分手了？什么时候的事？为什么分手？"

然后杜若蘅的口气就又变得不耐烦："你烦不烦啊？这些你一个都不

能提！"

"好好，不提，我们不提好吧。"周晏持这一天的心情简直复杂到难以形容，忽上忽下就像欲扬先抑一样，他过了良久才勉强平复心境，"分了也好。分了也好。"

周晏持想了想，又说："景曼的工作以后打算怎么办？"

杜若蘅有些后悔跟他提这些话题，周晏持追问出的每一个问题都让她有莫名恼火的感觉。她的回答冷淡下来："已经辞了。"

周晏持半天没回话。今天一晚上杜若蘅和他讲的话比曾经一年都多，更何况她的每一个回答都超出他的意料，有如一个个巨大烟花在眼前爆炸。很难找到合适的反应和言辞，周晏持最后斟酌着说出口："可以趁这次机会好好出门散散心。你之前工作很忙，还要照顾女儿，不如这回款待自己，缇缇由我来照顾。"

"她在S市上学你要怎么照顾？"

周晏持说得温柔而自然："让她转学回T市读小学。等你散完心，也一起回T市。"

杜若蘅反问："我为什么要回去T市？"

周晏持柔声说："工作哪里都有，也不一定要在S市找。"

杜若蘅沉默了一下，忽然轻轻笑了一声。她说："你搞清楚一件事，我在五年前来到S市不是为了景曼跟康宸。"

话音落下的同时电话被挂断。周缇缇正蹲在一旁蘑菇状偷听，听见那边很干脆的咔嚓一声。父女两个面面相觑，最后周缇缇双手托腮，一双眼睛亮晶晶地自下而上望着他，嘴巴一开一合："爸爸，你又把事情办砸了，对不对？"

杜若蘅前一夜睡得晚，第二天醒来便有些迟。汪菲菲给她打电话，问她什么时候能过来景曼一趟，有人给她寄了一封信。

汪菲菲说："邮戳上盖着的是甘肃那边的地址。"

杜若蘅想了起来。前段时间沈初以周晏持代理律师的身份请她签字财产转让协议，两人说了几句，第二天杜若蘅便当真开始寻觅捐赠的渠道，她往西部山区的几所希望小学捐赠了课本，还资助了两个山区的孩子读书上学。

杜若蘅准备去一趟景曼，在楼下听到有人轻咳一声。她回过头，周晏持站在不远处正看着她。

两人对视片刻，周晏持面不改色地开口："出差。路过。"

十分钟后两人坐在附近的快餐店内吃早餐。杜若蘅咬下一口汉堡，周晏持接到一个电话，他看了一眼，随后挂断，然后对着食物一脸嫌弃的神色。

杜若蘅慢悠悠说："不吃就走。"

周晏持闭着眼把东西吞下去。杜若蘅问他："真的出差？"

周晏持看了她一会儿："假的。"

杜若蘅哦了一声，又说："那为什么骗人？"

"……"

"你都来了S市，怎么不把缇缇一起带过来？"

"……"

周晏持又看了她一会儿，说："刚才是张雅然的电话。"

杜若蘅淡淡一记挑眉："所以呢？"

"没有所以。"周晏持说，"就是说一说。"

"不用。"

这回她倒是很和气，连讥讽都没有了，就只是平铺直叙地跟他说不用。如果换成另外一种表达方式，无非就是——我知道你是要跟我报备，虽然跟我没什么关系，但说不说是你的自由，你实在想说我也没办法，但真的无所谓。

这种态度就比对待个路人稍微好一点，纯属客套，没掺杂什么私人感情的迹象。这让周晏持有点招架不住。尽管他在刚才做了很多准备，现在却依然很难再把下面的话题继续下去。

他斟酌着说出口，从头到尾仿佛都很艰难："这三年里，我没有再找过别的女人。"

杜若蘅的动作停下来，抬头看着他。

她不说话，仅仅是看着他，目光让人很难看懂，仿佛带着一点研究的意味，又像是在沉思。周晏持几乎不知道应该再怎么说下去。他的话说出口，莫名其妙就变了味。尤其现在是在快餐店，环境热闹而嘈杂，他不能保证杜若蘅真正明白了他的意思。

两人沉默了一会儿。他最后说："不是你想的那样。"

杜若蘅反问："你怎么知道我想的是什么样？"

周晏持从来没觉得讲话有这么困难过。他又沉默了半天才开口："我没有别的意思，也没有恶意，只是想告诉你，这三年我在改变。"

杜若蘅垂目不语。周晏持过了一会儿又补充道："如果你稍微打听一下，可以知道现在我连绯闻都没有。"

两人都不再说话，各怀心思。对于周晏持而言，他很难再说出像"我们两个重新开始"之类的话，就算可能已经在心里演练了无数遍。杜若蘅的表情平淡如水，让他不能不把大半的情绪都掩饰下去。

而且提起这样的话题，杜若蘅注定也不会有多好的反应。在今天之前两人还没有正经聊过"忠贞"这两个字。十年之前双方各自都认为这毋庸置疑，三年之前这是禁忌，是杜若蘅最血淋淋的一道伤疤，就算离婚两年也没能愈合的疤痕。那个时候她见着他都要生气，更不要想面对面坐下来互相探讨这个话题。

更何况就算那时真的坐下来探讨，也不会有什么好结果。那个时候的周晏持还没有什么彻底悔改的迹象，如果他真的是旁人说错就是错，就会立刻改正的人，他们也不必离婚。同时杜若蘅也不必在跟他摊牌之后受到他两个多月的冷落。那个时候他音信全无，之前所有的和好迹象都戛然而止，除了周晏持拒绝改变之外，不作他想。

杜若蘅突然有些食不知味，她把手上的食物放回到了餐盘里。

她问："什么时候改变主意的？"

"你指什么？"

杜若蘅说得很平静："修身养性，忠贞不渝。"

周晏持对这八个字并不适应，隔了一会儿才说："三年前。"

"三年前什么时候？"

他又停顿，然后说："车祸之后。"

"车祸之后怎么会突然想起来这事？"

"……"

杜若蘅突然笑了笑："不方便回答？不妨听听看我说的对不对。你出了车祸，人都要去了也没人去医院看你一眼。你醒过来以后一定觉得不好受。大概你本来并不觉得身心分离是多大的事，可是导致了这样的结果你肯定不喜欢。这三年里，你在继续维持原貌跟做出改变之间权衡，最后可能觉得，周缇缇的分量，或者说，周缇缇跟我加起来的分量比蓝玉柔温怀之类的人要重么一点，所以你现在选择了妥协——我有没有说错？"

周晏持看着她，说："阿蘅，不要低估你自己对我的影响力。"

"我不敢高估。"杜若蘅说得很诚实，"以前可能会，但现在早就没了这个自信。"

这话让周晏持沉默下来。杜若蘅看着窗外安静了一会儿，突然站起来："算了，是我不该太较真。"

她往外走，周晏持不紧不慢跟在她身后。杜若蘅要回景曼，周晏持也跟着她到了景曼附近的公园，然后停下脚步。杜若蘅下意识扭头瞅了他一眼，他轻描淡写地解释："你才和康宸分手，我和你一起出现，可能会对你的声誉有影响。"

杜若蘅像是听了一记笑话，忍不住挑眉打量他，然后嘴角往上弯了弯："我居然能从你这里听到这句话，真是让人吃惊。"

她的潜台词意味明显，离婚之前他与别的女人暧昧时，基本没有考虑过她的声誉问题。离婚五年之后他却说出这样的话。如果当时也能考虑到她的处境，大概他们也不至于到现在这个地步。

周晏持无言，对于她的指责他无话可说。

杜若蘅回了景曼，拿到信封，在大堂休息区用钢笔一笔一画工整地给山区的孩子回信。她写得很仔细用心，也很慢，刻意拉长时间。一个半小时之后她跟汪菲菲一起去员工餐厅用午餐，两人闲聊了一会儿。

当时康宸与杜若蘅确定交往关系，汪菲菲是第一批知情人中的一个。女人与女人之间往往通过分享品味建立友谊，继而通过分享秘密巩固关系。汪菲菲在这两点上很是知情识趣，与杜若蘅的关系也一直算是不错。两人一起吃饭的空当，杜若蘅把跟康宸分手的事告诉了她。

汪菲菲发怔半天，才说话："我就说你怎么突然辞职……你们闹了什么矛盾？"

杜若蘅简单回答："性格不合。"

"不能挽回了？"

杜若蘅说："应该是这样。"

汪菲菲唉了一声，有点儿感慨万千的意思。她没有再刨根究底，片刻后转而问道："以后有什么打算？"

这个问题杜若蘅其实也很茫然。她发呆片刻，然后说还是走一步看一步吧，先在家认认真真照顾女儿可能也不错。

汪菲菲替她想了一会儿，说："你前夫不是在T市？要么你带缇缇回去住一段时间也好嘛。小姑娘在爸爸手心里那么受宠，这三年都没怎么见面，嘴上不说，心里一定很舍不得。"

"单亲家庭的小孩都不容易。"汪菲菲接着说道，"我表姐之前离婚又结婚，以为女儿乖巧懂事能接纳新的父亲，对女儿的心理工作也就没做好，结果隔了好几年我表姐才发现她女儿得了儿童抑郁症。"

杜若蘅说："让我考虑考虑。"

汪菲菲察看她的脸色，最后试探着问："你现在对前夫还是很厌恶？"

"没有。"

汪菲菲有点儿不相信，目光一直在她的脸上琢磨。杜若蘅笑了笑："是真的没有。"

平心而论，她确实已经不怎么恨周晏持。不管是因为他的态度，还是时间的磋磨，或者两者皆有。总而言之，杜若蘅三年没有提及周晏持这个人，三年后她发现，周晏持留给她的教训远比恨意要深刻。虽然提及往事的时候仍然还是忍不住想出口讽刺，但情绪与态度都已经比以前要温和许多。

杜若蘅想，这应该算是好事。如果能更轻松一些活着，谁都不想负重前行。

不能不说两人现在还有关联，全都是周晏持单方面不肯放弃的结果。两人离婚后五年，周晏持对待她还跟以前没有区别，这样的感情实话来说，比杜若蘅原本认为的要深一点点。这三年里极为偶尔的夜深人静时杜若蘅也曾梦到过周晏持，当然全都是噩梦，梦见他没了她过得比以前更开心快活，一会儿是绯闻遍地，一会儿又是新的美人娇妻。

所以今天上午周晏持坦白这三年的处境时，杜若蘅其实有点惊奇。

下午两点杜若蘅才离开景曼。远远就看见周晏持还等在公园外面，手里握着一杯咖啡坐在长椅上。

杜若蘅等走得近了，问他什么时候回T市。

她跟他晃了晃手里的电话："张雅然给你打电话，一直都是关机状态，刚才催问到了我这里，她可能确实很着急。"

周晏持直接说没什么事，不用理会她。

杜若蘅瞧了他一眼："知不知道有时候你的作为挺让人受不了的？"

周晏持说："我什么作为你说说看。"

杜若蘅说得很干脆："目中无人、刚愎自用。狂妄、傲慢，独裁、暴政。"

这几个词汇让周晏持消化了好一会儿，他才开口："如果你想让我改的话，我可以改。"

杜若蘅诧异看他："跟我有什么关系，这都是你自己的毛病。"

她去超市买了几瓶酸奶，到了傍晚时分回家。周晏持一直跟在她身后，代为结账的时候被杜若蘅冷淡地盯了一会儿，然后他收了手。他跟着她一路到了家门口，杜若蘅开了门之后把他挡在外面："你今天回不回T市？"

周晏持表示不回。

"那就去住酒店。"

他微微低头看着她，背着走廊的光线，勾勒出一个成熟男子的身形轮廓。目光很平和，泄露出一丝温柔意味，轻声问她："我住在这里行不行？"

杜若蘅说："你想得美。"门已经"砰"地在他眼前关上。

杜若蘅给自己煎了块牛排，这是她最近的拿手菜。房间中全都是食物的香气，等她品尝完是在两个小时之后，外面早就没了声响。杜若蘅走过去，从猫眼往外看了看，周晏持仍然等在外面，一直没走。

他听见了她的脚步声，偏过头来，隔着门板跟她对视，然后叫了她一声蘅蘅，声音缓缓低回。

杜若蘅说："你直接走好了，我不会开门的。"

他说："我有点儿头晕。"

"别使苦肉计，你知道没什么用。"

"我是真的头晕。"

"你还不如直接说你胃疼更真实一点儿。"

周晏持静了一会儿，有几分无奈："你回想一遍，这些年我什么时候对你说过谎话。"

过了几分钟，门被从里面打开。杜若蘅站在门口问："你这回来S市做什么？"

他轻声开口："我不想让我们两个之间再产生什么误会。"

"你放心，我没什么误会。"

周晏持看了她一会儿："还想来看一看你。"

杜若蘅突然说道："你是不是还希望能复合？"

她问得很直接，让人没有防备。反应过来的周晏持很轻易便点头承认："是。"

杜若蘅想了片刻，回过神之后说："这是不可能的。"

周晏持没有回应，看她的眼神包含很多意味。

杜若蘅冷着脸："你不应该这样。这不是最优选择。"

周晏持开口："没有什么选择。你最重要就是。"

这话被他说得像呼吸一样自然，也没有包含什么百转千回的柔情蜜意在里面。周晏持不懂情话，隔了这几年仍然不懂。以前他翻来覆去跟她讲过的也只有寥寥那么几句，并且很少说得款款甜蜜，杜若蘅想听的时候他也会配合气氛地讲一些，但大多数时候都不加渲染，只是行云流水一般地说出来，往往反而是眼神与肢体动作里的感情比言语之间要更浓一些。

　　杜若蘅不知想到了些什么，她没再开口，侧身让他进屋。然后一言不发转身进了卧室，反锁上门，把周晏持一人晾在客厅，过了很久都没理会他。

第十四章

鲠喉

尊严这种东西随着年纪的增长而愈加顽固，到了现在她甚至不想让任何人看到她脆弱的一面。她对他没有自信，对自己也没有自信。越深想下去，就越觉得没什么指望。

周晏持在客厅站了一会儿，独自去厨房弄吃的。

　　现在的杜若蘅把自己照顾得很好，厨房里用具齐全，且都有被使用过的痕迹；冰箱内食物丰富，蔬菜肉类瓜果皆有，还有少量零食，以及两块卖相不错的蛋糕。

　　上一次周晏持踏入这里还是在三年前，那时杜若蘅的厨房整齐宽敞，看起来很像是房地产挂出来的样板间广告。现在这里则有声有色，能看出房主人花了很多兴趣与时间在这上面。

　　这多少让周晏持有些不好想。无论从哪一方面都可以看出杜若蘅已经能独当一面，她生活独立而且自由，很潇洒，充满积极向上的气息，没有什么遗憾。从物质上和精神上她都已经能够自给自足，不再需要他一丝一毫，这是事实，由不得他否认。

　　周晏持找了点材料做粥，然后去敲卧室的门，问杜若蘅要不要一起吃一点。

　　隔了半晌里面才传出声音，没什么兴致地说不吃。

　　于是周晏持坐在餐桌前面，一个人吃晚饭。吃完之后又去刷碗，把一切整理好了，一个人回到客厅看电视。

　　这两年其实他一直都是这么个状态，不管做什么都是一个人。在外面的时候倒还好，他的身份决定了他不管去哪里都很热闹，众星拱月地簇拥着。回到家后就变成另外一幅景象，周宅比杜若蘅的公寓大许多，除了用人之外就剩他一个人，因而显得格外冷清空旷。车祸之后周晏持就很少再正经在餐厅吃饭，一般他都是叫管家把饭端去书房。一个人对着偌大的餐厅很是空荡，他产生不了什么食欲。

有的人单身久了也就习惯，但周晏持显然不在此列。管家倒是曾经往周宅牵过一条狗，可是周晏持又嫌烦，没过两天就叫他又送了回去。

沈初知道后说他毛病真多，然后又说："真这么凄凉，你就再去找一个嘛。既然该有的一样都没保住，那何必还要强求，趁早寻求新的生活也好呀。"

周晏持揉着眉心不予理会，沈初又要聒噪，他漫不经心打断他："我把张雅然叫过来。"

沈初立刻横眉怒目："滚。"

这两年周晏持的变化明眼人都看得出来，纷纷笑问他怎么突然就换了主意。他的发小圈子里还为此有人给他特地送了块牌匾，上面大书"忠贞"二字。却没几个人对他真正有信心，沈初口口声声鼓励说他是三十多年来见过的最心志坚定的人，却也明里暗里地试探过周晏持不止一次。

周晏持向来都不是在意旁人眼光的人。但他乍然改变，不免会有心志动摇的时候。所以只能是全然避免那些招人的地方，这三年里他没踏入过声色场所一步，行为规矩得比妻管严还妻管严。

沈初为此感慨地说这就是报应，还嘲笑他可怜死了。

周晏持本来对电视节目就没什么兴趣，一个人看更是意兴阑珊。再加上他还有点儿头晕，这是车祸的后遗症，极为偶尔的时候会犯一犯。不到十点他就想睡了，去客房找到条毛毯刚搭在身上，就听见卧室的门被轻轻打开。

杜若蘅光着脚站在门口，隔了一会儿她问："睡了？"

周晏持不知道该怎么回答才正确，最后他选择了闭目假寐一言不发。

又过了一会儿，杜若蘅走过来。周晏持屏息凝神，觉察到她踩在了猩红的地毯上，在沙发前面站了一会儿，她的动作遮住了头上几分灯光，像是在打量他。接着她蹲下身，有些迟疑地伸出手，动作缓慢，进进退退，但最后还是摸到了他的头顶。

那里有一条伤疤，是周晏持车祸后做开颅手术的结果。杜若蘅甫一摸到，手腕颤了一下。手指离开又回来，她从头慢慢摸到尾，很长一段，就着这个动作停了半晌才收回去。

她默不作声地垂眼看着他，半晌冷淡开口："醒着就不要装睡。"

周晏持慢慢睁眼，目光很温柔。

他见她垂目不语，安抚说："很久之前的事，不用担心。"

杜若蘅突然淡淡地开口："周晏持，你现在很老了你知不知道。"

周晏持嗯了一声。

"已经有了白头发，眼角还有小细纹。"她想了想，又补充着打击道，"幸亏你不笑，否则一定很丑，而且没有一点精神。"

周晏持无以应对，又嗯了一声。

她又说："我不想跟你复合。"

周晏持轻声说："我知道。"

杜若蘅兀自陷入沉默。周晏持连呼吸都轻轻的，不敢打扰她一下。等过了很久，听见她突然开口："那些女人好在哪里？"

"……"

她没有看他，垂着眼慢慢问出来："蓝玉柔，温怀，还有那些我不知道的女人，你来说，我听着，你告诉我，她们都好在哪里，嗯？"

"……"

周晏持根本说不出话来。杜若蘅静了一会儿，又说："你想一想，你只不过是动了个手术而已，就可以留下伤口疤痕。现在你居然妄想抹去旧事恢复感情，这已经是不可能的事。我们之间拿什么来复婚，你觉得我有什么理由能说服自己跟你复婚？"

她终于抬起脸，眼圈微微发红，质问他的声音里隐隐带了一丝哭腔："你知不知道你现在根本就不配。"

周晏持伸手，把她紧紧搂在怀里，连带着挣扎一起。他吻她的头发，喃喃说着道歉的话，他不停地说对不起，都是他的错误跟过失，他给她轻轻拍背。

　　杜若蘅的手掐住他一丁点皮肉，然后当作着力点一样地下足力道拧上去。她的后背不受控制地深深颤抖，她的情绪激动，不停做深呼吸，差一点就要哭出来，却最终还是没有当着周晏持的面掉下一滴眼泪。

　　最后她渐渐平静，然后推开他。

　　杜若蘅坐到对面的沙发上，她的手还有些发冷，尽量镇定地喝了口水。周晏持不能确定她接下来会不会说一句让他滚出去，但最终没有等到这句话。杜若蘅甚至没有再看他一眼，等到情绪彻底平稳，她起身回了卧室，没有再跟他说一句话。

　　周晏持一夜没睡着，第二天一清早便起床，下楼去买了早点，回来又煎了两只鸡蛋。杜若蘅从卧室里出来，眼皮跟他一样微微带着肿。两人一直零交流，默不作声面对面坐着吃完早点，周晏持收拾厨房，勤快程度赶得上当年两人在国外。

　　然后两人在客厅一起看电视，各自坐着沙发一边。片刻之后听见有门铃响。张雅然在杜若蘅开门的同一时间踏进来，看见周晏持的刹那间几乎要给他跪下："周总，看在主仆多年的分上您好歹也给我回个电话行吗？算我求求您了！"

　　周晏持眉目不动地冷冷道："站直了，天没塌。"

　　张雅然急得快要哭出来，她哪能镇定，她坐清早第一架航班来S市，不是为了来跟这两人一起谈感情谈三观的："现在T市媒体铺天盖地报道的全是有关您挪用远珩公款举办私人宴会的事，这种事在这节骨眼儿上被人曝出来您董事长跟执行总裁的位子还想不想保住了！天就算没塌也跟半塌没什么差别了好不好！"

　　杜若蘅的视线从电视上偏了偏，一半看向周晏持。张雅然恨不能抓头发绕圈圈："您现在马上跟我回T市行不行？好几个董事找您都快找疯了！"

　　周晏持听完连小手指都没动一下。他简单嗯了一声，然后说："你叫章一明今天下午过去远珩一趟。"

张雅然呆了呆："……您找他做什么？您要控诉康董的话，章律师不是最合适的，他只负责财经案件，不负责这种……"

话没说完已经被打断，周晏持说："你叫他拟一份财产转让协议出来，大体意思是我把所持远珩股份全数赠予杜若蘅女士，今天之后杜若蘅女士将拥有对远珩的绝对控股权。"

"……"

张雅然瞪大双眼，差点就没脱口而出——您没魔怔吧？

杜若蘅的反应要比张雅然平静得多。她的脸庞偏了偏，上下打量了周晏持一眼，然后转过头继续看电视。

屏幕上播放的是幼稚的卡通动漫，杜若蘅看得目不转睛。隔了好半晌张雅然才找回声音："我刚才出现的是幻听，对吧？"

周晏持冷酷地打碎她的美梦："你没有。"

"……"

"按照我说的做。"周晏持思索片刻，又改口，"算了，你叫章一明明天再去远珩。今天我暂时住在S市。"

"可是……"

"没有可是。"

"那么……"

"闭嘴。"

张雅然不说话了。周晏持又说："转身，出门，回T市找章一明。剩下董事那边等我回头处理。"

几分钟之后，张雅然像木偶一样恍恍惚惚离开，杜若蘅转过脸来，似笑非笑地看着他："难怪你根本不着急回T市处理事务。想拿我做枪帮忙制衡康宸？你想得太便宜了。"

周晏持当时接掌远珩，陆续从周父那里得到其持有的全数股份。接下来几年远珩董事会的元老被他不断剔除出去，周晏持持股数量越来越多，他与杜若蘅结婚的时候，远珩由他持股的份额占了百分之四十左右。后来离婚财产分半，周晏持遭受康在成在内的几个董事弹劾，那段时间他陆续从不少闲散买家手中高价回购股份。到现在再加上杜若蘅所持有的那部分，刚好到了远珩所有发行股票总数的一半多一点。

周晏持若真正将所有股权转让，杜若蘅就成了远珩股份最大的持有方。如果哪天她心情好，打算就此解散远珩，也没人能说出半个不字。但从另一方面，康宸所志在必得的本来就是周晏持原本的董事长与执行总裁的位子，若是周晏持捏准了杜若蘅不想把远珩执行总裁的位置留给康宸的心理，那这一步他走得很不错，直接让康宸所有的努力都付诸东流。

周晏持听了她的话再次揉眉心。他说："不是这样。"
"那是怎样？"
周晏持沉默了好一会儿。
杜若蘅撑着下巴瞧他，她问他："这件事你谋划多久了？"
周晏持说："能不能不用谋划这个词？"
杜若蘅笑了笑，诚实说："你乍然把这么大一块蛋糕递给我，我不敢接。"
周晏持无可奈何解释："我没想过要算计你。拿着这些东西不是很好？至少你可以在一定范围之内摆布任何人。这能让你松一口气。"

在一定程度上，他对现在两人相处的状态有些无奈。每句话都不得不解释前因后果，假如两人还能有以前五分的默契，杜若蘅就不会质问他刚才那样的问题。

两人的信任和默契都需要重新建立，这比十几年前两人初次见面的时候还要困难一些。周晏持需要加倍的小心翼翼。而让他更棘手的是，他已经没有任何新的办法能让两人迅速恢复到从前。

如果未来一定要是眼前这个人才行，他只有等。或者三年，或者五年，甚至是更长的时间。他其实没有把握。

杜若蘅敛眉不语。她的双手交握在一起，手指纤细葱白。阳光透过窗子，侧面看上去，她的下巴微微往上兜起，给人仿佛还是当年旧时模样的错觉。周晏持淡淡收回目光，他说："如果你不想这样，我们先做普通朋友行不行？"

杜若蘅抬起眼皮看了看他："普通朋友不会给人出这种难题。"

"你不要把它看成包袱，签了协议之后你就是最大董事，旁人不敢为难你。"周晏持说，"做投资者比做管理者要省心一些，你可以找猎头代为寻觅一个合适的执行官，远珩照样会被管理得井井有条。"

杜若蘅突然说："为什么要舍近求远，我看康宸就已经很合适。"

这话让周晏持不自在，他的脸色有些变化，但最后仍是尽可能平静地回应："你如果喜欢，也是可以的。"

杜若蘅笑了一下。她说："真应该让你自己看看你的态度有多前后不一。你看，我们没有可能做所谓的普通朋友。普通朋友倒是确实可以容忍价值取向不一致，但普通朋友不会试图去干涉指摘彼此对方的私生活。"

周晏持说："我们的价值取向以后会一直相同。"

杜若蘅的脸色冷淡下来。她说："别再做这种承诺。"

两人的气氛变得有些凝滞。过了半晌，他迟疑着问出口："对我还有没有好的方面的感情？"

杜若蘅没什么表情说："也别再提这种话。"

下午的时候杜若蘅接了个电话要出去。周晏持问她去哪里什么时候回来，她不作答，也不准周晏持跟着。周晏持于是问，那我做什么？杜若蘅说，去哪里难道不是你的自由？我又没关你禁闭。

周晏持无声看着她。杜若蘅于是又改口，说你可以去南路139号嘛。

那是S市当地的最大销金窟，夜夜歌舞升平，靡靡之光几公里外都看得见。周晏持盯着她，脸上有点儿受伤的表情。杜若蘅于是再次改口："要么你在家做一做家务也可以嘛。回头我按质量给你结算工资。"说完拎着包包关门走了。

周晏持于是虔心在杜若蘅的公寓里做家务，身前还系着一条红色碎花围裙。他打扫卫生的态度比看公司合同还仔细，一定要确保每个地方都没有一粒肉眼看得出来的灰尘才可以，直到一个多小时后沈初砰砰来敲门。

沈初本来正在S市开发区那边开一个洽谈会，听见张雅然的说法后立刻马不停蹄地赶了过来，然后他在踏进门的同一时间劈头质问周晏持究竟想干什么。

周晏持说你来得正好，来帮我看看我有几根白头发。

沈初话还全堵在喉咙口，就被莫名其妙拽着检查了一遍周晏持的头发，然后他没好气地说，你有病吗？就那么一两根你操心个头啊。

周晏持说，那我脸上皱纹很多吗？

"……"

沈初憋着一口气说，你好得很，都能去演十七八岁偶像电视剧。

周晏持于是说，既然这样那我也不老啊。

"你老个屁！"沈初终于全面爆发，双手叉腰指着他大声说，"你还有闲心管你那张老脸！你就等着远珩股价大跌吧！一年后整个远珩集团我看都要玩完了！老子今年年初在你的保证下买入多少远珩股票你都忘了吧！敢套牢了我就拽着你一起去地下见我祖父！"

周晏持弓着腰擦地板，完全无视沈初的跳脚。等到把客厅基本擦完，就剩下沈初这一块，他拿拖布碰了碰他的裤脚，说："抬脚，擦地呢。"

"……"沈初沉寂了两秒钟，大怒道，"擦你奶奶个腿！"

杜若蘅赴的是苏裘的约。她去国外出差，帮杜若蘅带了几样护肤品，交给她的同时随口问了一句近况。杜若蘅沉默了一下，说："近况挺多的，你想听哪个？"

她把这些天的变故说清楚是在半个小时之后，苏裘听得发怔，半晌终于回过神："康宸真是打算利用你一个女人？"

"这个问题的答案只有他自己知道。"杜若蘅解释给她说，"我再重申一遍，我们之间分手不是因为这个。"

"我明白的，观念差想法差全都太大嘛。"苏裘的思路终于变回清晰，"这就没办法了。再者说，你也不会像给周晏持那样给康宸第二次跟第二次半弥补修正的机会。"

杜若蘅说哪来的第二次半。

苏裘说你们俩现在不就是嘛。

杜若蘅有一会儿没回话，然后突然叹了口气。

她在苏裘的眼睛底下索性直接承认："我不知道。"

"周晏持跟你签股份转让，你签不签？"

杜若蘅这次回答得比较果断："签。"

"为什么？"

"为什么不签？"杜若蘅的面容上若隐若现一点笑容，"你不是还念叨过出轨的男人都应该妻离子散家破人亡吗？周晏持一旦签了字，除了最后两个字之外，他基本都实现了。"

"我是在问你。不是问突然良心发现的周晏持。"

杜若蘅静了静，才说："突然想通了而已。为了他的钱为难我自己，多不值得。"

到了傍晚杜若蘅回家，从楼下看见公寓厨房那柔和的灯光。周晏持在窗边忙碌，来来回回，杜若蘅本来看见他心情就不是特别好，看见这一幕莫名又舒缓了一些。

回到家后迎接她的是一个相当整洁有序的环境，窗明几净到都反射有点点星光。餐桌上已有丰盛晚餐，色香味俱全。杜若蘅看见周晏持从厨房出来，里面一件浅色衬衫，袖口挽到小臂，外面一件红色碎花围裙。

他招呼她吃饭，态度稀松平常，倒是杜若蘅忍不住瞅了他好一会儿才走过去。

她笑着跟他说："以后你就负责全职在家带女儿怎么样？让缇缇转学回T市。"

周晏持沉吟了好一会儿才开口："如果你也一起肯回去的话，可以。"

两个人面对面坐着默默吃饭，菜色不错，杜若蘅心情还可以，偶尔想起来个话题想跟人聊一聊，看见周晏持那张脸，思索了一会儿还是全都咽了回去。

周晏持说明天管家会把缇缇送来S市。

杜若蘅哦了一声。

两人接下来又没话说。冷不防他给她夹过来一块牛腩。

杜若蘅的筷子停下来，盯着那块牛肉好一会儿，直到看得周晏持开口："你不想吃就算了，别盯着它看，它没得罪你。"

他难得能说句冷笑话，也算是有进步的表现。杜若蘅在周晏持去添饭的空当把牛腩咽了下去。周晏持返回来之后看了一眼，坐下来的同时眉眼一展，有点儿舒心的意思。

杜若蘅不想看见他脸上出现任何欣慰或者高兴的表情。她面无表情跟他说："扔垃圾桶里了，我嫌碍眼。"

隔了片刻，他才说出口："你别浪费粮食。"

"说心里话，"又隔了片刻，听见他说，"……别这么对我，行不行？"

"你别硬塞过来，我也不会这样。"

周晏持的脸色多少有些不好看。

杜若蘅不喜欢周晏持的这种做派，即所谓的"我对你好你就要接着，否则就是没眼色没情商不懂事"。即使他不会承认这一点，但给人的感觉便是如此。过去这么多年，周晏持还是没能改掉这种独断专行的性格。似乎骨子里已经就是这样，即便再过去几十年，也还是不会有多大的改变。

但从另一方面，他又确实给予了他所能给予的一切。杜若蘅对远珩的股份不感兴趣，但这是周晏持的心爱之物。从当初女儿的抚养权，到现在远珩的绝对处置权，杜若蘅很怀疑周晏持这么做是否有后悔过。他表面上太过云淡风轻，她不能摸准他的心理。

饭后周晏持主动洗碗，杜若蘅在客厅转了一圈无事可做。她刚刚辞职，还没适应闲散下来的生活。最后她斜倚在厨房门口瞧着周晏持的动作，看他把碗具整齐地放进消毒柜里，又把流理台擦得很干净。

周晏持问她在想什么。

杜若蘅沉默了一会儿，还是说："记得你以前挺唠叨，最近话很少嘛。"

他说:"我怕你会烦。"

杜若蘅有些无言,只好说:"是挺烦。"

周晏持站在那里停顿了一会儿,然后他问了出来:"康宸之前是不是也这么给你做过饭?我跟他谁做的更对你胃口?"

杜若蘅说:"你还是闭嘴吧。果然很烦。"

她转身往客厅走,周晏持脱了橡胶手套,跟在她后面喋喋不休:"你不可能喜欢他那种西式做派,那个人在国外一待二十多年,除了抹点儿黄油面包片之外他一无是处。"

杜若蘅说:"闭不闭嘴?再说滚出去。"

世界终于安静了。

当天晚上周晏持继续睡客厅沙发。杜若蘅的客房被她锁上,他无法进入。第二天上午老管家把周缇缇送了过来。当时周晏持正在躬身拖地板,老管家进来看见震惊了好半晌,才喃喃说:"少,少爷,您辛苦不辛苦?要么还是我来吧!"

周晏持没什么表情叫他歇着。周缇缇仰着脸,目光不住在父亲跟母亲中间扫来扫去。周晏持的表情没什么异样,倒是杜若蘅有些不自在,她跟周晏持说你停下来,现在就回去T市好了,管家都来接你了。

周晏持说我把地拖完再走。

杜若蘅的脸色冷下来:"你究竟走不走?"

周晏持辨认了一下她的脸色,最后离开了。他来的时候就没带什么东西,走得也容易。杜若蘅倒是很想让周晏持把昨天他在S市买的一套洗漱用品全带下楼扔进垃圾桶,最后在周缇缇的眼皮底下她没能这么做。

周晏持走到门口转了个身,看了她一会儿,说我下周再来行不行?

杜若蘅手心里还拽着女儿周缇缇,面对他的问题她装作没听见。

周晏持慢慢酝酿着继续道:"或者,你和周缇缇搬回T市住,跟这边没什么分别。"

周缇缇仰起脸,跟杜若蘅说:"妈妈,我在T市见到习睿辰了。我发现他读的学校跟爸爸的房子离得很近。"

周晏持还要再补充，他的电话响起来。来电人显示的是周父，这边甫一接起，便听到那边气急攻心的质问："你疯了你把股份全都转让给杜若蘅！"

　　周父的声音太大，周围的人全都听得见。周晏持下意识去揉眉心，说您怎么会知道？

　　"要不是沈初告诉我我还蒙在鼓里呢！你现在究竟签没签，没签你给我立刻收回来！"周父威严说，"想补偿给小杜你送什么不行，房子车子现金都随便你！你现在可好，可真大手笔！偌大一个远珩的控制权轻轻松松就给了一个女人，你让远珩的股东们怎么想，董事会的董事们怎么想！你身为最高指挥者，怎么会做出这么不负责任的行为！"

　　周晏持听完，淡淡说："您在国外好好养老，用不着操这么多心。"

　　周父愈发怒极："你这是什么口气？！你看看你这几年做的都是些什么事，离婚分了一半还不够，现在全都送出去！我看远珩不败在你手里你就不甘心！"

　　周晏持揉着眉心等那边说完，开口："不这样难道您让我下半生都一个人过？"

　　"远珩都在你手里，难不成你还怕找不到个女人！"周父继续严厉训诫道，"只要你是个成功男人，什么体贴可人的女人这世上没有？我就想不通了，你怎么就为了个前妻执迷不悟了！"

　　周晏持简单说："您记得替我向母亲问好。"说完挂断电话。

　　走廊内安静无声，杜若蘅低垂着眼，把周缇缇的耳朵捂住，从头两句开始就不准她听下去。管家仰头望着天花板，琢磨着周宅里的路灯倒是可以换成这种款式。

　　周晏持看了杜若蘅一会儿，后者根本没扭头。最后他低声说："别往心里去。"

　　杜若蘅冷淡说："你该走了。"

　　周缇缇跑到窗户边目送爸爸离开，还遥遥地跟他挥手告别。她的表情很是恋恋不舍，等人影都没了还在托着腮帮往外看。杜若蘅抚摸女儿的后背，柔声问她这些天在T市过得怎么样。

周缇缇没什么兴致地说很好，然后就不再开口，也不像往常那样叽叽喳喳跟母亲分享趣闻，心情看着有些闷闷不乐？

杜若蘅为了哄她，说我们周末去海洋馆玩好不好。

周缇缇说我在T市的时候去过了。

杜若蘅笑着说："那我们去吃快餐呢？然后去坐摩天轮，好不好？"

周缇缇仍然摇头。

杜若蘅没有了办法。周缇缇突然望向她："妈妈，你从酒店辞职了对不对？"

"……对。"

"为什么？"

"妈妈想暂时休息一段时间。"

"听说你还和康宸叔叔分手了。"

"是这样。"杜若蘅给她稍加纠正，"我和你康宸叔叔是和平分手。"

"为什么会分手呢？"

杜若蘅柔声说："我们两个都认为，以后还是做朋友更合适一些。"

周缇缇哦了一声，小脸上若有所思，不知道究竟听没听懂。过了一会儿她又突然抬起头，眼神晶亮地看向她："既然这样的话，那么就像爸爸说的，我们一起回T市住不行吗？我想回T市上学，行不行吗？"

杜若蘅眼神复杂地看着女儿，很想问一问她，是不是管家教她这么说话的。

周缇缇腻上来，钻进母亲的怀里哼哼唧唧地撒娇。这一招她不常使用，因而更加有效。杜若蘅觉得心软，跟周缇缇祈求的眼神对上，差点没有脱口而出一个"好"字。

最后她轻声问："为什么想回T市？"

周缇缇加重语气："我想和妈妈一起回。"

"为什么想和妈妈一起回？"

周缇缇想了一会儿，回答："我觉得妈妈你在S市住着，也不是很开心。"

杜若蘅心里有微微酸涩，差点就要叹一口气。女儿的后背被她来回抚了又抚，周缇缇问她："好不好？"

杜若蘅像是终于下定决心："好。"

周缇缇热烈欢呼一声，扭身就要给周晏持拨电话，被杜若蘅拦下来。她笑着跟她转移话题："乖，想不想吃冰淇淋？我们出门去。"

母女两个去商场逛了一天，晚上周缇缇跟着母亲一起睡。她从今年春节开始学习独立自主，在S市的时候与母亲分居两室。等回到T市却又是故态复萌，每每都要求跟周晏持在一个屋里睡。

小女孩受到父亲百般纵容，被宠到没边的后果就是在S市养成的好习惯到了父亲那里总是一下子全都消失。周晏持对女儿的教育基本等于溺爱，康宸不能做到像那样的纵容。

周缇缇到底只是个七岁的小女孩，她的亲生父亲娇惯得她百依百顺，她也就不会对其他人产生能超出像对周晏持那样的依赖。这里面有天性的血缘牵绊，也有后天周晏持滴水不漏的笼络。

周晏持疼爱女儿的时候未加刻意。他的想法很简单，他下意识地对这个孩子赋予极大心血，这就是他的眼中宝心头肉。

卧室里关了灯，周缇缇在被单底下滚到母亲怀里，两只脚挂在杜若蘅的腰上，跟她说，妈妈，爸爸很想你的啊。

杜若蘅笑着去捏她的鼻根，说你怎么知道？

"我就是知道嘛。爸爸一直在等着你回家，房子里你的东西都没有动，管家爷爷每天都打扫你以前用的衣帽间和梳妆台，没人能动一下，连爸爸摸的时候都很小心。"

周缇缇接着说："而且卧室里的床爸爸就只睡半边，我跟他一起睡的时候我俩一起睡半边，剩下半边一直给你留着。"

杜若蘅在黑暗里都能觉察到周缇缇目不转睛看过来的眼神。

杜若蘅说那据你观察，爸爸表现得乖不乖，有没有早出晚归？

周缇缇思索了一会儿，回答："爸爸很乖，一直都没有漂亮姐姐跟着的。"

"……"

周缇缇睡着得很早，杜若蘅睁着眼清醒到半夜。

她在上午答应周缇缇，有一大部分是在照顾女儿的心理。周缇缇开始读小学，如今的心理比三年前要更加敏感而纤细。她很聪明，学什么都相当流利，又不知从哪里修炼了高情商，一个七岁的小女孩有时候看待问题的态度就像个小大人，全方位多角度，善良而体贴。周缇缇越长大就越少任性发脾气，她比曾经的杜若蘅更加明理识趣。

杜若蘅不能不反思自己与周晏持的离异给女儿带来了什么影响，总之是弊大于利。假设他们能一直恩爱如初，周缇缇一定比现在更加开朗活泼。

回T市并不意味着两个大人之间的复合，而只是为了安抚周缇缇的心理。假如对周晏持的负面情绪已经能够消除大半，待在S市与待在T市也就没有什么分别。杜若蘅想，反正她已经做好了随时再离开T城的准备，她如今带着周缇缇回去，只是为了女儿的身心健康，不管周晏持未来做什么，她都不会再遭受到什么打击。如果他行为失德到让她在T市再次失去尊严，她走就是了。

一旦没有任何期许，也就无所畏惧。

第二天杜若蘅去学校给周缇缇办转学手续，周晏持打来电话。

他的声音听起来很平静："缇缇打电话告诉我，你准备带她回T市。"

杜若蘅冷淡说："缇缇太敏感，我打算这两天带她去儿童医院心理科看一看。"

周晏持说我陪着你一起。

杜若蘅说："拜托你千万别来添乱。"

周晏持隔了一会儿，像是有话要说，杜若蘅抢先一步："你别误会，周缇缇才是想回T市的那一个，我只是过去陪读而已。"

"缇缇希望的不只这些。"

"我知道。但其他的断无可能。"

她说得斩钉截铁，周晏持一时没有回话。然后他问她有什么需要帮忙的。

杜若蘅说没有。

"需不需要叫人去接你们？"

"不用。"

杜若蘅在下午接到章一明律师的电话，两人约在一家咖啡店里按流程行事。杜若蘅在签字之前把合同浏览了一遍，周晏持除了把所有股份都转让了之外，还有一处房产也包含在协议里面。

杜若蘅问律师："除了这些之外，他手中还剩下什么财产？"

章一明说："也没什么了，只剩下周宅那座房产，还有一些现金。"

杜若蘅便低下头去签字，签字的时候没有再犹豫，倒是章一明看得有些愣神。两人签完字又闲谈了两句。章一明终于按捺不住，说他简直看不透T市的这个圈子了，怎么一个个都把金钱看得跟玩儿似的。

他说："我在前些天还受理了另外一位小姐的委托，她决定把名下所有财产都转让到前夫手里。当时好像她还挺舍不得的，大阴天都戴着墨镜，很大可能是眼睛哭红了没法见人。但这样也还是义无反顾地签了文件。现在周先生也是这样。全部身家都不要，视金钱如粪土，您能否同我说说看，这都是因为什么才会做出这种寻常人根本捉摸不透的事？"

杜若蘅发怔了一会儿，回过神来，微微笑问道："章律师，您结婚了吗？"

对方指了指空无一物的无名指："我已离婚。"

杜若蘅一副了然神色："难怪。"

到了晚上杜若蘅接到苏裘的电话，在那头问有没有听说T市的消息，远珩几个大股东快要被周晏持整疯了，明天远珩的股价肯定大跌。

杜若蘅正在厨房给周缇缇做蛋羹，电话夹在耳朵边，说没听说。

苏裘一副看好戏的口气："我明天一定要买远珩的股票。低买进高卖出，再过段时间一定会赚翻倍的。"

杜若蘅笑着说："你这么有自信，也有可能一路就跌下去了。"

苏裘说怎么可能，反正下一任执行总裁还会是周晏持，我对他人品不认可，对他的从商经验还是比较看好的。

杜若蘅沉默了一会儿，忍不住说你怎么就知道，我可从来没说过我要选谁做代理人的。

苏裘漫不经心道："除了周晏持你还能选谁。周晏持在高层的口碑中毁誉参半，但靠着那张脸跟铁血手腕在基层员工那里还算是不错。毕竟你总不是那种昏庸到因为私人感情要拉着偌大一个集团陪葬的人，除了周晏持你很难选出第二个候选人。康宸吗？我相信你宁可找猎头选个外人也不会选康宸。"

"为什么？"

"你总不会希望周缇缇长大之后因为这个讨厌你吧。她那么爱她爸爸。"

"……"

半个小时之后杜若蘅接到了来自杜母的电话。她在电话里说已经得知了事情经过，然后说："晏持已经做到了这份上，你也该跟他复婚了。"

杜若蘅把蛋羹端给周缇缇，自己走到阳台上："您三年不肯跟我打一通电话，现在打过来就是因为要跟我说这个？"

杜母沉着地说："晏持既然已经知道错误，现在又把全部身家都交在你手上，你还有什么不能满足的？监狱里的犯人都还有服刑期限呢，服完刑出来安分做人就是。如果按照你的理论，难不成只要人犯了罪就没有被原谅的机会了？"

"更何况你们之间还有缇缇。"杜母教育她，"这样就可以了，别做得太过分。"

杜若蘅强忍住冲动，平淡地说："您不了解全部原因。"

杜母轻描淡写："你当你这是新鲜事？这世上出轨的男人那么多，只有你拿这种事当回事。你离婚后过得哪里比离婚前好了？一个单身女人带一个女儿，当年我就是这么过来的，你当我不了解这其中的辛酸？"

"……"

"再者说，晏持哪一天真的被你折磨死了，你就甘心了？"杜母说，"我很早就教过你，做事要知道适可而止。"

杜若蘅根本说不出话来，心里一阵冷一阵热，听着杜母在那边把电话挂了。

她心里有些不好受，坐在阳台上的吊椅里，拽着面前一盆吊兰里的杂草。不久之后她接到当晚第三个电话，响了好半晌她才听见，然后便看见一闪一闪的来电人名字：康宸。

杜若蘅接起来，那边顿了顿，才低沉开口："我是康宸。"

"我知道。"

"你的辞职手续还需要我盖章，很抱歉这两天我事情比较多，没有来得及办理这件事。"他说，"我明天就回S市处理。"

杜若蘅说不急。

两人都沉默了一会儿。康宸说："我应该向你道歉。"

杜若蘅下意识问出口："为什么？"

康宸因为她的回答而有些苦笑，半晌才说："明天我回去景曼的时候打你电话。"

从心底来说，杜若蘅对景曼的感情深厚，毕竟五年来她花了大量的心血在里面。有时候杜若蘅值夜班，她会不得已带着周缇缇一起到酒店的办公室。汪菲菲因此说过她很不容易，单身母亲带着女儿，还要协助管理偌大一座五星级酒店，每天一定都身心疲惫。

类似的话康宸以前也曾说过。他在杜若蘅连续出差半月回来后体谅她辛苦，给她按摩肩膀，结果越按摩杜若蘅就越紧张，直直坐在那里僵硬得不行，康宸不得不一直笑着让她放松。

但很少有人建议过她辞职。大部分人都认为杜若蘅适合酒店管理这份工作，三年过去，杜若蘅出色的口碑在温婉耐心之上还添了滴水不漏这个形容词，酒店员工基本认可她的处事能力，并且理所当然地认为她喜欢并且胜任这份工作。隐约提过辞职类似的话的只有周晏持，他说过她不适合复杂的人事工作，清净地做一份科研可能会更适合。

一定意义上杜若蘅将自己藏得很深。大多数时候她都戴着一副面具示以世人，并且尊严这种东西随着年纪的增长而愈加顽固，到了现在她甚至不想让任何人看到她脆弱的一面，就算对方是她的亲人。所以假如从这一方面来看的话周晏持就又显得比较珍贵，他长她七岁，把她所有的优点和缺点一并包容，兼具父亲兄长与爱人的多重身份。这是在双方都甘愿的情况下多年磨合才能有的结果。假如周晏持没有过不忠行为，杜若蘅一定过得相当幸福。

这便是真正的症结所在。到了现今杜若蘅已经确定了一件事，就算面前有一百个出色男人可供挑选为良人，她有一半以上的可能还是会选择周晏持。她确认自己很难再有那份心情去慢慢磨合彼此，此外她还有感情洁癖，没有那么大的自信去相信如果再花上七八年的时间，她可以像以前信赖周晏持那样信赖另外一个人。

但与此同时，周晏持又让她如鲠在喉。明明现在他的姿态已经十分低，如果杜若蘅肯，他已经可以任由她招之即来挥之即去，可杜若蘅仍然觉得心浮气躁。

她不是没有动过一丝有关复合的念头，却又被自己毫不犹豫地否定掉。她对他没有信心，对自己也没有信心，越深想下去，就越觉得没什么指望。

第十五章　困局

他们开始对往事默契地有所避讳，伤疤不能大白于天下，会影响市容，于人于己都没什么好处。

杜若蘅第二天去景曼，沿途人人问好。汪菲菲小声告诉她康总经理回来了，杜若蘅笑了笑："我知道的。我来找他签字。"

　　她进入总经理办公室的时候，康宸正站在窗边眺望远方。他穿一件黑色衬衫，看见她后笑了笑，神情斯文温和，指着沙发那边："坐。"

　　两人没有太多繁冗客套，他很快给她签字。俯下身的时候侧边头发清俊利落，手指之间养尊处优，随意一个动作都透着成熟男性的魅力。

　　四年前的康宸还可以与酒店前台的工作人员开一些无伤大雅的玩笑，这两年他位高权重，态度已经在不由自主之间有些改变，汪菲菲那么爱热闹的一个人，以前唱歌最爱拖着康宸一起高歌《至少还有你》，现在看见他只敢恭恭敬敬地说康总好。

　　所有人都在岁月中慢慢选择出一条属于自己的道路，康宸的选择无疑是与杜若蘅不同的一条。他与周晏持也不一样，他的界限不像周晏持那样公私分明、清清楚楚，他的灰色地带与黑和白同等重要。

　　康宸把文件递过来，然后问她以后的打算，说完又啊了一下，笑了笑："是我忘了，周晏持已经把远珩所有股份转给了你。"

　　杜若蘅抿着嘴角笑了笑。

　　康宸仔细看她的表情，然后慢慢说："既然这样，下个月的董事长选举也就没什么意义了。"

杜若蘅又抿着嘴角笑了笑。

康宸不知想到些什么，轻轻慨叹了一声，起身给杜若蘅倒了杯咖啡。他递过来，然后抬眼看向她："实话来说，我并不希望以这样的方式认输。"

这样的话题杜若蘅仍然不便发表意见。

"我的确谋划过远珩执行总裁的职位。"康宸轻声说，"如果周晏持没有突然来这一手，他不一定能继任。"

"本来默认的是公平竞争，他这么做，就让股东大会上的投票没了什么意义。几年前远珩的控制权就在他手里，现在他给了你。"康宸顿了顿，还是说出口，"如果说到底，应该也还是在他手里。"

杜若蘅的语气还是柔柔的，她对待除去周晏持之外的其他人都是这样的语气："这不一样。"

她没再多说，起身告辞。康宸送到门口，突然说："如果结局真的跟我预想的一样，可能我会就此离开远珩。"

杜若蘅下意识看他。康宸微微笑着道："以后总不太方便再待下去。并且，大概景曼的总经理职位也会一起辞掉。"

杜若蘅斟酌着说出来："其实我一直想问，为什么你始终没有从景曼辞职。"明明这三年远珩那边他都要忙不过来。

康宸笑了起来："因为你在这里。既然你喜欢这份工作，那么我陪着你。"

杜若蘅默然。有一瞬她生出冲动想说明实话，又在转念间将所有言语都咽下去。康宸握在门把手上，想了想，说："最后一个问题。"

杜若蘅抬头看他，康宸眼底复杂，最后他问出来："有没有稍微爱过我？"

她迟迟没有回应，康宸又补充问道："那么，有没有喜欢过？"

杜若蘅想了片刻，说："有。"

康宸笑出来："我明白了。"

他目送她出门，最后看了她一会儿，轻声跟她说："以后常联系。"

这句话是敷衍，双方都很明白。就像之前她跟他提分手，说以后做朋友一样。所谓的朋友，不过是如果哪天见了面会打一声招呼，看不见的时候必定不会再联系。

从S市搬回T市没有五年前来的时候那么轻松。各种行李都要收拾整理，只周缇缇的就占了半个房间。杜若蘅叫来搬家公司，说清楚T市的地址，周缇缇在一边旁听，出声问："妈妈，我们不回宅子吗？"

杜若蘅轻声回答她："不回。"

周缇缇不再讲话，托着腮默默望着她，眼神里有点失望。

杜若蘅选定的地方是以前杜父转到她名下的一处公寓。面积不大，与周宅隔着一个城区，这正合她的心意。她不想跟周晏持长久地同处一室，在这一点上，她无法对周缇缇妥协。

拖延了几天之后杜若蘅终于带着女儿回了T市。周晏持与管家来接机。杜若蘅脸上架着一副墨镜没什么表情，实际这已经是她心情不快的表达。

她回来T市，总觉得有一丝微弱求和的意味，可明明不该是她这样做。离T市越近，这种想法就越强烈，在S市机场的时候杜若蘅和女儿对话还有些笑意，等下了飞机，她已经彻底失去笑容。

管家把周缇缇的小书包接过去，周晏持跟着要将杜若蘅的行李箱也接过去。杜若蘅隔着眼镜看了他一眼，眉心微微拧起来，没有动。两人默不作声僵持了一会儿。管家在一旁轻咳一声，上前一步道："杜小姐，还是我来吧。"

这回杜若蘅松了手。

几个人在回去的路上只字不提远珩的事，杜若蘅刚才却在飞机上已经了解得七八分。远珩股价这些天一路下跌，几个元老级的董事只差闹暴动，还气得平时支持周晏持的一位长辈生病住院。报纸的新闻标题上大书特书着夸张字眼，什么拱手江山送前妻，再配上周晏持那张风韵犹存的脸，洋洋洒洒一整个版面，文笔好到只差没感天动地。

杜若蘅觉得牙酸。她只疑惑一个问题，这些天居然没有一人来S市找到她的头上。

几个人回到周宅，管家要拎行李，杜若蘅说不忙拿，一会儿还要过去西区那边。

周晏持把她这句话消化了一会儿，问："你想住在哪里？"

"爸爸以前的一处公寓。"

"如果我没有记错，那个两居室有些小。"

"我和缇缇两个人住已经足够。"杜若蘅的墨镜仍是没摘下来，平淡地说，"如果下午有空，我希望把缇缇的转学手续尽快全都办好。"

周晏持看了她一会儿，说："先吃饭。"

菜流水一样端上来，很丰盛，管家站在饭桌前，特意指给杜若蘅看餐盘中的各自卖相，又说这些都是周晏持在去机场之前特地做的，有的食材甚至是他从前一天晚上就开始准备。周缇缇听了很兴奋，确切来说她从回来T市的那一刻起就非常高兴，腻在父亲身侧说我要吃这个这个还有这个。周晏持一一夹给她，杜若蘅却没有什么胃口，她在心里藏着一股无名火气，勉强吃了几口饭，接着便搁了碗筷。

周晏持看了看她，杜若蘅没什么表情说："难吃。"

已经被塞饱的周缇缇被管家有眼色地哄着领了出去。周晏持淡淡地说："那就叫厨房再做点别的。"

杜若蘅盯了他一眼，起身便走，路过周晏持的时候被他攥住手腕，她突然整个人像只猫一样毛炸起来，声音陡然提高："放开！"

周晏持很快就放开。他看向她，目光里幽黑深沉。等她喘息稍稍安定，开口说："我知道你乍一回来这边，还需要适应的时间。"

杜若蘅绷着脸不说话。

"你觉得是你吃了亏。"周晏持慢慢说，"而且本来就不怎么想见到我，更不要提整天都看见我了，对不对？"

杜若蘅冷冷地说："你什么时候这么有自知之明了？"

周晏持避而不谈，只说："慢慢来，好吧？"

"谁跟你慢慢来！"

"你回来之前我就想过你会反悔。"周晏持柔声说，"你总不希望我真把你的心理猜对，是不是？"

杜若蘅拧着眉心很不耐烦警告他："少拿这种哄小孩子的口气跟我说话！"

他又说："如果实在看得不顺眼，打我我也全都受着，这总行了吧？"

杜若蘅冷冷道："我怎么敢？"

周晏持揉着眉心，半晌吐出一句话："我请求你打我，好了吧？"

杜若蘅终于没能绷住脸色，她的表情缓和了几分，口气却仍然不耐烦："滚。"

杜若蘅回到T市不久，便与一些旧友在一家会馆聚会。她本性不爱这种热闹，之所以这样无非是前两天在路上碰见了之前的同事，对方与她交好，兴致勃勃地提出要聚一聚庆贺她回T市，她不好推拒。

确切来说杜若蘅很想让自己回T市这件事低调处理，知道的人越少越好，在她的观念中，这不是一件多么值得庆贺的事。然而在聚会上却有一群人纷纷感慨她命好。

这出乎杜若蘅的意料。一众以前的朋友纷纷羡慕她既有个好女儿，又有个好前夫，除此之外远珩还如囊中之物。杜若蘅大权在握美男在侧，俨然就是这世上最幸福的女人。

有人还说："当年知道你离婚，大家都觉得可惜。"

杜若蘅说："那么现在看着我是一点都不值得可惜了？"

"那是当然。你现在让人羡慕嫉妒还来不及好不好。"

杜若蘅笑着抿了一口红茶。对方看她一眼，因以前同她关系较好，所以讲话也更直接了几分："这是实话。这世上夫妻结了婚之后谁不是磨合妥协将就，有几个男人能像你的前夫那样诚心悔改，五年过去了你们还能有联系，你还能为了他回来T市。"

杜若蘅纠正："我回来可不是为了他。"

"哎呀，这不是重点。重点是这世上离了婚之后，女方妥协的多，男方妥协的少。大多数离了婚的男人都奔着更年轻更美貌的小姑娘去了，要想再复合也是女方退让得多。也就只有你那位周先生还能把远珩所有股份都给你表示诚意。"对方说，"你不要了把他让给我，我可喜欢接着呢。"

杜若蘅笑了笑。对方又说："所以其实还是惜福。你看吴朝妍，别看跟旁边人笑得那么开怀，谁不知道她前阵子跟老公闹离婚，分文都没拿到，孩子还归了她。你不在T市这几年，人事乱得你都想象不到。还有今天没来的那个姚梓心，这么多年过去一直没孩子，结果今年过年之后，她把她老公在外面弄出来的私生子纳到了自己名下。男人是女人的第二次生命，在我们这个年纪，你能有现在的光景，已经是相当幸福的了。"

杜若蘅只是笑，一句话都没开口。

她能感受到聚会上众人对她各种形式的恭维。还有人询问她手腕上戴着的一只翡翠手镯，指着问道："这是周先生给买的吧？"

杜若蘅差点就要脱口说这是自己以前在S市拿薪水买的，想了想又将话咽了回去。

她在众人之中说的话很少，却越发显得众星拱月一般。耳边听到的都是别人对她明里暗里的讨好。口吻与语气让杜若蘅有种遥远的熟悉，她在最初回国时，与周晏持相携参加一次酒会，便是因为格外不想看见这种脸孔的缘故，从此很少再同意跟他一起出席类似活动。如果是那个时候，她一定受不了。但换了现在，她已经格外有耐性。

人总是在变，更何况已经这么多年。

聚会到了晚上将近九点才散，从会馆出来时杜若蘅给人轻戳了一下后背，笑着说："看，有人来接你了。"

已经是春末，夜里凉风习习，周晏持只穿简单一件衬衫，袖口挽上去，露出小臂，倚在车旁边，正朝着她遥遥看过来。

身形修长匀称，又恰是好看模样，便格外散发成熟男子才有的魅力。

杜若蘅在众目睽睽之下走过去，周晏持为她打开车门，接着很有风度地向众人略一点头致意，然后两人在身后一众艳羡的眼神底下离开。

车子开得不算快，杜若蘅撑着车窗往外看。周晏持问她晚上聊得怎么样。

过了一会儿才听到含糊的回答："还可以。"

他又问都聊了些什么。

杜若蘅说不就是聚会常说的那些，男人、女人、儿女。

他说："你看着有点心情不好。"

杜若蘅冷冷地说："我好得很。"

周晏持再没继续这个话题。过了片刻他开口："董事会有几个人想开临时会议，你是最大股东，大概需要去一次，就在这两天。"

杜若蘅终于瞧了他一眼，说："他们要说什么？想逼宫？"

周晏持淡淡道："他们没这个胆量。"

两天后的上午杜若蘅去远珩，周晏持跟在她身后，所到之处人人鞠躬说周总好，这是他残暴统治残留的影响。杜若蘅以狐假虎威的姿态一路走到顶层会议室前面，隔着门板听见里面有人咳嗽了一声。

她先走进去，几个董事刷地一下子盯向她，那神情像是比她还紧张。在一旁做会议记录的张雅然低声跟她报告："康宸董事说有急事脱不开身，这次会议请假。"

杜若蘅嗯了一声，在首席的位子上坐下。

这个位子的视野她不太习惯。

周晏持不占股份，临时会议上没有他的席位，但也没有人敢开口说一句请他出去。张雅然另外给他找了把椅子，他坐在门口边上，一言不发地看着这边。

有人看见这一幕已经憋气。会议还没开始，杜若蘅端坐着心里发笑，刚才进门的时候摆明了阵势像是专门要开批斗大会，却在看见周晏持的顷刻间连点勇气都不见了，这群人在想些什么。

她环视了一圈，才说会议开始。室内静寂了一会儿，有位年长的董事咳嗽了一声后先开口："我听说杜小姐对管理集团公司基本没经验。"

杜若蘅稳稳说："管理公司不是我的事，那是远珩代理人该解决的问题。我最多只是跟各位董事商量一些投资决策而已。不过如果您觉得不痛快，或者您可以这么想，正因为我虽然有绝对控股权而又什么都不懂，您才能暂时还坐在这里。"

对方是长辈，她这么讲话很快引起窃窃私语。周晏持的指关节在扶手上不轻不重地一敲，才又鸦雀无声。

杜若蘅说："召开会议究竟想说什么事？"

另一位董事说："新的董事会成员还没选出来呢。"

"按流程来就是。"

如果没有周晏持坐镇，杜若蘅不会用方才那种施威的口气说话。她拿准了他在这里，她一定毫发无损。但从另一方面，没有周晏持，她也不用坐在这里跟一群老头子周旋。

杜若蘅被一群董事针锋相对得有些火气。明明她不用遭受这些，全都是因为周晏持。会议结束的时候她往外走，有人在身后不冷不热地开口："不就是个婚内出轨，搞得一副软弱模样。自己妥协也就算了，还要拖上整个远珩都要仰仗一个女人的鼻息行事。"

周晏持还未发一言，杜若蘅停下脚步先转过身。她笑了笑："赵董事，您已经过了知天命的年纪了吧？既然半截土已经埋到了脖子，好歹也积点口德吧。"

她在离开远珩之后才朝着周晏持发火："远珩就非要留着这种人？看着我被架在火上烤有意思吗？凭什么你就这么闲，我平白无故要遭受这些非议？到底是谁的错，你们都是一些什么逻辑价值观！"

她一番话说得颠三倒四，显然已经气急。周晏持一边开车注视着前方，一边说："你有绝对任免权。"

杜若蘅说："你当我是你，做事的时候只考虑自己完全随心所欲？你专断独裁的时候怎么不想想还要以后给缇缇积德？"

这话戳了周晏持的软肋，他瞬间不再讲话。

过了半晌他才勉强开口："以后我会注意。"

"你不要凡事都把我往坏处想行不行？"他又说，"我没有为难你的意思，只是希望你能过得舒适一些。"

他想揉眉心，又半路将手收了回去，表情很平淡。杜若蘅想他一定有了些不耐烦，这种话明明已经被他说了不止一遍。

她不想跟他说话。

周晏持又说："你还是对我有误会。"

"闭嘴。我不想再继续这个话题。"

一段时间后苏裘给杜若蘅打电话，关心她在T市过得怎么样。

杜若蘅说还行。

苏裘说还行是几个意思啊？

杜若蘅正咬着一块黑巧克力看电视，隔壁房间有吸尘器的声音，她含糊回答："和在S市差不多，请的清洁工还不错。"

苏裘说："问你感情生活呢，别跟我说有的没的。"

"还能怎么样，都已经到了这种地步，只好就继续这么过下去。"

等周晏持打扫完卫生，洗净了手摘了围裙从厨房出来，杜若蘅招手要他过来。

她拿出纸跟笔摆在他面前："我们约法三章。"

"哪三章？"

"我说，你写。"

"第一，除去周缇缇之外，双方之间不得再有任何交集。"

周晏持写了两个字就停下笔，杜若蘅问："你不同意？"

他很平淡地说道："这里的交集需要定义。你需要说明，这个交集究竟是指财产方面的来往，还是人与人之间的见面或者问候，或者是两者兼有。另外，如果是指人与人之间，那么是仅限于主动地没有交集，还是被动的交集也要回避？比如在路上偶然见了面，我们究竟打不打招呼？另外，如果有人逾越了怎么办？或者没有明显的逾越，但以周缇缇为借口而见面，这究竟算不算交集？"

杜若蘅冷冷看着他："说完了？"

他嗯了一声。

她咬牙说："两者兼有。并且主动和被动都不能再有交集。"

周晏持突然问："你打算把远珩的代理执行权交给谁？"

"你问这个做什么？"

他平心静气："如果给旁人，那没什么异议。如果你打算慈悲为怀地交在我手上，那么问题又来了。未来公事上我肯定会跟你有交流，而这显然又属于除去周缇缇之外的交集。"

杜若蘅终于恼火，一脚踹在他身上："你给我出去！"

周晏持自然没走，他问她约法三章的第二点是什么。杜若蘅冷着脸只作没听见。

两人的协议没能达成一致，杜若蘅没有什么好心情。周晏持不再撩拨下去，他适可而止，转身去了厨房片鱼。

到现在两人渐渐形成一种新的相处模式——杜若蘅在对待周晏持的时候很难维持十分钟以上的好脸色，而周晏持已经试着习惯她对他的不耐烦。他摸索着揣摩她的真实心理，尽量从她的那一角度考虑，慢慢也就习惯了杜若蘅对待他的态度。

周晏持炖好鱼汤出来的时候杜若蘅正望着窗外发呆，怀里抱着只抱枕，一边拧着眉心咬指甲。他说："饭做好了。"

杜若蘅心不在焉地嗯了一声。

他把她的抱枕抽走，杜若蘅瞪着他。周晏持说要么这样，我们签另外一个协议。

"我所有财产转在你的名下，未来你拥有合法支配权。"

杜若蘅听懂了。如果真的是这样，那就和普通生活的夫妻没有什么区别。严格意义上来说周晏持就变成了真正的无产阶级，自身不占有分文资产，大概手里只剩下杜若蘅给的零花钱。如果未来哪一天两人再次誓死不相往来，周晏持无疑就变成身无分文。

可惜她对此没有兴趣。

她说："何必这么麻烦。"然后微微冷笑，"你简单地一刀下去，变成太监，我也就此生无憾了。"

周缇缇对两个大人之间的争执本来有些惴惴，过了一段时间发现每天都是如此，并且其实也没怎么真正过火过，也就渐渐放心下来。她最近醉心于围棋，周末的白天跟着新拜的师父学习，晚上就和周晏持对弈。

小女孩是很能沉得住气的性格，晚饭后一连坐上四个小时都不动一下。她的师父夸奖她未来可成大器，周缇缇对着长辈躬了躬身，脆生生地说谢谢师父抬爱。

小模样逗得大人们欢喜不已。

周缇缇的棋艺不及周晏持，因此每天周缇缇都赖在周宅不肯走。到了十点的时候杜若蘅催促，周缇缇对着棋盘仍然舍不得抬头，一边说："妈妈，你再等一等嘛。"

如此连着几天，都是到了晚上十一点杜若蘅才拖着恋恋不舍的周缇缇从周宅离开。夜里风大，折腾了不久之后周缇缇便感冒了。管家看着孩子心疼，跟杜若蘅商量："要么您带着周缇缇也在这边住下。房子大，再多住两个人没什么问题的。"

杜若蘅说不方便。

"也没什么不方便。您需要什么这边都有，衣服鞋子首饰还有护肤品。"管家耷着眼皮念出了几个杜若蘅常用的护肤品品牌，"是这些没错吧？"

"……"

周缇缇托着腮趴在桌子上望着她，嘴巴里还塞着支体温计，然后含含糊糊跟她说："妈妈，一起住在这里嘛。行不行？"

"……"

杜若蘅能看出女儿的心意。她可以找出一千个离开周宅的借口，但周缇缇一心一意希望他们能和好。她制造出各种机会给两个大人相处，杜若蘅很难一一拒绝。

那天晚上她终于同意在周宅住一晚。

当天晚上整个周宅都喜气洋洋的，房间里灯火通明，比这几年过春节的时候还要热闹。周晏持一贯没什么笑容，在他的脸上很难看出什么表情，但他在吃晚饭的时候看着杜若蘅的目光很温柔，几乎都要化掉的地步。

杜若蘅被他看得吃不下去饭，她跟周缇缇说重新拿温度计过来。

周缇缇问怎么了。

杜若蘅说："你爸爸被烧糊涂了。"

结果到了晚上周缇缇与父亲对弈，杜若蘅早早就睡在了客房。周晏持看见她的时间倒是比往日还少。他哄完周缇缇睡觉之后来到客房门口，对着门板来回转了好几圈才回房。接着第二天杜若蘅早起送周缇缇去上学，周晏持从卧室出来只捞着她开车离去的半个背影。

他从窗户往外看，直到车身拐出家门离去。管家站在他身后，打心底给了周晏持默默同情的一记。

周末的时候周缇缇要去水上世界，并且一定要和两个大人一起。小女孩走中间，一手拽着一个大人，那姿势像是杜若蘅跟周晏持才是被带出来散心的那个。排队买票的时候周缇缇遇到了以前的同桌习睿辰，小小个子夹在人群之中，清澈的眼神之间带着英气。

他礼貌地喊叔叔阿姨。杜若蘅问怎么就你自己。

习睿辰指了指远方的阴凉处，平静淡然地回答："爸爸妈妈在那里。"

顺着看过去果然看到一对养眼夫妻。男子臂弯里挽着一件女士外套，两人挨得不近，却怎么看都是旁人滴水不进的亲密，举手投足间都是默契。

丢下小孩排队，自己在一边培养情趣。杜若蘅看得复杂，忽然被周晏持握住了手。他的力道不大，她却在小孩子们面前无法挣脱。隔着太阳镜警告性地瞪了他一眼，周晏持纹丝不动。他低声说："以后我们也会这样。"

杜若蘅低低哼笑一声，显然不怎么相信。

过了片刻对方夫妻看到他们，过来寒暄。习先生还记得杜若蘅的姓名，态度温和而客气。最后他同周晏持微笑着道："资料收集得差不多了，这两天就寄给你。"

周晏持破天荒说了句多谢。

等到晚上回到家吃完饭，杜若蘅才问两人下午在说什么。

周晏持没有隐瞒。他说得轻描淡写："我说过，有朝一日我会让康宸穷困潦倒远在天边。"

杜若蘅把这句话消化了一会儿："你让习进南收集的什么资料？"

他说得简单："商业贿赂。"

这是刑事犯罪。杜若蘅看了他一眼，没有再说话。

杜若蘅迟迟没有委任给周晏持远珩执行官的角色，周晏持天天赋闲在家。他虽然有空，能想到的可做的事情却不多。他倒是很希望能跟杜若蘅一起做些事情，打打球聊聊天都可以，可杜若蘅变得不太爱待在家里。

她开始出门，周缇缇也交给周晏持接送，也不说要去做什么。晚上来接周缇缇的时间渐渐从八点拖到了九点，周晏持便以此为借口打过去电话询问，这时候杜若蘅就会很不耐烦，来一句你问这么多做什么，事事打听事事报备烦不烦啊你。

这话听着很熟悉，几年之前他曾经对杜若蘅这么说过，于是很难再问下去。

这样过了一周，一日杜若蘅来接周缇缇回杜宅的时间将近晚上十点。客厅里灯火通明，管家说周缇缇已经在楼上睡着，天色太晚，你不妨也在这里睡下。杜若蘅说不用，周晏持正在咔嚓咔嚓修剪盆栽里的花，终于插话："今晚别回去了，我也有话和你说。"

杜若蘅想了想，沉默着同意。

两人在客厅坐下来，周晏持说："康宸辞去了董事的席位。"

"我已经知道了。"

周晏持有片刻不语，然后问出来："他自己亲口告诉你的？"

"否则呢？"

杜若蘅最近火气不小，这让周晏持皱眉，然而他还是得说下去："我已经把康宸的相关材料锁进保险柜，如果不出意外，不会再拿出来。"

杜若蘅噢了一声，没什么太大反应。

"我要是不这么做，你是不是就准备我对康宸做什么，你就对我做什么？"

杜若蘅抿了口参茶，说："你别想太多。"

可事实证明根本不是周晏持想太多，两人就康宸的事情谈完的第二天，杜若蘅就又去了远珩一趟。这次是和周晏持一起，委任他为远珩执行官的角色。

众目睽睽之下周晏持面色不变说了句谢谢杜董，杜若蘅还很客气地回了一句好好努力。

她没有听他接下来对工作任务的安排就直接走了。她要开车去接周缇缇放学。

两天之后远珩有场庆功宴。实质上是一众高管与董事会成员之间的聚会。女性很少，杜若蘅是唯二中的一个。虽然她身为董事长，却还是周晏持受到的恭敬更多一些，不管他走到哪里，人人都屏息凝神。

杜若蘅难得见到这种场面，令她想起了老虎巡山。又觉得，大概就是这种气氛，曾经助长了周晏持不想悔改一意孤行的嚣张气焰。

一天杜若蘅逛商场的时候正好碰到了聂立薇，两人一起吃了午饭。

杜若蘅说最近有些睡不着，失眠症状很严重。

聂立薇笑着安抚她："可能是刚回到T市不太习惯，总要有个适应过程。"

"那要适应到什么时候为止？"

"就算我们以前是同桌，你也不能让我回答这种问题呀。我不是诸葛亮，无法夜观天象。"

杜若蘅半晌才说实话："我是真担心我以后会后悔。"

聂立薇微微笑看她："不用想那么多。既然已经决定回来了，不妨试着放下。什么原则和阻碍都尽可能少地去考虑，那样只会为自己添烦。生活总要有舍有得，你说呢？"

周晏持不知道杜若蘅与聂立薇的这次交集。他只隐约觉察到杜若蘅的态度比刚回T市时有了一些软化。这是好事，但他不能得知原因。他倒是很想问，然而杜若蘅一副猜死你也不会可惜的态度，他也无可奈何。

他们之间现在其实还很脆弱。杜若蘅肯再次回T市，一大半都是看在女儿周缇缇的面子上，还有一部分是经过了重重考量，这其中未必不包含个人未来利益最大化，只有一小部分才是念及旧情。

周晏持很清楚这一点，但他不愿去深想，可能只有含糊着才能过得下去。

周缇缇放暑假前夕，两个大人计划假期带她去W市玩一趟。

杜若蘅去商场买旅行用品，却意外看见了蓝玉柔。

对方形销骨立，瘦得只剩一把骨架。一个人神色憔悴到这种地步，如果不是眼角那颗印象深刻的泪痣，杜若蘅肯定不会认出她来。

等到她站定脚步，蓝玉柔显然也看见了她。然而她的表现远不如杜若蘅镇定，刻意将脸扭到一边，加快脚下步伐离开。

杜若蘅许久没有关注过娱乐圈的消息。她在附近报亭买了本娱乐杂志，出版日期在半年之前。上面写着蓝玉柔因丑事败露被雪藏云云，旁边一张素颜憔悴的全身照片。

杜若蘅看了一会儿，把杂志丢进包袋里带回了周宅。

周晏持站在门口看着她走进客厅，问她刚才电话怎么打不通，杜若蘅不想理会他。她过来是因为管家前一晚邀请她今天中午到周宅来吃酸菜鱼。另外杜若蘅还想从周宅挖几盆盆栽到公寓，连带着水土和花盆一起。不知什么缘故，周宅养出来的植株比花市上的都要水灵娇艳。

管家问她打算要哪一种，吊兰蔷薇还是绿萝牡丹。

杜若蘅说吊兰就可以了，好养。

管家说："几盆全在书房里，您要几棵我给您分。"言罢又悠悠补充道，"想想家里这些吊兰还是六七年前您栽下的，这几年少爷一直精心照料，我一会儿给您端来，您就知道它们长得有多旺盛。"

杜若蘅知道他话里是什么意思，温婉笑了笑："有句话叫物是人非。"

管家顿时没话说了。

午饭的时候周晏持有些食不知味。等到管家帮杜若蘅将吊兰搬到车上，她要走的时候他才搭住她的手腕："我有话跟你说。"

杜若蘅于是停下来等着他。

结果他又半晌都没说下去。杜若蘅等得没了耐性，她说："你翻了我的包。"

周晏持解释："杂志露出来一角，我只看了杂志。"

杜若蘅无意追究这个话题，她问："所以你究竟想说什么？"

"……"

周晏持发现自己很难解释，既定事实他否认不掉。杜若蘅意味不明地笑了一声："别强求自己。"

她关上车门扬长而去。

最终两人以不咸不淡的态度将有关蓝玉柔的所有篇章都无声揭了过去。他们开始对往事默契地有所避讳，伤疤不能大白于天下，会影响市容，于人于己都没什么好处。周晏持不了解杜若蘅在这方面的底线，但他轻易不敢试探。他唯有将自己的底线设得高一些，这是最不伤及感情的办法了。

第十六章

退让

他的气息从未像今晚这么牢靠。让她迅速放松下来，几乎是在眼睛闭上的同一时间，就已经踏实睡着。

旅行期间，周晏持一路担任脚夫、服务生、导游、刷卡机等多种角色。到达酒店的时候两个大人带着小孩，办理完手续后前台人员给了他们一张房卡，杜若蘅温温婉婉地开口："麻烦再开一个房间。"

对方愣了一下才反应过来，收回有点探究的目光又开了一间。

晚上，周晏持一个人住套房，杜若蘅跟周缇缇住在隔壁。明明房间隔音很好，但周晏持这边太安静，让他总以为能听到隔着墙壁那边的欢闹声。周晏持洗完澡在房间中来回走了几圈，最后他去了隔壁敲门。

杜若蘅握住门把手，不动声色地挡着他。廊灯晕出模糊的轮廓，有几分温柔的意味。

他低下头来瞧着她，声音也是轻柔的："我睡不着。"

杜若蘅看了他一会儿，她在思索。然后她伸手指了指不远处的沙发，简单说："要么回去，要么睡这里。你自己选。"

最终周晏持来W市度假的第一个夜晚是在酒店的沙发上睁着眼到天亮。

W市地处中国最南方一带，天空晴好，日光奔放而热烈。他们下榻的酒店前面不远便是沙滩，上午的时候杜若蘅带着女儿去海边。周晏持本来也一起，结果被张雅然打来的紧急公务电话绊住，只能站得远远地讲电话。

张雅然请示完他的意见之后跟他邀功："您昨天住得还好吧？考虑到各种因素，我自作主张只帮您订了一个房间……"

周晏持至今脖子酸痛。他揉着眉心冷冷打断她："闭嘴。"

他远远看到杜若蘅跟周缇缇在海水里玩得很开心。周晏持没了再跟秘书闲谈下去的兴致，他挂了电话。同一时间，他看见杜若蘅被海浪冲了一下，几欲绊倒，幸而被旁边的年轻男士顺手一扶。

那个景象衬着碧蓝的海水，很有几分亮丽的韵味。周晏持差点摔了手中的电话。

他走过去，对方还没有要离开的想法。几步之外便听得到那个年轻男士的问话："这个漂亮的小女孩是杜小姐的女儿？"

连姓氏都已在这么短的时间里被打听到。杜若蘅浅笑回答："是的。"

对方长长噢了一声，仍然没有退却的意思，再接再厉道："您是哪里人？"

"T市。"

年轻男子眼前一亮，笑着说："那还真是有缘。我住在Y市，正好与T市相邻。听说T市有座世纪钟在……"

话没说完一道身影插在了两人中间。周晏持蹲下身，将杜若蘅脸上的一点沙子抹下去，眼神淡淡地看向陌生人："请问你是？"

年轻男子终于离去，走了几步之后还心有不甘地回头看了一眼。周晏持握着杜若蘅的手一直没松开。杜若蘅等人走远了，才说："你有完没完？"

周晏持语气温和："玩累了没有，要不要回酒店？"

杜若蘅瞅了他一眼，没有作声。他拉着她的动作被她轻轻挣了一下，周晏持握得愈发紧。

杜若蘅没有再进一步出声警告，她最终选择了默许。

到了傍晚时分，三人才从海边回酒店。周缇缇玩闹得累了，回去的路上她抱住父亲的脖子，趴在肩膀上睡着了。周晏持一手抱着她，一手牵着杜若蘅，慢慢往回走的同时被夕阳拖出长长的倒影。

能有这么静谧的一刻，已经难得。然而从另一方面来说，现如今的周晏持已经被磨得有些把持不住自己的想法。

并不是意味打算就此放弃，而是渐渐消失慢慢来的耐性。杜若蘅已经出现了态度软化，他便希望用愈短的时间更进一步。

他想要的原本就不只现在这样的这么简单。牵手、拥抱、相互信任，以及更进一层的各种事，还有复婚。他没有把握再回到从前，却觉得至少可以做到最好。周晏持原本认为自己会不吝于最大的耐心，花费大量的心血与良久的时间，将这些慢慢一点一点付诸实践。然而真正的事实是，他已经经不得她半点的撩拨。

甚至这些撩拨从未出自刻意。杜若蘅挽着头发在他对面吃饭都足以引发他的绮思，更不要提现在的朝夕相处。他能感觉到他与她发生肢体碰触时她一瞬间的僵硬，但是最终她没有推开他，就给了他莫大的可能性。

两个大人一个小孩在W市待了将近一周的时间。截止到离开的前一天，周晏持与杜若蘅的进展仅限于牵手。他一直睡在沙发上，卧室的床够大，他不动声色地试探提出过一次，却被杜若蘅敏感察觉，同床共寝的建议随即被毫不留情地驳回。

连周缇缇都有些同情他。她在早餐的时候为父亲额外端来了两只煎蛋和一杯牛奶，说这几天爸爸一定没睡好，需要补身体才行。

周晏持两手捏着餐具，面色不变地说谢谢。

周晏持获得意外之喜是在离开W市之前的晚上。

杜若蘅在海边陪着周缇缇捡贝壳的时候不慎崴了脚，被周晏持一路背回来。本来她不肯，却架不住他的坚持。回到酒店后他给她找红花油，可是周缇缇不喜欢这个味道，两个大人只有去了隔壁周晏持的套间。

窗帘没有拉上，夜幕垂下来，外面是星星点点的灯火，很宁谧安详的感觉。

让她恍惚想起那一年，他在景曼被她故意砸伤后背。那时候他还不这样，尽管对她早已习惯忍让，却没有处处谨小慎微的感觉。

她自然知道这段时间他过得算是辛苦。不会有人喜欢被甩脸色，更何况是一向心高气傲的周晏持。

她坐在床边，低头，正好看到他的眼睫毛，深深长长的。周晏持性格强势独断，长相却带着些温柔的味道，视线专注的时候，很容易让人泥足深陷。

他给她按摩的动作轻而舒缓，手法老到，源自于她怀胎十月时的调教。她的一只脚心给他握在手掌，周围是鲜明的药油味道，她看得久了，莫名有些心慌气短。

她终于觉出哪里不对劲。他的指腹正轻轻地摩挲她的脚踝，慢慢地连小腿也被他捏住。

两人对视，他的目光深邃黑沉，有些不言而喻的情感在酝酿。她咬住嘴唇，避开他的视线，却被他捞住腰身。

她想让他走开，却在张口的同一瞬间被他察觉，继而被封住嘴唇。

所有的呜咽都被压回到喉咙里。她的身体发软，无法推开他。唇齿之间短兵相接，每一寸都是足以迷惑人的缠绵。在这方面杜若蘅向来才疏学浅。在肢体接触之前，一切都是她主宰。然而等真正近身纠缠，她就不是他的对手。

他突然关掉了房间中的灯，遥控器掉落到地上。黑暗中触觉愈发昭显，彼此的呼吸，以及簌簌的衣服摩擦声，杜若蘅的手都握不住，她在他的试探与追逐中终于忍受不住，说开灯。

他仿佛没有听见。她的手腕被他握住，用指腹在那里摩挲诱哄。他一直没有出声，动作却始终坚定。

一切重回安静后，周晏持暂时离开，去隔壁房间查看周缇缇的情况。他压低声音在她耳边告知她，杜若蘅侧着身，闭着眼一动不动。他在她发间轻吻一记才离开，关上门的时候杜若蘅拿被子蒙住了头。

过了片刻周晏持便回来了。他从身后将她揽进怀中，声音温存而低沉，说缇缇睡得很好。杜若蘅默不作声，半晌之后仍是安静得不同寻常。这让他疑心她有其他反应，伸手去摸她的脸颊，却被一口重重咬住了手指。

杜若蘅花了毕生力气，不留余地。周晏持本来没有作声，后来仍然闷哼一记。

　　杜若蘅却没有要因此放过的迹象，一直到她没了力气，才终于大发慈悲地放开。然后她将所有被子都卷到自己身上，挪到离他最远的床边睡觉。

　　两个大人在第二天起床之后都有些狼狈。早饭周晏持执筷的时候食指上一圈黑紫，杜若蘅则因为失眠而神色倦怠。周缇缇打量了他们两个一会儿，问他们是不是又吵架了，杜若蘅说没有。

　　周缇缇不肯轻易相信，便要去闹母亲，被周晏持拽回到自己怀里："好好吃饭。"

　　回T市的路上杜若蘅没有什么精神。不只是对待周晏持，连周缇缇她都应对得心不在焉。这不免让人觉得她是有些尴尬，或者其他心理作祟的缘故。不管是哪一种，周晏持都不希望放任她胡思乱想，他逗她回神说话，结果两次之后就招致了很大的不耐烦："你闭嘴行不行？"

　　如果不是密闭性无法改变，她一定希望能把他从飞机上推下去。

　　周晏持对杜若蘅的任何反应都相当包容。事实上他更多的是被前一晚愉悦到的情绪，这种心理充斥全身，让他很难像之前那样能深入揣摩设想杜若蘅的念头。他将她一路上不停抗拒的行为解释得理所当然且简单，直至杜若蘅在飞机降落到T市后情绪终于变得平静冷凝，也没有详细思索这个问题。

　　两个人的关系并没能因为W市的同处一室而有大幅改善。杜若蘅反而变得对周晏持比以前更冷淡一些，她对他大部分的行为都采取了视而不见的态度，肯点头光临周宅的次数也变得寥寥无几。直到一个星期后他们各自收到相同一场婚礼的请柬，分别来自新郎与新娘，邀请他们于半月后前往某五星级酒店的婚礼请宴。

　　周晏持邀请杜若蘅一同赴宴，这回幸运地没有被拒绝。

　　前一个晚上她住在周宅，与周晏持分室而居。第二天周晏持叫她下楼吃早餐，敲门进入的时候杜若蘅正站在镜子前面，努力想要拉上裙子后背的拉链。

他关上门走到她身后，帮她完成这个动作。杜若蘅说了句谢谢，周晏持却一时没有动。他的目光定在她的耳后，带着一点灼烫温度的打量。然后他微微低头，温软的触感印上她的后颈。

杜若蘅因此而颤了一下。他的手握在她的腰肢上，隔着薄薄的一层布料温柔地摩挲。曾经杜若蘅喜欢被这样对待，他从后面拥抱，乃至轻轻摇晃的时候两人紧密相贴，容易让她觉得安稳，她以前不排斥这样的亲昵，这是最信任的依赖。

周晏持不指望现在的她能够像以前那样反应，然而事实给予了他一定程度的意外。她咬住嘴唇没有发出一丝声音，抬起眼睛的时候里面却含着水光，像是春日里宁静湖面上的波光粼粼。

所有一触即发的感觉自此燎原。周晏持的手滑向她的后背，打算重新拽下衣裙拉链，被她有些微弱地发声阻止。他从后面咬她的嘴角，安抚说："不会有人进来。"

杜若蘅带着微微喘息："停下来。"

他恍若未闻，她的声音里开始带上一丝恼怒："我说停！"

杜若蘅猛地推开他，往旁边倒退了两步。她的头发有些散乱，眉心拧起来看着他，面孔上恼火的情绪远大于其他。周晏持的手还悬停在空中，他慢慢放下来，看着她："怎么了？"

杜若蘅忍了忍，最后还是没说出心里话，一言不发地走了出去。

婚礼现场上两人的表面功夫都做得不错。周晏持要来握杜若蘅的手，她任由他这么做了。后来他们一起与前来搭讪的人闲谈，杜若蘅在一边静静看着周晏持的侧脸听他说着不痛不痒的客套话，脸孔上找不出任何不耐烦。

她在外人面前其实从未折损过周晏持的自尊，以前是这样，现在更是如此。不管旁人的眼光如何，但凡她站在周晏持身边的时候，向来都是支持与维护他的那一方。只是两个人一起出现让很多人感到意外，认识杜若蘅的人频频错眼打量她，像是有些不可置信。

中午的时候一起吃饭，杜若蘅左边坐着周晏持，右边是一位以前在T市素来交好的朋友。后来周晏持出去接电话，杜若蘅被好友拽了拽衣角，问他们两个是不是又和好了。

杜若蘅笑了笑，说了句算是吧。

"以后不打算再找别人了？"

这话问起来有几分奇怪，听着像是有好几层意思在里面。杜若蘅想了一会儿，回答得模棱两可："应该是这样。"

对方哎了一声，没说话。杜若蘅笑着说："你这是几个意思？"

对方稍微迟疑，还是说出实话："还以为以你的性格，不可能会原谅婚内不忠的男人，不管什么原因。"

杜若蘅的笑容淡了一些，思索之后才回答："如果是在五年前，我也觉得不可能会原谅。"

"那现在怎么又原谅了？"对方问她，"因为宝贝女儿？"

她没有否认："有一部分是这方面的原因。"

很难同别人解释清楚现今两人的状态，况且解释了也未必会相信，也就没有必要解释。如今的杜若蘅依然在意外界的眼光，只是学会了不主动去想而已。她若是稍微想一想，便猜得出现在有些人对于他们两人的说辞。无非是周晏持已经给她戴过那么多顶绿帽，她花费了大力气与他离婚，现在却又重新同意与他在一起。戳她后背的那些指指点点全有关于她身为一个女人的尊严与骨气。

别人的谈资曾经是杜若蘅生活中最在意的一面，她患上抑郁症也有这一部分原因。那时候聂立薇曾开导她不说不听不想，不得不说心理医生的话总是有一些效果的，再加上杜若蘅在S市独自生活了五年，心境已经大有改变。

其实她到现在也没有活得很透彻，顿悟与参透更是与她无关，杜若蘅只是开始试着学习如何接受现实。她曾经在意结局在意圆满在意流言蜚语，当然，这些细节与未来她现在也仍然在意，只是最在意的事变成了当下而已。

杜若蘅在回去的路上翻出婚礼上拿到的巧克力，含在嘴里一颗，听见周晏持说："给我一块。"

他在开车，于是她剥了一块喂进他嘴里。

周晏持咬住了她的手指，很轻柔的吮吸力道。他蓄意而为，杜若蘅的手指一松，巧克力差点掉下去。

他在开车的空当里看了她一眼，眼角有点笑容。周晏持不常笑，每一次笑都十分有魅力。眼角化开浅笑的那一瞬间别有韵味，是他这种年纪的成熟男子才拥有的味道，而又因为性感的脸庞，愈发令人神魂颠倒。

若是远珩的女员工在这里，一定已经激动得晕过去。杜若蘅也有些盯着他看，可以看出他心情很好，直到他笑着问她说："我们什么时候复婚？"

"……"

"你希望我们以什么样的形式复婚？高调一些，还是更低调一些，或者是宴请朋友，还是度假旅游？按你的喜好。"

杜若蘅像是受到巨大冲击。她瞪着他，没有所谓一丝喜悦，反而是完全说不出话来的那一种。周围静滞半晌，周晏持终于察觉出她的不对劲，他在红灯的时候停下，转目看向她："你不想复婚？"

杜若蘅淡淡地说："复婚做什么？"

两人好不容易和缓的气氛随着这个话题重新变得僵持。他的目光动了动，最后说："我们总要复婚的。"

杜若蘅过了一会儿才说话，没什么表情："复婚做什么？难道你对我拿着你巨额财产的行为感到了后悔，所以想用婚姻来拴住我，等到以后放松警惕，再慢慢把财产套回到你手上？"

周晏持因为她的话而目光转冷："你怎么会这么想？"

杜若蘅冷着脸不说话，气氛紧绷了片刻，最终还是他变得无可奈何："不是你想的那样，怎么可能是那样？我只不过觉得复婚才像个完整的结局。"

周晏持在接下来消失了两天，没有通话也不见人。杜若蘅自然不会主动联系他，等到她的思路飘到开始认为他年纪大了之后竟然变得这么脆弱，连句否定都听不得，什么都要随着他的意愿做，要不然就闹脾气冷战，这样还不如就干脆分手，反正之前所谓的信誓旦旦都是过眼云烟，她其实根本没想象中那么重要等等，心中遂开始对他进行假想讨伐扎小人的时候，周晏持又若无其事地重新出现了。

他对周缇缇仍然是一副慈爱好父亲的面孔，对杜若蘅则收敛了前几天的那些过分亲密行为，重新恢复平淡，就像是相处久了的一对夫妻，会顺口询问她哪件衬衫更合适，又或者是征询她是否想去出席某些场合。又因为如今两人工作的高度关联性，他还会向她这个老板汇报工作，态度一丝不苟，很有代理经理人的样子。

偶尔他也会主动拉她的手，却仅仅是在过马路的时候。或者小心翼翼地表示担心，目的是让她留神一些边边角角可能会碰到的地方。但不再去挽她的腰肢，或者其他的类似行为。他的表情始终深邃，看不出真实情绪。

杜若蘅不可能察觉不到他的转变。她松了半口气，同时又变得烦躁。她厌恶这种不发一言就兀自改变的周晏持，留她在原地草木皆惊，开始由他，结束也由他，却又不曾解释一句话。没人会喜欢这样的感受。

她给苏裘打电话，表达想法，抱怨周晏持逼迫她让她透不过气。

苏裘正在磋磨指甲，说你透不过气来跟我说什么，直接去找周晏持不是更好。

杜若蘅顿了一下，才冷着脸说你开玩笑吗？我才不找他。

"为什么不找？"苏裘说得很简单，"想那么多做什么。你看不惯，那就直接做掉他好了。半夜随手一刀，要么切在他脖子上，要么切在他下半身，随你的便。"

她没能解决任何问题，杜若蘅更加兴致索然："如果不是因为犯法，你以为我没想过这么做？"

临近中秋的时候杜若蘅接到一个电话，陌生号码，归属地来自中国甘肃。她接起来，对方果然是她资助的两个山区孩子中的一个，带着小心翼翼的恭敬向她问候中秋快乐，同时感谢她在两个月前另一笔巨额的资助。

几千块钱对于他来说已经是巨额。杜若蘅问他在哪里打的电话，小孩说是在镇上。

　　杜若蘅因而愈发温柔，她循循善诱，接下来又得知了小孩是翻了两座山才到了镇上，只为给她打一通电话。这让杜若蘅动容，让他下次不要再这么辛苦。又问他山中冷暖，允诺过几天便寄冬天的衣服过去。两人又说了好一会儿才挂断。

　　中秋节后不久是杜若蘅的生日。周晏持在生日前夕站在周宅的客厅里，跟女儿商量，问她是否能允许在生日当天让父亲母亲单独相处一天的时间。

　　周缇缇一直都不是个好糊弄的孩子，她目光如炬地看着爸爸："你又想做什么？"

　　周晏持面无表情回视她："什么叫'又'？"

　　"'又'的意思就是你失败过不止一次嘛。"

　　"……"周晏持过了好一会儿才吐出一句话，"总之不管我做什么，你都不准提前告诉妈妈。"

　　话是这样说，然而周晏持心里并没有底。从一定程度上说他现在其实很难再赋予她什么惊喜，一个晚上的短暂时光，更是难以让杜若蘅动容。烛光晚餐对她而言早已失去效用，她宁可拿电影独自消磨一个晚上，也不会想同他一起做这种事。

　　但他仍然准备了花束，还有其他的礼物，以及一番对话。他们要怎么开头，他要怎样让她更高兴一些，她可能说出的一些伤人的话他拿什么抵挡，都要一一想到对策。

　　生日的当天上午周晏持给杜若蘅拨电话，回应的却是对方关机。他以为她还未睡醒，便去公寓找人，敲门无人应答。等找到钥匙开门，却发现里面一个人影都没有。

　　周晏持坐在公寓窗边的沙发上，花了几个小时的时间拨电话，直到手机快要没电，电话中回应的一直都还是关机状态。傍晚时分他终于接通，杜若蘅还未来得及说话，这边已经冷声问出口："你究竟在哪儿？"

杜若蘅沉默了一下，冷冷回答："跟你有什么关系？"说完就挂断了。

周晏持揉着眉心在客厅转了几圈，剧烈起伏的情绪终于勉强压下去。再次把电话拨过去，几遍过后终于接通，杜若蘅在那头冷着脸不开口。

周晏持深吸一口气，话语软下来："我给你打了一天电话，一直关机，你不在家，我很担心你。"

然后他低柔着声音："今天是你生日，你忘了？"

过了一会儿杜若蘅才回答："我不在T市。"

"那么你在哪里？"

那边犹豫片刻，最终报了甘肃的一个山区县城的名字。周晏持的语气蓦然严厉："你去那种地方做什么？"

杜若蘅一言不发地挂了电话。

再打就怎么都不通，后来杜若蘅索性关机。周晏持揉着眉心又在客厅转了几圈，然后拎着车钥匙往外走。一边给张雅然打电话，让她订最近一班前往甘肃某城市的机票。

张雅然说的跟他刚才没什么差别："您去那种地方做什么？"

周晏持脸色沉得能滴水，直接甩了电话。

他没有回周宅，什么都没带就去了机场。所幸张雅然早已被调教有方，将平时周晏持常备在公司的一套行李箱给他带了过去。送到机场的时候远远看见周晏持站在安检附近，一身修长玉立，手里拎着一盒小巧精致的曲奇饼干。

张雅然张了张口，没多问，默默地把行李箱交给了老板。

周晏持在过了零点之后才下飞机。他想就此入山，却没有司机肯走夜路。将路费加到一定地步后终于同意，半路却又下了雨，便无论如何都不肯再前行一步。

这样耽误了一整天时间，到了第三天他才到达县城。四处询问却被告知杜若蘅早已离开，似乎是翻山去了前面的村镇上。

周晏持气得咬牙，忍了又忍才没当场发作，于是又星夜前往村镇。

山路难走，车子颠簸异常。周晏持到达村镇的时候又是晚上。

这样的地方向来只有人走出去，少有人走进来。来客寥寥无几，周晏持一进入便吸引了众多目光。他稍微问一问，便得出了杜若蘅的去向。据说是去了资助的孩子家做客，有两三个小孩领着他去杜若蘅的临时住处，他坐在门前等的时候往窗户里看了看，一张木板床一条竹凳，再简陋不过的条件。

到了月上西天的时候杜若蘅才回来。她垂着头一直想事情，走到面前才看见他，吓了一跳。

周晏持神色自若，他将手里的饼干盒提起来，跟她说："晚上吃饱了没有？这里有曲奇。"

过了一会儿杜若蘅才回过神。她在他身边坐下，对他手中的饼干没有客气。她刚才确实没有吃饱，这里的条件太恶劣，她所资助的孩子的父母为了答谢她，本要将家中唯一一只花鸡杀掉，被她劝了半天才打消念头。最后她跟着一家五口一起喝粥，事实上这两天来到山区她一直连着喝粥，始终处于半饥饿的状态。

杜若蘅把曲奇吃得香甜，这简直是她这些天吃得最好的东西。周晏持给她开了一盒牛奶，然后忍不住去摸她的头发，又将身上的风衣披在她身上，最后仍然没能忍住唠叨："怎么想起到这种地方，穷山恶水，有什么好？"

杜若蘅随口说："来看望资助的儿童，给他们送冬衣。"

这不是最终答案。于是他问："还有呢？"

"净化心灵。"

这也不是最终答案，但周晏持没有再追问下去。

周晏持在下了飞机后买了许多零食，就是想到杜若蘅吃不饱的问题。对于他的这种行为杜若蘅发自心底感激，于是她道了谢，语意很真诚。

周晏持进了房屋，在手电筒的照射下环视一周，却说："应该再买床被子带过来。"

她瞥了他一眼："你不如再买张床，然后在这里盖所房子。"

两人从来没有住过这种粗俗的地方，却也已经很久没有像今晚这样安宁平和地相处过。周晏持将杜若蘅揽在怀里，两人从头到脚地紧紧相贴，夜里微寒，她露在外面的鼻尖发冷，只稍微抽了抽鼻子，便有手心捂上脸颊，将她密不透风地包裹起来。

她闭上眼一动不动，也不想讲话，十根手指贴在他怀里。过了片刻，只听到他在黑暗中一声低低的叹息。

杜若蘅孤身一人来到这里，不能说没有产生过害怕的念头。尤其在夜里，怎么可能不害怕？她一个人住在这种支教老师住的宿舍，月上中天的晚间方圆百米之内空无一人，只听得到呼啸而过的山风，像是能把门板都刮开，摇曳得窗上尽是森森枝丫的影子，甚至还能听到隐约的声音，不知是山风，还是狼嚎，还是更可怕的事物。她其实这几天一直没怎么睡着，心里害怕到极点，闪过无数种乱七八糟的念头。

直到今天晚上见到周晏持的那一刹那，杜若蘅不想承认，她其实有种软弱的想哭的冲动。

他的气息从未像今晚这么牢靠，她迅速放松下来，几乎是在眼睛闭上的同一时间，就已经踏实睡着。

周晏持却几乎没怎么睡。他想的事情多，手中摸到的又是久违的一副骨肉。只几天不见，却总疑心她瘦了不少。更何况床窄小，而杜若蘅的睡相不好，一会儿踢他一会儿踹他，让他不得不一直替她盖被，过了一会儿她却又紧紧扒住他，周晏持好不容易眯眼小憩片刻，又被她压得透不过气来。

他索性不再睡，侧卧看着她一副安睡模样到天亮。

杜若蘅倒是一夜好眠，在第二天清晨神清气爽地起床。周晏持感觉到她从他身上爬过去，下床的时候他闭着眼没有动。片刻后听见有窸窸窣窣的声音，他睁开半只眼，看见她正蹲在地上，翻他的行李箱。

密码杜若蘅早已烂熟于心，他从来没有改过，一直都是她的生日而已。打开以后翻了半天都仍然只是巧克力牛奶与饼干，她早上不想吃这些，便回身去推他，抱怨："你怎么只买些这种东西？"

周晏持终于睁开眼，顺势抓住她的手，在掌心慢慢揉捏。长时间的奔波让他疲惫，以至于看她的眼神比往常更添蒙眬温柔。前一夜他没能好好打量，如今看了半天，最后说："黑了一点。"

杜若蘅不乐意听到这样的话，将手挣脱开。她打算自己做点粥，周晏持在身后坐起来，同她说："今天跟我回去吧。"

杜若蘅只当没听见。

上午天气晴好，有小孩来找杜若蘅问数学与语文的问题。这里的支教老师前段时间在完成三个月的教学任务后便返回了城市，自此已经有将近一个月的时间没有再来新的教师。杜若蘅作为难得出现的知识人才，被好几个好学的小学生追着问问题。杜若蘅都相当耐心地给予了讲解，每回答完一个小孩后还会分发一块周晏持带来的巧克力。

周晏持在她身后不远处站着，面无表情。围着杜若蘅的人太多，有小孩都够不到她的衣角，便打算退而求其次，拽着本子来问周晏持，结果立刻被他瞥过来的一记眼神吓得退了回去。

杜若蘅忙得无暇抽身，错眼看到这一幕，指责他："要么你就回去，要么你就帮忙。总之你至少别在这儿帮倒忙行不行？这里的小孩本来就胆小，你吓他们很有成就感是不是？"

周晏持愈发面沉如水，过了片刻还是慢慢走过来。他脸上没有笑容，手中却接过一个小孩的练习册，开始教给他们发音——这已经是他能做到的极限。

快到中午的时候孩子们终于离去，临走前礼貌有加，让杜若蘅印象深刻，眼角眉梢都带着轻松的意味。直到周晏持又将问题抛了出来："中午再不走的话，天黑之前就赶不到县城了。"

杜若蘅眉毛都没有抬一下："我暂时不回去。"

周晏持看了她一会儿，才问出来："什么意思？"

"我会在这里先待上一段时间。昨天跟村长沟通过了，我权当支教老师先住一段，等新的老师到了之后再说。"

周晏持眉心紧紧皱起："为什么会做出这种决定？再过一个多月这里

温度就要降到零下，万一到时候还没人来，大雪封山了你打算怎么办？要在这里待一个冬天？到时候缇缇怎么办？家里怎么办？做事之前怎么都不跟我商量？这么贸然下决定，也不考虑后果？"

他的口气不好，杜若蘅的态度更差："这村子里的人大雪封山了多少年也没见冻死，我做什么事为什么还要跟你商量？你不喜欢我就不能做了是不是？我又没有强求你来。你不习惯可以现在就走。"

周晏持深深吸一口气，才将这么多戳心戳肺的话勉强咽了下去。

两人算是彻底谈崩，周晏持面沉如水，眼神如冰霜雨雪一样的冷。午饭杜若蘅一人兀自吃得专心，周晏持看着她，一口饭都没咽下去。过了晌午司机抽完烟来请示周晏持什么时候动身，他说："现在就走。"

杜若蘅懒得送他。正好有小孩跑来找她聊天，她找了个被缠住的好借口，完全无视身后周晏持快要将她看出一个洞的眼神。片刻后他将所有零食都放在桌子上，还有他带来的最厚的一件大衣也留下。真正离开的时候杜若蘅仍然懒得回应他，直到车子发动引擎，越走越远，最后拐弯看不见，杜若蘅脸上的笑容才维持不住。

小孩子怯怯问她刚才那人是谁，杜若蘅差点将"王八蛋"三个字脱口而出，忍了忍才冷着脸说："不认识，不用理会他。"

不过片刻小孩子就离开了，杜若蘅一人坐在门前台阶上，秋风瑟瑟，她双手横搭着膝盖，在心里恨恨地将周晏持从头到尾变着花样折磨了一万八千遍。忽然听到有脚步声，继而眼帘内出现一双鞋子，最后是一道熟悉的身影。

周晏持低头看着她，眉眼间清俊而温柔。

她扬起脸跟他对视片刻，语气不善，带着微微不稳："你还回来做什么？"

周晏持半蹲下来，将她发凉的双手揣进怀中，轻叹一口气："哪能真丢下你。"

杜若蘅冷声说："谁相信？过了这么久你才想到要回来。"

他给她看手腕上的时间："才过去五分钟而已。"

第十七章

承诺

她端正神色："养活物要有责任，不能半途而废。"

"那就养一辈子。"

晚上两人挤在条件艰苦的宿舍里，盖着棉被有一搭没一搭地聊天。周晏持跟她絮叨这几天T市的事，还有周缇缇的成绩，还有远珩，一般情况下杜若蘅都不想听他唠叨，他的话老是比她还多，这总让她心烦，但今晚两人相处得实在融洽，她不忍心打断他。

　　周晏持揉捏她的手，触感仍是细腻绵软的一团，和记忆中多年前的一样，让他连心都发软。昏暗里他的指腹摸到她的鼻尖，然后倾身吻上去。他的动作小心，试探的意味更多一些，可杜若蘅没有推开他。过了半晌他才挨着她错开一些，深深叹息一声。

　　杜若蘅发出声音，破坏了他心中一时的感触："你什么时候走？"

　　他无言，半晌开口："你不能过会儿再问这个问题？"

　　杜若蘅在黑暗里歪着头看他。

　　"我不走。"他低声说，"我就在这里陪着你，一直到你也离开的时候。"

　　杜若蘅默不作声。这是最好的回答，到目前为止，她历数心中的相识，也只有周晏持一人能这么回答她。

　　这一时刻说不动容是假话。这种条件艰苦的地方，他的陪伴已经不只是锦上添花。

　　又过了良久，周晏持突然轻声开口："你不想复婚的话，随你就是。我也没有逼着你非这样不可的意思。"

杜若蘅后背一僵，听见他接着说："你不打招呼跑来这种穷乡僻壤，宁肯待着也不想回T市，我要是没猜错，你应该就是因为这个缘故。"

杜若蘅全身都僵硬。周晏持轻轻摩挲她后背，有些无可奈何的语气："你有什么想法不能跟我沟通？我什么时候为难过你？"

两人已经太久没有这样和睦地对过话。杜若蘅隔了半晌才开口，有些冷淡地回答："你怎么没有逼婚的意思？你本来就打算逼婚。你那种口气就像是假如我不同意复婚，就对不起你一样。好像以前所有的事都随着你财产转让已经抹平，我就得接受这样云淡风轻的事实。接下来如果我不同意，反而就是我对不起你。我既然拿了你的财产，就要相应地有所回应。否则就是不识好歹，不通人情，过分，自私。不就是这样？你们的想法多势利。"

周晏持敏锐地问："你们？我跟谁？"

杜若蘅懒得回答他。她想翻身，但被他强势地固定在怀中。她不得动弹，有些恼怒，耳边听到他说："你母亲又给你打了电话？"

杜若蘅在黑暗里冷冷地看着他。周晏持将她搂得愈发紧："我什么时候有过这种想法。你别冤枉我。"

她试图推他远一点："你有。"

他索性不再解释，只轻轻抚摸她的后背。刚才的气氛难得的好，他不想以吵架的方式结束这个晚上。

过了良久，杜若蘅终于渐渐放松。有月光斜过窗角，带着深深浅浅的影子。难得宁谧的初秋天气，听得见树梢沙沙的声音。两人挨得亲密，他的动作渐渐停下来，杜若蘅微微动了动，像是不适应，他便又重新恢复慢慢摩挲的姿势。

她的呼吸浅淡，让他以为她已经睡着。冷不防听到低低的声音，有些涩："你以后一定会反悔的。"

听到他说："我不会。"

他撑住她的后脑勺。两人在黑暗里眼睛对着眼睛，鼻尖对着鼻尖。他看着她，声音低沉，只三个字，却仿佛包含无数情感，又重复了一遍说："我不会。"

杜若蘅长久不言。她垂下眼，内心在一瞬间油煎火燎似的疼痛。最后她低声说："你应该知道我说的不只是精神层面。"

"我知道。"他紧紧抱着她，不停亲她的额头和眼睑，"我知道。我不会。"

杜若蘅没有再说话。

其实她就算鼓足勇气问出口，也未必能就此相信了周晏持的保证。彼此之间的信任究竟有多牢固，只有当事人最清楚。杜若蘅第二天早上就将周晏持赶回了T市，像是前一天晚上彼此之间的含情脉脉都在做梦。

她的理由是T市还有缇缇和远珩需要他料理，他不能一走了之。而她仍然不肯同他一起回去，因为她已经答应了村长要教这里的孩子们读书，就不能出尔反尔。

这仍然只是一部分实话，周晏持心知肚明。但他只有暂时离开，并允诺了半个月后会来看她。

结果十天后周晏持就出现了，身后还跟着一个男助理。两人带了四个行李箱，全都是杜若蘅吃穿用度的各种东西。她翻了翻他的行李，没有发现课本铅笔之类的教学用材，也没有孩子们可以穿的冬衣。于是有些不太满意，叫他下次再来的时候想得齐全一点。

一个星期之后周晏持又来了一趟山中，文具衣服和药品带得比较完备。杜若蘅说他其实不必亲自过来，让人寄到这边就足够了。周晏持无声地看着她，眼睛里的情感让她的话说到一半便不得不停下。

每次周晏持待的时间都比较短，一两天就走。路上折腾的时间反而比两人相处的时间要长。三番五次后杜若蘅总算生出一些不忍心，劝他不必这样。

她敷衍允诺他会时不时打个电话。

然而山中的手机信号就像秋冬时节干涸的溪流，约等于无。镇上的固定电话也离得太远，一星期都难得过去打一次。杜若蘅改由信件联系，收信人下意识写的是周晏持，意识过来后又划掉，换成周缇缇的名字。

她在信中用浅显的语言嘱咐女儿好好学习，然后又嘱咐女儿要好好照顾爸爸，父女两个都要早睡早起锻炼身体。此外，还要注意不准爸爸多喝酒，以及如果醉酒之后记得给爸爸端一碗醒酒的汤水。

管家收到来自邮递员的信件，跟周缇缇一起读完，然后一脸慈祥地告诉小公主，说你就跟妈妈回，请她放心，爸爸一直清心寡欲，把她的懿旨都奉行得很好。懿旨不会写是吗？没事，爷爷教给你。

周缇缇还按照大人的意思，在回信里附了两张近照。杜若蘅对女儿想念得厉害，每天晚上都要对着照片睹物思人。

在大雪封山之前，最终还是没有支教老师抵达。周晏持仍然会过去看望她。几千公里的距离，被他往返得有如家和公司之间一样熟练。有一次她一脸怅然地跟他说想吃布丁，结果第二次他再过来时果然带来了布丁。妥善包装，一点都没有碎掉，味道也和在T市时的一样。

冬天到来，山中愈发寒冷。杜若蘅为打发时间，有时候会去找村民聊天，顺便帮忙做一些手工，回去宿舍后手背往往都被冻得通红。这时候若是周晏持在，她的双手便会被强行按在热水里，防止冻裂。

有些时候杜若蘅也会心软。几次他动作熟练地帮她暖脚，或将她双手揣进他怀中的时候，她在他没有注意的时候看着他，都差点脱口而出，跟他说一个好字。

若是此时此刻她说出口，只这一个字，他也一定能懂她的意思。

有很多次她想这样说出口，取悦他也取悦自己。尤其是夜深人静，她在他怀中醒来，周身温暖，像是所有的冷与暗都被他与外界相隔时，这样的想法就尤其强烈。却每每又在开口的一瞬间乍然惊醒，又硬生生将话咽了回去。

周晏持去山区跑得太勤快，沈初因此调侃光是听到甘肃两个字，周晏持的耳朵就可以竖起来。

周晏持对他的话充耳不闻。他这段时间晚出早归，两点一线的生活过得很平淡，并且二十四孝好父亲的角色似乎比远珩的执行官更重要，周缇缇被他照顾得很好，两个月里长高了好几厘米。沈初说你让管家去接送她上下学就好了嘛，又不会丢。周晏持懒得理他，过了一会儿才慢吞吞说阿蘅比较喜欢我来接。

沈初一口血差点呛进喉咙里，咳嗽了半天，说，反正她又不知道你至于吗？

周晏持瞥他一眼，用很肯定的语气说了两个字："至于。"

沈初盯着研究了他良久，最后幽幽叹了一口气，用格外感慨的语气道，你挣扎了这么些年，最后到底还是从良了啊。杜若蘅果然够狠。

终于到了大雪封山的时候，周晏持不能再进入山中，连往来的信件也被迫变得时断时续。每次都是他和周缇缇一人写一封，再封进一个大信封里一起寄出去，然而进入腊月后，周晏持寄过去的信件再没有回音。周缇缇开始想念妈妈，问周晏持妈妈什么时候会回来。周晏持与女儿对望，有些不忍心告诉她妈妈春节可能都赶不回来的事实。

又到了一年辞旧迎新的时候，杜若蘅却始终没有电话或者信件返回。周宅里的每个人都会关注新闻联播，T市的天气状况先放一边，每个人都在紧张关注甘肃那边的降雪、干旱，或者是否可能有其他自然灾害云云，一定要在得知都没有之后才能稍微松一口气。

远珩里却是一派喜庆气息。周晏持今年大发慈悲，腊月二十七便给总部全体员工放了年假。张雅然简直感动得泪流满面，只差没抱着周晏持的大腿高呼老板万岁万万岁。

各处归家的氛围浓厚，空气里都仿佛飘着春节团圆的气息，周晏持却兴致恹恹，摆了摆手叫她赶紧走。

张雅然抹了抹眼泪说您别这样，老板我这是爱您啊。

周晏持耷着眼皮瞥她一眼，冷冷地说真遗憾，我已经有家室了。

张雅然一边打心底鄙视他得意个什么劲儿，一边摸着比往年更厚一沓的红包还是觉得很感动。苍天开眼，有杜若蘅坐镇，就算她还没回T市，周晏持却总算开始表现得像个正常人了。

她相信未来还会有更美好的一天。

下午五点的时候张雅然终于拖着玫红色带着卡通图案的行李箱准备

离开，临走之前敲总经理办公室的门，诚恳地对周晏持说老板我走了。

周晏持叫她快滚。

张雅然又说："老板您这么善良，上天一定会可怜您的。"

那一瞬间周晏持抬起眼皮看她的眼神就像是片片雪花刀。

晚七点，周晏持终于决定从远珩离开。他其实不想回去，处处都是张灯结彩合家团圆，他被刺激得不轻。

他乘电梯下楼，保安不见人影，一楼大厅的灯光却仍然大亮。周晏持心生不悦，走过去才发觉等候区的沙发上坐着一人。

肩膀瘦弱，头发随意挽到一边，听到声音，回过头来。

一张再熟悉不过的明亮面孔，让他忘记了自己的所有动作，静止在原地。

杜若蘅站起来，手边是小小的行李箱。

她的嘴角微微上弯，分外柔和的弧度，轻声同他说："我回家过年。"

杜若蘅从山区回来的当晚，是周宅几年来最热闹的一晚。

因为女主人的归来，宅子里难得有点像要过年的样子。管家指挥着人把杜鹃花从院子搬进客厅，还说第二天要去买两盆蝴蝶兰回来。周缇缇本来正在小书房里写寒假作业，扔了笔嗒嗒嗒跑下来，抱住母亲的腿就往书房里拖，然后指着寒假作业上的一道道数学题开始问。周晏持在后面跟上来，看了一会儿说："平常我在家的时候怎么没见你有这么多作业要问的？"

周缇缇当作没听见。

当天晚上周缇缇要跟妈妈一起睡，杜若蘅没有拒绝。女儿的卧室熄灯之后，周晏持在门口转了好一会儿，最后还是没有敲门。

管家看他有点可怜，安慰说："以后日子还长着呢，您也不用急在一时。"

周晏持看他一眼，没说话。

管家咳嗽了两声，鼓足勇气说："您今晚还睡得着吗？要么我给您泡杯牛奶端去书房？"

第二天早上，周缇缇问杜若蘅还会不会走。她还没回答，周晏持撕面包的手先停了下来。

杜若蘅在他的目光之下把话吞了回去，含糊说："看情况。"

下午的时候周缇缇和杜若蘅一起做剪纸，然后一起贴在周缇缇卧室的墙上。太高的地方由周晏持来完成，母女两个给他扶着梯子。周晏持下来的时候杜若蘅给他搭了把手，她的手冰凉，远远不及他的温热，于是很快便被反手握住。

他给她揉搓指尖，垂着眼专注的表情让人做不出抽手的动作。

晚上又是周缇缇和杜若蘅一起睡。

这样一直到了除夕夜。周家向来有守岁的传统，杜若蘅逗着周缇缇把困意混过去，自己却先睡着了。电视节目无人理会，周晏持把杜若蘅抱起来，一直抱到楼上主卧。

回到楼下的时候，周缇缇已经醒了，抱着新洋娃娃望着他。

父女两个又一番会谈。

"我要跟妈妈一起睡。"

"班主任放寒假的时候说过什么？这个假期要学习独立，自己睡是独立的一部分。"

周缇缇说："独立就得一个人睡吗？"

"对。"

"那你比我大多了，为什么还不独立？"

周晏持跟一向宠爱的小女儿默默对峙，思索接下来的回答。

最后他说："每个人都会有一个人，可以一直睡在一起。但这要等到你长大，结婚之后。那时候你会有一个丈夫，就像我和妈妈的关系，他会陪你到最后，这和独立无关。"

周缇缇仰起遗传自父母双方优点的漂亮脸蛋望着他。隔了一会儿问："这么说的话，爸爸你已经跟妈妈复婚了？"

跨年的第一天晚上，周晏持就被刺激得彻夜难眠。

他不能和杜若蘅讨论复婚的问题，前车之鉴证明，一提及势必又是一场争执。如果不想两人的关系回到原点，他就只有把这个念头忍在心底。再者说，不要说复婚，现在能让杜若蘅心无旁骛地留在T市，别再离开就已经不容易了。

好在头一个问题虽然一直盘桓，第二个问题已经有了解决的迹象。

大年初七之后周缇缇继续做没有完成的寒假作业，杜若蘅在辅导过程中发现了问题。周缇缇虽然聪明，却不能集中精神，做作业总是神游天外。除此之外，她在与父亲相处的时候还有些颐指气使，应该是有些被娇惯得过了头，态度叛逆而且任性。

多年来杜若蘅头一回跟周晏持心平气和地商量问题。她要周晏持注意教育方式，如果长此下去，周缇缇长大后的性格会受影响。假如没有起色，她将考虑咨询儿童心理教育专家，对周缇缇的心理健康进行干预。

周晏持看了她一会儿，才说："好。"

杜若蘅不满他迟慢的反应："我和你说正经事，你能不能态度认真一些？"

他神情不变："我只是想起你小时候，据说也同样娇蛮。现在比谁都冷静有耐性。"

杜若蘅没什么表情："你很怀念以前？"

他说："你希望听到什么回答？我怀念以前，只是偶尔，并不代表不想珍惜现在。"

杜若蘅没再作声。周晏持转移了话题："如果你有请教儿童心理专家的想法，不如明天就去。"

第二天两个家长带着周缇缇去儿童医院挂专家号。诊断的结果跟杜若蘅的判断相同，周晏持需要矫正自己和女儿的相处方式。

杜若蘅问周缇缇的性格转变需要多久，医生说这得慢慢来，虽然情况不严重，但也至少要两三年。

另外医生还说："父母对孩子幼年的影响最大，你们不能掉以轻心。陪伴是最好的让孩子化解缺陷的方式，任何一方都最好不要离开子女太久，比如出差之类。"

杜若蘅听得很认真，一直在思索，到了晚上回家后，则执行得很彻底。

结果导致头一天周缇缇就开始哭闹不休。

因为全家人的纵容，周缇缇的任性在无形之中一天天养成。也因为冰冻三尺，改变并不容易。当天下午杜若蘅和周缇缇商定做作业的规矩，周缇缇答应得很好，到了晚上，却又故态复萌。

杜若蘅决定要周缇缇静坐十五分钟以示惩罚，周缇缇哭闹着抱住周晏持大腿不松手。他刚想要妥协，被杜若蘅冷冷看过去一眼，顿时身形定住。

周晏持闭着眼把小女儿从身上剥下来："听话。"

周缇缇大哭："妈妈，你一回来就对我这么严格，这很不公平。你不在家的时候我想你想得不得了，爸爸也不带我去见你。我这么可怜，你都不可怜可怜我，还要惩罚我。我为什么做作业就要很认真啊，一边玩一边做作业不可以吗？"

杜若蘅被她吵得头疼，但还是面沉如水一言不发。一场哭闹折腾了半个多小时，最后周缇缇还是抽噎着去静坐。

当天晚上周缇缇垮着一张小脸，趴在自己的小床上睡着了。

杜若蘅从主卧的浴室出来时，周晏持一脸俨然地问她："最近机票不好买，需要秘书提前给你订回程机票吗？"

她花了两秒钟才明白过来他指的是她回山区一事。

她考虑了一会儿，最后说："我先不回去了。"

杜若蘅很早就睡了，周晏持则去了书房拨电话。沈初懒洋洋的声音通过手机传过来："老赵今天怎么说的？"

"一本正经说至少两三年。"

"那不挺好，"沈初笑起来，"这就意味着两三年里杜若蘅都得待在T市，还不够你得偿所愿？"

周晏持不置可否："替我谢谢他。"

"你放心。"

什么叫得偿所愿？如果只是两人住在一起，十天之前就是。如果只是两人睡在一起，现在便是。但人都有怀旧美好的心理，欲壑难填。住在一起，相互依赖，像以前那样没有嫌隙，才是真正的得偿所愿。

离那一步还很遥远，远到几乎望不到头。但至少杜若蘅已经肯回来，待在他身边。这就是机会。

周晏持回到卧室的时候，睡熟的杜若蘅已经一如既往霸占了整张床。他轻手轻脚地掀开被子，却还是把她弄醒了。

她把眼睛睁开一条缝，辨认着他，直到又有些清醒，才动了动位置。

他柔声说："你睡你的。"

结果她还是给他让了大半张床，自己翻到另一边，背对着他。

尽管没有其他多余的动作，这个姿势却给人不准靠近的暗示。至少，并不是那么乐意坦诚相见。

周晏持早有准备，这几天都是这样。

他轻轻上了床，关灯的时候，依稀嗅到她发梢间的清香。

好在第二天两人醒来的时候，她是在他怀里的。两人面对面，以亲密的姿势只占了床的一小半。她的手压在他心脏的地方，那里正沉稳有力地跳动。

他把她抱得很牢，姿势却在她熟睡的时候暗暗调整了多遍，观察她无意识的表情，最后确定她最舒服的样子。他看着她迷迷糊糊睁开眼，一点点神志清明。他屏住呼吸等她的下一步动作，表面不动声色。

她垂着眼睛思索，也许是温度正好，也许是姿势太舒适，她终于没有再像往常一样推开他。

日子一天天过去。正月十五的晚上，全家人和和气气地吃完汤圆。管家在心里向列祖列宗许愿，说感谢终于合家团圆。苍天保佑，保佑以后的每一年都能像今年这样完满。

周缇缇渐渐懂得母亲的意图，觉察出父亲也帮不了自己，只好不再像往常那样哭闹引人注意。杜若蘅松了一口气。与此同时周晏持晚出早归，将应酬减到最少，和每天生活清闲只待在家里的杜若蘅相处的时间越来越久。两人有时候在书房，会隔着一条办公桌讨论远珩未来的发展，难得意见一致。

大半年过去了，放暑假的时候周缇缇去国外爷爷奶奶那里玩，家里便难得只剩下两个大人。最常见的景象是杜若蘅穿着睡袍端着红茶在家里转来转去，她穿得再保守，也终究是夏天。周晏持心猿意马，只有尽量把视线放在窗户、门板，或者壁画上。

管家看他实在可怜，有一天便把沈初叫了来，请他好歹出谋划策。

沈初笑说："我哪有办法？要么给你买点菊花茶下下火气？"

周晏持请他滚了。

天气越来越热。周晏持只有每晚装作很忙睡在书房。

有天晚上杜若蘅去敲周晏持的书房，问他要某本历史书。周晏持取出来给她，杜若蘅穿着件低胸真丝睡裙，正握着水杯倚在桌旁发呆，无意识地接过来，两人面对面站着，一时默然无语。

过了一会儿，她突然问："你最近有事？"

他张了张口："没事。"

她哦了一声，没有再问下去，打算往外走的时候，周晏持又说有事。

他说得很迟疑："最近一段时间，我打算分开睡。"

杜若蘅看看他，他似乎有些忍无可忍："你知道为什么。"

杜若蘅继续默不作声瞅了他一会儿。直到周晏持开始后悔刚才说出的话，她抿了一下嘴唇，看着水杯慢慢说出来："我好像没下过规矩让你一直忍着。"

空气瞬间干涸，台灯被打落在地上。

周晏持控制着力道压着她，声音却已经微微不稳："可怜我？"

"你值得这三个字用在你身上？"

他沉默了一会儿："还爱我？"

"别说蠢话。"

他叼着她的嘴唇含糊地说出来："那好，我什么都不问。"

第二天早八点，卧室门紧闭，往常作息规律的两人没有任何要起床的迹象。九点的时候周晏持首先从主卧里出来，端着早餐又回了卧室。一直到十点的时候两人才一起出来。

厨师来问管家午餐菜谱，管家袖着手，微微动了动唇："其他的随意，记得加一道海参鸭汤。"

两人的关系有愈发缓和的迹象。

距离杜若蘅从山区回来已经将近一年，两人大部分时间的相处还算和睦。她不会再像以前那样对他冷言冷语。他同她聊天，她不会不理他，有时候也许还会开个小玩笑。他们两个一起去逛商场或郊外旅游，举手投足间也是说不出的协调。

像是回到从前。

但也有一些时候，一些事情难有进展。比如，无论如何诱导，杜若蘅也不会再跟他说心里话。他们对很多事情的看法一致，但回归到两人之间的问题上，杜若蘅就无一例外地保持沉默。

她不会再问他在外面做了些什么，更不提与女人的接触，不管可不可疑，她连神情都漠然。同时也不会再像以前那样，跟他分享一些私密的事，事事仰仗依赖他。可以看出杜若蘅一直在变化，不管是变得成熟还是变得冷漠，都是她心理活动的外在表现。但杜若蘅不会再跟他讨论，也不会再像以前那样，问他这样行不行，那样怎么办。

大部分时候她都是自己做决断，实在需要求助的时候，会找苏裘，或者聂立薇，甚至是一些他不熟悉的、她才认识了两三年的朋友。

如果不是他发现之后主动开口，她肯定不会想起与她朝夕相处的他。

周晏持是花了一些时间才发现这件事的，她好像有一层薄膜包裹起最核心的地方。就算近在咫尺，也难以触及。

有一天他下班回家，听到她在和苏裘通电话。

对于苏裘，他一直有种难言的情绪。一方面苏裘对杜若蘅很好，可是她的观点却对他有威胁。

他难以不驻足，在门外偷听。

她同苏裘说："我叫你帮忙的事你弄好没？"

　　"差不多了。你着急吗？着急的话找周晏持嘛，他效率肯定比我快多了。"

　　"我不着急。"

　　"借口，你就是不想找他。"苏裘说，"你跟他都在家呢？"

　　"他还没回来，说加班。"

　　"真假？都这么晚了。在公司吗？你上次不是说他已经很久没有八点之后回家了嘛？"

　　隔了一会儿，杜若蘅才回答，有些犹豫的口吻："应该是真的吧。"

　　"你还真信他？"

　　杜若蘅没有讲话。

　　苏裘叹一口气："想想以前，你……"

　　话还没说完就被打断："不说以前了吧。以前有什么好说的。"

　　次日周晏持单独去找聂立薇。

　　聂立薇说，否认过去，不想提及，无非是因为过去造成了痛苦。人有刻意掩饰的本能，已经结疤的伤口最好别碰，对于他们两人来说，伤疤便是女人方面，建议周晏持绝口不提。

　　周晏持半晌不言，然后捏着眉心问除此之外还应该怎么办？

　　"我不能保证你们最终能够完全回到从前，但可以一起创造一些新的回忆，以前你们没有过的。"聂立薇说，"这种情况下不需要着急，也不能着急。"

　　当天晚上杜若蘅正在读报纸，周晏持带了一只小金毛回家。

　　杜若蘅显然喜欢得很，神情刹那间软化，像是回到了多年之前，两人还在国外的时候。她从他的手里接过来，抱着小狗不放手，泡了牛奶引它喝，还询问以前养过狗的管家的建议，又笑着同周晏持讲第二天要他带她去趟宠物店，置备更多的东西。

　　她有多久没冲着周晏持这么笑过了？

　　他看着出神，半晌才说好。

杜若蘅和小金毛玩了一个晚上。到了睡觉时间，她还在客厅，蹲着和小狗一起玩。周晏持穿着睡袍在楼梯上看了一会儿，走下去，跟她肩并着肩。

他听她逗弄小狗时的语调，带着快要化开的温柔。这是他已经多年来没有听过的，让他一瞬间心中五味杂陈。隔了一会儿，才说："喜欢的话，明天再去买只小猫，与它做伴。"

她终于偏过头看了他一眼："你不是最讨厌猫吗，什么时候转性的？"

他是不喜欢，就是到现在也不喜欢，可架不住她爱。

他说："先试着养，也许没那么讨厌。"

她端正神色："养活物要有责任，不能半途而废。"

"那就养一辈子。"

过了些天，有场私人小聚会。

周晏持和杜若蘅一起出席，遇到一位共同的朋友。对方前不久刚刚离婚，自称原因是夫妻性格不合，但更多人传闻是因为新的年轻女人。对方上前攀谈的时候，杜若蘅自始至终没有说话。直到后来提及业务合作的可能，周晏持感到臂弯里挽着的手攥紧了一下，他不置可否地说改天再议。

回家的路上车里放了低缓的音乐，周晏持在红灯的时候看她的脸色，见她面色沉静，像是已经把刚才的一幕全忘记。

他沉吟片刻，说："你放心，本来也没打算合作。"

杜若蘅很快听懂，诧异地看他一眼。"用不着，私人感情和商场没必要混在一起。"

他知道她在说违心话。

她一直在意，虽然从来没有开口说出来过。虽然开诚布公谈一次也许并不能解决症结，但如果不谈，禁忌就会永远都会是禁忌。

他转过脸，眼睛正视着她，声音低沉："四年来，我没跟别人有过什么，分毫也没有，以后也不会有。"

杜若蘅一直没有回应。直到绿灯亮起，车子驶出一段距离，她才低低出声：“我知道。”

　　她究竟真的知不知道，或者相不相信，或者以后还会不会相信，周晏持没有把握。

　　他能把握住的，只有现在。

　　无论如何不能放手。给予更多，包括时间、关怀、全副身心，多到就算不能收获依赖，至少也可能收获愧疚。这样下去，也许以后的某一天，两人能够恢复初婚时的亲密。

　　也许不能。

　　没有人能够确定。唯一能够确定的是，现在他们还在一起。杜若蘅在车子里睡着的时候，会无意识地抓住他的袖口，头依在他的肩膀上。

　　华灯初上，车子里的世界很宁静。

　　只要还在一起，就有美好的可能。

继《归期》后
折火一夏 代表力作《奢侈》
即将上市

你要想清楚，我不够好。

没关系，够用就好。

我娶的是老婆，又不是厨子。

……

未曾因一见钟情相遇

却奢侈地想陪你度过美丽余生

扫描微信二维码回复"习氏牛肉汤"
抢先试读折火一夏代表作《奢侈》